AÏCHA

DU MÊME AUTEUR

LE FOU ET LES ROIS
Prix Aujourd'hui 1976
(Albin Michel, 1976)
MAIS
avec Edgar Morin
(Oswald-Néo, 1979)
LA VIE INCERTAINE DE MARCO MAHLER
(Albin Michel, 1979)
LA MÉMOIRE D'ABRAHAM
Prix du Livre Inter 1984
(Robert Laffont, 1983)
JÉRUSALEM
photos Frédéric Brenner
(Denoël, 1986)
LES FILS D'ABRAHAM
(Robert Laffont, 1989)
JÉRUSALEM, LA POÉSIE DU PARADOXE,
photos Ralph Lombard
(L. & A., 1990)
UN HOMME, UN CRI
(Robert Laffont, 1991)
LA MÉMOIRE INQUIÈTE
(Robert Laffont, 1993)
LES FOUS DE LA PAIX
avec Éric Laurent
(Plon/Laffont, 1994)
LA FORCE DU BIEN
(Robert Laffont, 1995)
Grand Prix du livre de Toulon pour l'ensemble de l'œuvre (1995)
LE MESSIE
(Robert Laffont, 1996)
LES MYSTÈRES DE JÉRUSALEM
(Robert Laffont, 1999)
Prix Océanes 2000
LE JUDAÏSME RACONTÉ À MES FILLEULS
(Robert Laffont, 1999)
LE VENT DES KHAZARS
(Robert Laffont, 2001)
SARAH – La Bible au féminin*
(Robert Laffont, 2003)
TSIPPORA – La Bible au féminin**
(Robert Laffont, 2003)
LILAH – La Bible au féminin***
(Robert Laffont, 2004)
BETHSABÉE OU L'ÉLOGE DE L'ADULTÈRE
(Pocket, inédit, 2005)

(voir suite en fin de volume)

MARVEK HALTER

AÏCHA

LES FEMMES DE L'ISLAM ***

roman

Robert
Laffont

ISBN 978-2-221-13710-9

« Aïcha est la Mère des Croyants [...] elle est l'amante (*Habibatu*) de l'Envoyé de Dieu [...] elle a vécu avec lui pendant huit ans et cinq mois, elle avait dix-huit ans à la mort du Prophète [...] elle a vécu soixante-cinq ans [...]. On lui doit mille deux cents hadiths. »

Imam ZARKACHI, XIVe siècle
(l'an 745 de l'hégire)

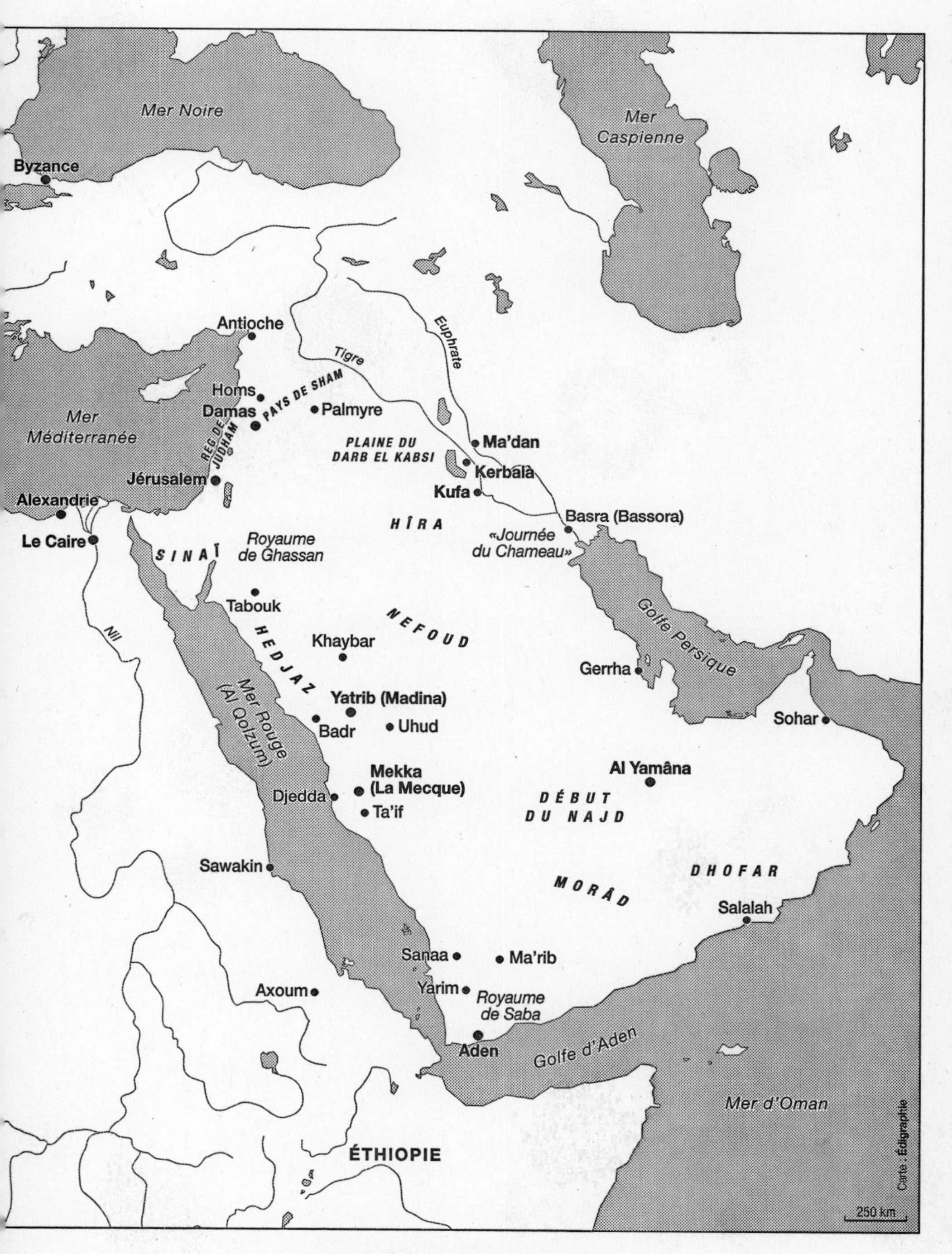

L'Arabie au temps de Muhammad

Premier rouleau

Le sang de la guerre, le sang des femmes

À toi qui poseras les yeux sur ces lignes

Mon nom est Aïcha bint Abi Bakr. Depuis presque soixante années, les humbles et les fougueux, les respectueux et les haineux m'appellent Aïcha, Mère des Croyants. Bientôt, je le sais, Allah le Clément et Miséricordieux jugera ma vie.

Il a voulu qu'elle soit longue, belle et terrible. Moi qui suis devenue l'épouse de Son Messager quand je jouais encore avec mes poupées en chiffon, j'ai vu la parole du Coran naître sur les lèvres de mon bien-aimé comme un nourrisson fragile avant de se répandre aux quatre horizons. Hélas, j'ai vu tout autant le mal, la faiblesse et la fourberie qui ruinent les vies et les peuples ainsi qu'une vermine.

Depuis deux lunes mes servantes me donnent des potions et des tisanes pour que le sommeil me vienne. J'ai cessé de les boire. Je préfère que mes yeux perçoivent l'éclat des étoiles de la nuit pure qui se pose sur les toits de Madina. Dans l'obscurité comme dans les scintillements infinis qui illuminent l'univers d'Allah, je devine parfois le regard de mon unique et merveilleux époux.

Aussi vieille et flétrie que soit ma chair désormais, je suis certaine de recevoir encore le souffle de ses paroles et de ses caresses. Dix années durant, pendant chaque seconde de mon existence, elles coulèrent sur moi tel du miel. Les ans n'y ont rien changé. Aujourd'hui encore, je ne suis que l'œuvre de

Muhammad le Messager. De cela, je sais que Dieu le Miséricordieux est satisfait.

Il a voulu que ma mémoire soit incomparable afin de la mettre au service de Sa volonté et de Son Envoyé. En temps de paix comme en temps de guerre, Muhammad, mon époux très aimé, y a puisé les mots et les enseignements qu'il y avait déposés comme dans un coffre précieux. Plus tard, au cours des longues années de troubles et de violence, combien de fois ai-je dû défendre sa parole et sa vérité sacrée par la seule force de mes souvenirs ?

Aujourd'hui, c'est souvent à l'approche de l'aube qu'ils me sont les plus vifs. Ils m'emplissent et ravivent en moi les temps anciens. Le plus lointain dans ma mémoire me devient si proche et si vivant que, lorsque la clarté du jour dissipe mon illusion, les larmes me nouent la gorge. Mais Allah ne m'a pas accordé le prodige de cette souvenance pour que je m'enivre de nostalgie.

Avant que la mort ne saisisse mon corps et ma pensée, avant que mon âme ne flotte devant Lui et qu'Il ne me désigne ma place en Son royaume, le Tout-Puissant veut que je soupèse moi-même le bien et le mal qui marquèrent mon existence.

C'est pourquoi j'ai décidé de prendre calame et parchemin pour emplir des mots de la mémoire les journées qui me conduiront au jugement éternel.

Qu'Allah le Clément et Miséricordieux bénisse ma main et la soutienne assez longtemps pour que j'accomplisse ma tâche.

La honte

1.

Après bien des pensées et des réflexions, il me semble que c'est aux jours d'après la grande victoire de Badr qu'a commencé l'œuvre du mal qui déchire aujourd'hui encore mon cœur et celui de tous les vrais Croyants.

Puisse Allah le Miséricordieux me montrer que je me trompe.

J'avais treize ans à peine. Nous vivions un prodigieux moment de joie et de gloire. Je revois les visages et les gestes, j'entends les voix. Je perçois même sur ma peau la délicatesse de la tunique neuve, bleue et brodée d'argent, que je portais pour la première fois et qui s'accordait si bien avec le roux de mes cheveux. Muhammad, mon époux, l'avait tirée du butin de la victoire sur les polythéistes de Mekka. Il me l'avait offerte avec une poignée de splendides bijoux. Des bagues, des colliers de pierre du Sud, un peigne et deux pendentifs en or.

Les années suivant notre fuite de Mekka avaient été dures et pauvres, mais c'en était fini. La paume d'Allah était sur nous. À Badr, guidés par Muhammad le Messager, les Croyants de Yatrib avaient vaincu les malfaisants de Mekka. Ils avaient tranché la gorge de deux de leurs chefs, Abu Lahab* et Abu Otba, noyant ainsi dans le sang des années d'insultes et d'humiliations.

* Une liste des principaux personnages se trouve en fin d'ouvrage.

Désormais, la honte des faibles pesait sur l'échine d'Abu Sofyan et des puissants de Mekka qui avaient réchappé aux combats.

Deux jours plus tôt, les Croyants de Yatrib avaient ovationné Muhammad à son retour de la bataille. Debout dans le palanquin sanglé sur une chamelle, moi, son épouse, je fus acclamée comme une reine. Le bonheur ruisselait dans mon sang avec cette innocence qui n'appartient qu'à l'âge si tendre qui était encore le mien. Ma mère, Omm Roumane, et Barrayara, ma servante, entretenaient cette illusion avec la sincérité de celles qui aiment sans juger. Mon père, Abu Bakr, d'ordinaire si sévère et si froid, encourageait mon bonheur. L'honneur et l'aisance revenaient sur nous. Dans la grande cour de notre maison résonnaient rires et cris de joie. Même pendant les prières, le sourire ne quittait plus nos lèvres.

Donc, ce matin-là, voyant mon reflet dans le miroir de cuivre que me tendaient ma mère et Barrayara, je me trouvais la plus belle et la plus heureuse créature du monde.

Soudain, des éclats de voix résonnèrent dehors. Je me précipitai pour soulever la portière tissée de ma chambre. Fatima, la fille très aimée de Muhammad, entrait à cheval dans la cour, devançant Ali ibn Talib, son époux. Elle tenait son fils nouveau-né serré contre sa poitrine. Le manteau rouge de ses épousailles recouvrait ses épaules.

Ali sauta sur le sol et l'aida à quitter sa selle. La voix sèche et tranchante, Fatima exigea de voir son père. Une servante lui répondit qu'il priait avec ses compagnons.

— Nous serons patients, lança Fatima.

Sans attendre qu'on l'y invite, elle alla s'asseoir sous le grand tamaris où le Messager recevait ses visiteurs. La mine embarrassée, Ali la suivit. Un sourire crispait ses lèvres. Il jetait des regards ici et là. Nos yeux se croisèrent. Un éclair. Il les détourna aussitôt.

L'attente ne dura pas longtemps. Mon époux apparut, sortant de la longue pièce sous l'auvent à demi clos qui, en ce temps-là, servait de *masdjid*. L'eau de l'ablution sacrée brillait sur son front. Il s'essuya les mains au linge qu'une servante lui tendait en plissant les yeux sous la violence de la lumière.

Ali devança Fatima. Il s'approcha vivement de Muhammad, son père adoptif, pour le saluer et lui parler. Sa voix était trop basse pour que je perçoive ses paroles.

La surprise s'afficha sur le visage de mon époux. Il fit face à sa fille et s'exclama :

— Par Dieu ! Ton fils n'a pas de nom ?

Fatima lui tendit aussitôt le bébé. D'une voix si claire que même les femmes dans la cuisine l'entendirent, elle lança :

— Mon fils est ton sang autant que celui d'Ali. Quel nom pourrait-il porter qui ne vienne pas de toi ?

Dix pas derrière eux, tous les compagnons du Messager sortirent à leur tour de la masdjid. Omar ibn al Khattâb, Tamîn al Dârî, Zayd, Al Arqam et bien sûr mon père, Abu Bakr. Quelques seigneurs ansars, « Alliés », comme on appelait désormais les Aws et les Khazraj, les anciens clans non juifs de Yatrib, les accompagnaient. Ils étaient venus prier et remercier Allah du butin de Badr. Tous s'approchèrent, encerclant Muhammad, Fatima et Ali.

Comme toujours, mon père Abu Bakr prit soin de se tenir un pas devant eux, tout près de l'épaule droite de mon époux, le Choisi d'Allah. En découvrant le fils de Fatima, il esquissa un sourire. J'en connaissais le sens. Quand mon père avait l'air amusé et désinvolte, cela cachait de l'agacement. Parfois même un début de colère.

Muhammad caressa le front de son petit-fils, le cajola avec plaisir, puis annonça qu'il se nommerait Hassan.

Tous ceux qui se tenaient dans la cour applaudirent, appelèrent la bénédiction d'Allah sur lui et lancèrent des « Longue vie à Hassan ibn Ali ibn Abi Talib ! » Ma mère et Barrayara se tenaient à mon côté. Toutes les trois, nous criâmes avec les autres. Barrayara lança son ululement. Elle en était très fière : il pouvait vriller les oreilles les plus dures à deux portées de flèche, au moins.

Ensuite, mon époux entraîna tout le monde dans la petite mosquée pour que son petit-fils y reçoive la protection de la prière. Il y eut du brouhaha et de l'excitation chez les femmes et les servantes quand Fatima reparut dans la cour, serrant Hassan contre son sein. Elle remonta sur son cheval sans l'aide de personne ni un regard pour quiconque. Ali chevaucha sa monture et galopa derrière elle. Ma mère jeta un coup d'œil aigre à Barrayara. Peut-être même lui chuchota-t-elle quelques mots.

Je n'y prêtai pas attention. Déjà alors, et pour toute ma vie ensuite, je n'entretenais guère le goût des murmures et des sous-entendus, qu'ils fussent de miel, de vinaigre ou de pur poison. Et puis, en vérité, ce jour-là, ma robe bleue et mes nouveaux bijoux m'intéressaient autrement plus que les mauvaises manières de celle qu'on disait ma belle-fille, bien qu'elle eût au moins cinq ou six années de plus que moi.

2.

Comme cela lui arrivait souvent, Abu Bakr, mon père, vint me visiter plus tard dans la journée. Je compris alors toute la signification de la visite de Fatima.

J'étais dans l'enclos des cuisines en train d'aider Barrayara à pétrir de la pâte ou à moudre de l'orge. Je n'ai jamais eu de goût pour ces heures infinies que nous autres femmes devons perdre dans les cuisines. Nous y répétons des tâches qui jamais ne nous rendent bien intelligentes. Tout au contraire, la chaleur des fourneaux y cuit l'ennui, la fatigue et la bêtise tout autant que la nourriture et rendent souvent ces lieux aussi insalubres pour l'esprit et le cœur que des fosses d'eau croupie.

Mon père s'immobilisa dans l'ombre qui mangeait déjà la moitié de la cour. Il ne pouvait pas s'approcher plus pour me faire signe de le rejoindre. L'hiver précédent, le seigneur Omar ibn al Khattâb, connu pour détester les femmes, avait obtenu de Muhammad l'édiction d'une règle saugrenue : les hommes ne devaient pas approcher à moins de trois lances de distance des lieux où nous nous affairions, nous, les femmes, mères, filles, sœurs, esclaves et servantes. D'abord, mon époux avait ri de la proposition. Omar s'en était vexé. Accompagné d'une bande de vieux, il avait harcelé Muhammad deux lunes durant. Celui-ci avait finalement cédé en haussant les épaules.

Ignorant les protestations de Barrayara, j'abandonnai aussitôt ma corvée pour me précipiter vers mon père. Il m'accueillit par une réprimande : l'épouse du Prophète ne devait pas sautiller dans la cour de sa maison comme une gamine.

Je compris aussitôt qu'il avait quelque chose de grave à me dire. À la manière dont il souleva la portière de ma chambre et à son hésitation à en franchir le seuil, je sus aussi que cette chose grave ne passerait pas ses lèvres sans l'embarrasser.

Pour me faire pardonner mon enfantillage et jouer à la femme accomplie, je lui offris un gobelet de lait frais, des dattes charnues dans une jolie coupe de cuivre, et lui montrai les cadeaux de Muhammad. La magnifique tunique bleue ne l'impressionna pas, mais il fit rouler le long collier aux pierres de couleur entre ses mains. Il caressa du pouce les turquoises et les cornalines, les lapis-lazulis et les hématites, passa les doigts sur la grande plaque d'obsidienne incrustée d'améthystes qui pèse aujourd'hui encore entre mes seins.

Dans sa jeunesse, en compagnie de Muhammad, mon père avait fait le commerce de ces bijoux. Il aurait su me préciser la provenance de chacune de ces pierres. Il me demanda :

— Que penses-tu de ce que tu as vu aujourd'hui ?

Je devinai aussitôt de quoi il parlait.

— Hassan est un beau prénom pour le fils de Fatima, répondis-je. J'espère que cet enfant lui allègera l'humeur. Barrayara assure que cela arrive. Que bien des femmes au caractère acide prennent le goût du sucre en devenant mères.

Mon père eut une grimace de dédain. Ayant le désir de l'adoucir, je bavardai encore :

— Le Messager était très heureux de tenir son petit-fils entre ses mains...

— Heureux, ton époux le serait plus encore si c'était son propre fils qu'il pouvait tenir dans ses paumes et non celui de son gendre !

Les mots de mon père troublèrent ma bonne humeur. Et me firent rougir. Je savais maintenant de quelle chose grave il souhaitait m'entretenir. Ce n'était pas une surprise. Mais il n'était pas de parole que je redoutais le plus au monde d'entendre dans sa bouche.

Baissant la voix et la rendant plus pesante encore, il ajouta :

— Un fils de son épouse bien-aimée. Toi.

Je baissai le front, incapable de soutenir son regard. Il s'inclina vers moi. Ses doigts frôlèrent ma tunique avant de m'obliger à relever la tête.

— Es-tu certaine d'avoir bien compris ce que tu as vu ? me demanda-t-il quand il put fixer mon regard.

— J'ai vu Fatima présenter son fils à son père et mon époux se plaire à cajoler sa descendance.

— Celle d'Ali ! Pas la sienne. Celle de son sang, Aïcha ! Pas celle de sa chair.

— Oui.

— Ce n'est pas la même chose.

— Non.

— Celle de sa chair, il doit aussi l'avoir dans ses paumes, et bientôt.

— Si Allah le veut.

Mon père haussa le ton :

— Et pourquoi ne le voudrait-Il pas ?

Il fit un effort pour se contenir :

— Sais-tu ce que le Messager a annoncé devant tous, aujourd'hui et pendant notre repas ?

Comment l'aurais-je su ?

— Il a dit : « Allah m'a comblé deux fois. Une fois en m'adressant une épouse qui saura être la mémoire de mes paroles. Une fois en m'adressant une fille qui saura être la lame de ma descendance. » Saisis-tu ce que cela signifie ?

J'ai préféré ne rien répondre. C'était un tort. Mon père ne retint plus son agacement :

— Aïcha ! Tu n'as pas seulement de jolies oreilles et une mémoire étonnante, gronda-t-il. Pour ce que j'en vois, tu es aussi faite comme toutes les femmes qu'Allah a répandues en ce monde !

La honte me brûla les joues et le front.

Comme mon père se trompait !

Heureusement, je n'eus pas à répondre. La voix de ma mère résonna sur le seuil de la chambre :

— Ta fille a raison, Abu Bakr. Tu ne devrais pas te montrer plus impatient qu'Allah.

Mon père sursauta. Ma mère et Barrayara laissèrent retomber la portière et s'approchèrent de nous. La chambre n'était pas grande et ma mère, qui a toujours été une femme ronde, semblait occuper tout l'espace. L'énervement brouilla le visage de mon père, mais il n'osa pas interrompre son épouse première.

— Dans cette maison, chacun sait ce qu'il en est de Fatima. S'il en est une qui se moque d'être mère, c'est bien elle. Tout ce qu'elle veut, c'est se comporter en homme. Elle rêve de brandir une nimcha et d'avoir du sang sur les mains, comme un guerrier. C'est cela qu'elle est venue demander au Messager en échange de son fils. Demain, ce petit Hassan, elle l'aura oublié. Ne connais-tu pas assez la fille du Choisi d'Allah pour la comprendre avant qu'elle n'ouvre la bouche ?

Mon père, qui était assis, se releva pour toiser ma mère et claquer la langue avec mépris :

— Qu'Allah me pardonne, Omar a raison ! À vous, les femmes, il faut toujours répéter les choses cent fois avant que vos yeux ne se décillent. Femme, que crois-tu qu'il adviendra demain et après-demain ? Badr n'est que le début de la guerre. Allah est impatient de nous voir à nouveau déambuler autour de la sainte Ka'bâ de Mekka. Là-bas, les mécréants, les hypocrites, les menteurs ont la tête dure. Désormais, ils nous connaissent. La crainte de Dieu devrait les faire fuir, mais, au contraire, ils fomentent leur vengeance. Et c'est la volonté du Tout-Puissant, car Il veut les châtier par notre main. Cela suppose des combats et encore des combats. Cela présage des flots de sang et des temps incertains. Cela signifie des alliances nouvelles pour le Messager. Et aussi des épouses nouvelles, des femmes issues des clans récemment soumis à la parole d'Allah qu'il voudra honorer. Cela veut dire des fils et des filles nés d'autres ventres que de celui de ma fille Aïcha, alors que moi,

Abu Bakr, je veux avoir mon petit-fils, fils de l'Envoyé de Dieu, sur ma selle quand nous entrerons de nouveau dans Mekka ! Voilà ce qui est, femme... Si Allah le veut.

En chœur, ma mère et Barrayara reprirent son vœu :

— Inch Allah !

Puis elles se turent, la bouche crispée et défiant mon père du regard.

L'humiliation bourdonnait dans mes tempes. Mes ongles entaillaient mes paumes. Je luttais afin que les larmes ne débordent pas de mes paupières. Ces paroles de mon père, je les attendais. Je le savais, le bonheur auquel je m'accrochais depuis le retour de Badr n'était qu'un excès d'illusion. Une mystification.

Avec un dernier geste de dépit et d'agacement, mon père s'apprêta à quitter ma chambre. En s'écartant pour lui laisser le passage, Barrayara soupira :

— Tu es bien comme tous les hommes, Abu Bakr. Tu dis une chose et son contraire. Tu dis : « Si Allah le veut », mais tu t'impatientes qu'Il ne le veuille pas déjà. Ta fille a treize ans. C'est assez pour être dans la couche de son époux, mais certainement pas assez pour que Dieu lui veuille un ventre de mère.

De toute autre femme que Barrayara, y compris de ma mère, la remarque aurait déchaîné la fureur de mon père. Mais Barrayara et lui se connaissaient depuis toujours. Ils étaient frère et sœur de lait, lui, fils de puissant, et elle, fille d'esclave. Ils ne s'étaient jamais quittés. Ma mère assurait qu'Abu Bakr n'avait jamais voulu pour moi d'autre servante que Barrayara. Elle avait même dû se battre pour me donner le sein dans les jours suivant ma naissance. Aussi ne fus-je pas surprise d'entendre mon père rire et même de le voir se détendre.

— Tu ne sais pas de quoi tu parles, Barrayara, fit-il en lissant sa tunique. Ce que veut Allah n'a pas de limite. La femme d'Abraham avait cent ans quand elle a enfanté. Si le Clément et Miséricordieux désire un fils de ma fille pour Son Messager, le ventre d'Aïcha sera gros avant la prochaine lune.

Barrayara ouvrit la bouche pour répliquer, mais la voix puissante de Bilâl résonna dans la cour, appelant à la prière du soir en chantant. Depuis plus d'une année le Messager avait confié la charge de muezzin à celui qui avait été son fidèle esclave noir et avait enduré la torture des Mekkois.

Mon père se précipita hors de la chambre. Ma mère soupira, trop contente qu'Allah nous réduise au silence.

Quant à moi, qu'Allah me pardonne, ce soir-là, durant la prière, je ne fus guère attentive. La peur m'emplissait le cœur.

3.

Ma peur avait d'abord été celle de la guerre.

Dix-sept jours plus tôt, alors que nous nous mettions en route pour affronter les Mekkois à Badr, Muhammad m'avait annoncé que je serais à son côté dans la bataille.

— Allah aime ta présence et Son ange Djibril se plaît en ta compagnie. J'aurai besoin de toi.

Mon père s'en était réjoui. Moi, dès ce moment, je ne cessai de trembler. La victoire me paraissait impossible : Muhammad lui-même avait annoncé que les Mekkois étaient mille et les Croyants d'Allah à peine trois cents. Autour de ma chamelle, tandis que nous faisions route vers Badr, les guerriers riaient trop fort en hurlant les mots du Coran. La perspective du combat donnait au seigneur Omar ibn al Khattâb l'apparence d'un démon. Il entraînait les combattants d'Allah dans des gesticulations et des braillements si féroces qu'ils les vidaient de toute crainte.

Seuls mon père et mon époux gardaient leur calme. Cela ne m'apaisait pas pour autant. J'étais bien trop jeune pour posséder leur foi en la toute-puissance d'Allah. Mes nuits étaient solitaires et sans sommeil. Muhammad se tenait à l'écart de ma chambre. Il ne passait plus après la prière du soir, comme il en avait l'habitude, pour me dire un mot gentil. Il avait trop à faire avec ses guerriers pour se soucier de moi. Je ressassais les mille horreurs que j'avais entendues sur le destin des épouses de vaincus. La couche sans pitié de l'ennemi, l'esclavage, les humiliations sans fin...

Dans le palanquin, Barrayara se taisait. Sa peau prenait l'aspect du lait caillé. Elle se mordait les lèvres. Si les Mekkois emportaient la bataille, son sort serait pire que le mien.

Lorsque enfin nous atteignîmes la palmeraie près des puits de Badr, le soleil rougeoyait. Aussitôt achevée la prière du soir, Muhammad fit dresser une tente pour moi. Quand je fus à l'intérieur, il se posta sur le seuil et déclara à tous :

— C'est ici que Dieu décidera si nous sommes dignes de vaincre les mécréants de Mekka.

Sa voix pleine de force et d'assurance me surprit plus que ses mots. Ce n'était pas celle nerveuse et violente d'Omar. Ni celle, sombre et mesurée, de mon père. Mon époux n'avait pas besoin d'exciter ses nerfs ou de maîtriser ses craintes.

Par ces paroles, j'eus l'impression qu'il me protégeait. Et plus encore. Lui qui avait semblé ne plus se soucier de moi, d'un coup il paraissait nouer son destin au mien, selon la volonté d'Allah.

Pour la première fois depuis mon départ de Yatrib, j'eus honte de la peur qui me serrait le ventre. Ne savais-je pas que le Messager suivait le chemin tracé pour lui par le Clément et Miséricordieux ? N'avait-il pas montré bien des fois qu'il n'était ni inconscient ni démesurément téméraire ? Ne m'avait-il pas répété que je n'étais pas une épouse comme les autres ? C'est à lui que la bonté de Dieu m'avait destinée pour toujours, et c'est pour lui seul que le Tout-Puissant m'avait dotée d'une mémoire prodigieuse.

Me rappelant la longue maladie qui avait bouleversé mon enfance, Muhammad me dit :

— Allah a repétri ton corps, Aïcha, pour que tu puisses affronter le temps comme aucune autre.

La crainte qui me tordait les entrailles se dénoua. Je compris enfin la demande que m'avait faite mon époux en m'invitant à le suivre dans cette bataille. « J'aurai besoin de toi », m'avait-il confié. Et moi, au lieu de me préparer à lui porter aide, je tremblais comme une feuille et me comportais comme une enfant !

Quand Muhammad me rejoignit enfin sous la tente, la nuit était épaisse et le vacarme des grillons vrillait les oreilles. Il tenait son manteau plié sur son bras et serré contre sa poitrine. C'était un premier signe. À la lueur de la lampe, je lus sur son visage ce qui allait advenir. J'en fus si heureuse que j'oubliai pour de bon le reste d'effroi qui rampait encore dans mon cœur.

Barrayara m'avait aidée à préparer un repas. Les draps de la couche étaient tendus. Je portais ma tunique de nuit et mes cheveux étaient dénoués. Muhammad n'y prêta pas attention. Il s'assit sur son tabouret, les paupières à demi closes. Ses doigts vibraient sur son manteau. Ses lèvres frémissaient. La tension de l'appel crispait ses muscles, il bandait ses forces. Mon époux ne requérait jamais l'ange d'Allah de la voix ou du geste. Son corps tout entier, chair, nerfs, os, sang, appelait pour lui. Parfois cela devenait si intense qu'il me semblait entendre la puissance de son cri.

Doucement, je pris son manteau et le posai au pied de notre couche. Il me laissait toujours faire. D'ordinaire, il ne paraissait pas même avoir conscience de ma présence.

Ce soir-là, pourtant, à peine eus-je déposé le manteau qu'il me saisit les mains. Il prononça mon prénom :

— Aïcha !

Son haleine frôla mes paupières.

Nous restâmes immobiles ainsi. J'étais accroupie si bas à son côté que mes genoux s'engourdissaient. La flamme de la lampe brillait dans ses yeux aux aguets.

Soudain, le désir me prit de lui embrasser les mains. Ma bouche se précipita sur sa chair. Je baisai ses poignets, le bout de ses doigts. Presque aussitôt le tremblement commença. Comme souvent, cela le prit d'abord aux épaules. Puis ses coudes se mirent à danser, sa taille à vibrer. Je lâchai ses mains et me jetai sur la couche, empoignant le manteau. Avec autant de crainte que de soulagement mon époux s'exclama :

— Djibril ! Djibril ! Allah soit loué mille fois !

Moi, je ne voyais rien. Ni l'ange ni personne. Pas un souffle ne ployait la flamme de la lampe. C'était toujours ainsi. Muhammad était là, tremblant, les paumes ouvertes, tendues devant l'ange d'Allah, et moi je ne voyais rien, je n'entendais rien. Seulement la voix lourde et rauque de mon époux qui recevait les mots de l'ange.

Comme il me l'avait demandé une fois pour toutes au jour de nos épousailles, je jetai son grand manteau sur lui et l'en recouvris. Je fermai bien serré mes paupières. De dessous son manteau, mon époux implorait, rêvait, recevait et remerciait.

Allah m'avait placée là pour entendre Son Messager, non pour voir.

4.

La visite de l'ange Djibril ne dura pas. Quand Muhammad repoussa son manteau et se redressa, son visage brillait de joie. Il me demanda :

— As-tu entendu les mots de mon frère Djibril ?

C'était ainsi que souvent il appelait l'ange. Non, jamais je n'entendais Sa voix. Mais j'avais parfaitement perçu celle de mon époux répétant Ses paroles pleines de fermeté et d'encouragement. Je les prononçai à mon tour :

— Les incroyants ne seront protégés de rien en face d'Allah. Ils sont nourriture du feu. Allah secourt ceux qui vont dans Sa voie. Il ne se détourne que de ceux qui ne savent pas voir[1].

Muhammad baisa mon front.

— Ne les oublie pas. Garde-les précieusement dans ta tête, que l'on puisse les y retrouver quand il le faudra.

Encore il baisa mes paupières avant de quitter vivement la tente, impatient de porter la bonne nouvelle aux guerriers. Je me doutais qu'il ne reviendrait pas de la nuit. Ou seulement pour un bref somme avant l'aube.

La fatigue de la route me pesa sur tout le corps. Barrayara souleva la portière pour savoir si j'avais besoin de quelque chose. Je dis non. Je ne voulais pas qu'elle se lance dans ses

1. Coran 3, 10-13.

bavardages. Je n'avais que le désir de me glisser dans ma couche pour mieux penser à ce que je venais de vivre.

Je remerciai Allah pour la confiance qu'il manifestait à mon époux. J'étais la toute première à en recueillir le bienfait. Même si cela paraissait encore de la folie de le croire, la victoire de nos combattants contre les mécréants de Mekka ne me semblait plus impossible. Peut-être mon destin ne serait-il pas de devenir l'esclave ou la concubine d'Abu Sofyan.

Emportée par cette euphorie nouvelle, je pris ma fiole de musc ambré et m'en enduisis la nuque et le buste avant de m'allonger. Aussitôt le parfum puissant et voluptueux me rappela bien des instants et des questions qui me hantaient depuis l'hiver.

Cela faisait maintenant de nombreuses lunes que les baisers et les caresses de Muhammad n'étaient pas seulement de tendresse. Après plusieurs nuits de timidité, troublée et pudique, tremblante de lui déplaire, je m'étais contrainte à lui rendre ses caresses. Ma maladresse me faisait honte. Mais Muhammad avait ri tendrement, en posant avec une extrême douceur les lèvres sur mes paumes :

— Tout s'apprend, Aïcha. Cela aussi. Tu as le temps, sois sans crainte, mon épouse de miel. Je ne te forcerai pas à devenir femme avant qu'Allah ne m'en ouvre la voie.

Ses mots m'avaient tant étonnée que j'avais dû prendre une mine stupide. Muhammad avait ajouté :

— Quand Allah, béni soit-Il mille fois, te voudra pour moi, Il te le fera savoir. Écoute-Le. Il te conduira dans mes bras.

Pour être certaine de comprendre le sens exact de ces phrases, je les avais répétées à Barrayara. Elle aussi avait ri, puis avait bougonné :

— Fais marcher ta cervelle, ma fille. Le Messager dit que tu ne seras pas sa couche de chair et de plaisir tant que le sang des femmes ne te sera pas venu. Tant mieux. Tu as de la chance. Je connais quantité de maris qui n'auraient pas cette patience. Mais il est temps que tu te prépares pour la vie qui t'attend.

Sa voix péremptoire paraissait toujours grincheuse et sans émotion. Ce n'était qu'un masque. Quand on égorgeait un chevreau, Barrayara se couvrait le visage en gémissant. Et sur le sujet de la « couche de chair et de plaisir », elle n'était jamais avare d'enseignements et de conseils. Elle en disait tant qu'on aurait pu croire qu'elle avait connu un grand nombre d'hommes. Et jamais elle ne se trompait. Devenir la « couche de chair et de plaisir » de son époux était bien commencer une nouvelle vie.

Sans doute le Messager devinait-il que je me préparais à accomplir mon devoir d'épouse et que je n'en éprouvais aucune réticence. De plus en plus souvent il me rejoignait tard et se plaisait à éveiller mon désir. Il prévenait si bien les terreurs et les timidités de mon âge que bientôt mes journées ne me parurent qu'une inutile attente. L'impatience de la jeunesse, l'avidité des plaisirs naissants enflammaient ma chair. Je ne vivais plus que pour l'instant où Muhammad soulèverait la portière de ma chambre en prononçant mon nom. Et, bien sûr, j'en vins à espérer qu'il outrepasse la règle qu'il s'était fixée.

Lui, tout au contraire, n'était que retenue et sagesse. Par bonheur, je crois avoir su lui masquer ma frustration. Ce n'est que plus tard que je compris combien sa conduite était amour et tendresse. Et bonté, car avant d'exiger sa satisfaction il m'apprenait à m'enivrer du pouvoir de mes sens et à jouir du plaisir particulier que peuvent avoir les femmes. Ce que tant d'hommes ignorent.

Cependant les lunes passaient et mon sang de femme ne venait pas. Une crainte commença à me tourmenter. À Barrayara je demandai :

— Es-tu certaine que cela arrive toujours ? Toutes les femmes ont ce sang, tu en es sûre ?

Barrayara secouait la tête en soupirant :

— Es-tu sotte de poser une question pareille !

Le plus dur de l'hiver s'acheva. J'attendais toujours. Le doute minait mes jours et mes nuits. Que n'aurais-je donné pour pouvoir enfin murmurer à Muhammad qu'Allah m'avait faite femme ! Chaque matin je redoutais que la lassitude ne le détourne de moi. De cette gamine que je m'obstinais à demeurer. Dans notre maison comme dans celles des Croyants de Yatrib, il ne manquait pas de belles servantes ou esclaves depuis longtemps formées au plaisir. Et bien d'autres, filles de compagnons ou de nouveaux Croyants ansars. Toutes, je le savais, auraient été très heureuses de lui ouvrir leur corps et même de devenir sa deuxième, troisième ou quatrième épouse !

La timidité, et peut-être aussi un peu de honte, me retenait de questionner ma mère. Je me hasardais auprès des filles de mon âge. Elles ne me cachèrent rien de leur fierté : bien sûr qu'elles connaissaient déjà le « sang de la lune », comme elles l'appelaient.

Barrayara subit à nouveau mes gémissements :

— Elles ont mon âge et elles ont déjà le sang ! Il en est même qui sont plus jeunes que moi.

— Alors elles devraient craindre qu'Allah ne les châtie un jour de tant se vanter, ricana Barrayara.

— Elles ne mentent pas ! protestai-je. Pourquoi cela ne vient-il pas pour moi ?

— Prie et demande à Allah. S'il en est un qui connaît la réponse, c'est Lui.

Barrayara accueillait mes plaintes en plaisantant. Mon impatience et le goût que je montrais pour mon époux lui plaisaient. Elle y voyait un signe de grand bonheur pour le futur.

— Cesse tes jérémiades. Dieu t'enverra le sang quand Il le jugera utile. Si tu veux être une bonne épouse, commence par bien te comporter. Ton époux devrait t'enseigner la patience au lieu de te faire tant de caresses.

Elle avait raison, je le savais. Son sermon tranquille m'apaisa. Si les choses allaient ainsi, c'était la volonté du Clément et Miséricordieux. Je n'avais qu'à plier la nuque. Mon mal n'en était pas un, c'était seulement un caprice de la jeunesse.

C'est alors qu'arriva la nouvelle : Abu Sofyan revenait du Nord à la tête d'une caravane transportant toute la richesse des Mekkois. De longs conciliabules retinrent le Messager près de mon père et de ses plus proches compagnons. Il visita moins ma chambre. Ses baisers restèrent tendres, mais son esprit n'était plus aux jeux du désir.

Et voilà, à présent nous avions dressé notre campement de tentes près des puits de Badr. Le combat contre les Mekkois était imminent. Pour la première fois, j'allais voir couler le sang de la guerre. Peut-être même en mourrais-je, moi qui n'étais pas encore une épouse accomplie.

Alors ce soir-là, enivrée peut-être par le parfum dont je m'étais enduite, je maudis cette attente. Je maudis ce sang de femme qui ne venait pas. Seule sur ma couche, je laissai la colère m'emporter. Qu'Allah me pardonne, si cela se peut. Je crois bien avoir crié et protesté contre Sa volonté. L'avoir traité d'injuste. L'innocence était encore en moi, je brûlais de la perdre.

L'épuisement et la tristesse enfin fermèrent mes paupières. Je m'endormis avec l'espoir de trouver en rêve cette femme que je n'étais pas encore et que je désirais tant pouvoir offrir à mon époux.

5.

Les jours suivants furent ceux de la terreur, des cris, de la douleur, et finalement de la victoire et de la joie.

Durant les combats, Muhammad revint plusieurs fois sous la tente réclamer le soutien de Djibril. Chaque fois l'ange d'Allah répondit à son appel. Par Sa bouche, le Clément et Miséricordieux offrit Sa cohorte éblouissante d'anges salvateurs pour venir en aide aux guerriers menés par Son Envoyé. Malgré leur nombre, les mécréants de Mekka en furent aveuglés et chancelèrent d'effroi. Ils subirent la pire débâcle. Les survivants s'enfuirent devant les guerriers de Yatrib.

Deux journées entières furent nécessaires pour enterrer les morts, panser les plaies et réunir les prisonniers. L'exultation de la victoire était à son comble.

Le troisième jour, Muhammad ordonna notre retour à Yatrib. Près d'Al Athil, à deux ou trois journées de marche de Yatrib, alors que le soleil était encore haut sur les crêtes des montagnes, il arrêta notre caravane et ordonna qu'on forme un camp de nuit. Une fois les tentes dressées, il effectua le partage du butin. Les richesses prises aux Mekkois étaient si importantes que cela dura jusqu'à la pleine obscurité. Des torches brillaient partout dans le camp et soulevaient l'ombre du ciel. Sous la tente, je m'étais endormie depuis longtemps, rompue de fatigue et d'énervement, lorsque le murmure de mon époux effleura mes tempes :

— Ma belle épouse, mon ange de miel !

Sa voix était aussi légère que la caresse de ses doigts. Je crus d'abord rêver et ne cherchai pas à sortir du sommeil. Le plaisir bientôt me fit rouler sur la couche comme une feuille emportée par une crue. Les baisers de Muhammad transformaient la nuit en lumière. Mon cœur frappait ma poitrine avec tant de force que tout mon corps tremblait. Les émotions terribles des jours passés, la jubilation des guerriers qui, à l'instant même, chantaient encore leur triomphe tout près de la tente, s'effacèrent. Seul comptait le désir de mon époux, qui embrasait le mien. Un instant je crus qu'il me soulevait comme une plume. L'air pénétrait dans ma poitrine telle une langue de feu. Mon ventre n'était qu'une braise impatiente de plus de flammes encore. Alors j'entendis les mots franchir ma bouche. Je ne reconnus pas la voix si lourde et assoiffée de bonheur qui vibrait dans ma gorge :

— Mon époux, mon tant-aimé ! Le sang de ta femme a coulé ! Le sang a coulé... Je ne suis plus une fille. Allah le Clément a ouvert la voie de ton épouse...

Le dos du Messager tressaillit sous mes paumes. Les reins tendus et frémissants, il se redressa sur les coudes et chercha à deviner mon visage. À travers l'ombre de la tente, je vis le brillant de ses yeux. Je crus qu'il allait lire en moi le mensonge. Mais non.

À lui aussi le bonheur ouvrit la bouche et emplit la poitrine. Il m'emporta aussi loin que son désir le voulait, sans plus se soucier de rien d'autre.

À l'aube, Muhammad dénoua ses bras de ma taille. Et moi, au premier frisson de froid venu de son éloignement, la folie de mon blasphème m'apparut pour de bon.

Par Dieu, qu'avais-je fait ? Allah tout-puissant allait me foudroyer sur place ! J'avais dit le faux en prononçant Son nom sacré !

Muhammad me vit livide et au bord des larmes. Il me crut encore émue par notre nuit. Comment aurait-il pu deviner la vérité ? Son amour était si tendre que ma honte en fut décuplée. J'étais sur le point de tout lui avouer. Mais son bonheur le poussa à me baiser à nouveau tout le corps. Le courage me manqua. Je préférai affronter la colère d'Allah que les reproches de mon bien-aimé. Ainsi sommes-nous : faibles et de peu de volonté.

Nous reprîmes la route de Yatrib avant que le soleil ne dessine nos ombres. L'empressement accélérait notre marche. Au plus chaud du jour, nous prîmes du repos à l'ombre de quelques palmiers. Dès que nos chamelles se furent agenouillées, mon père Abu Bakr s'approcha de Barrayara.

Un large et rare sourire illuminait son visage. Il lui parla tout bas. Je devinai sans peine la raison de ce conciliabule. Sans doute le Messager lui avait-il confié le bonheur de notre nuit.

Notre bonheur et mon mensonge.

Barrayara eut un mouvement de surprise. Elle se retourna vers moi, les yeux noirs dans l'ombre de ses sourcils. Je cessai de respirer. Elle allait détromper mon père. Il allait tout savoir, tout comprendre. Avant le soir, ce serait un scandale et il lui faudrait renier sa fille !

Non. Barrayara hocha la tête et prononça quelques mots. Je crus même entendre son rire. Sous sa barbe soignée et parfumée, le sourire étira plus encore les lèvres fines de mon père. La fierté brillait comme jamais dans ses yeux. Il eut un geste affectueux dans ma direction avant de repartir près des hommes.

Les épaules de Barrayara se tassèrent. Elle s'avança vers moi. Il me fallut un grand effort pour soutenir son regard. La colère brûlait ses joues. Elle ouvrit la bouche pour s'en délivrer. Mais pas un mot ne franchit ses lèvres.

Nos regards suffisaient. Elle savait lire en moi comme je savais lire en elle. Qu'y avait-il à dire de plus ? J'avais fauté, elle savait pourquoi. Le mensonge était dit, la faute accomplie et irréparable. Au moins ignorait-elle que j'avais blasphémé.

Mais peu importait. Tôt ou tard, la justice serait rendue, et Allah l'Unique, le Créateur et Bienfaiteur de toutes choses, serait mon juge.

Avant que Barrayara ne me tourne le dos, une plainte me noua la gorge. La fureur déforma les traits de ma servante. Elle prit ma main, la serra à la briser et gronda :

— Non ! Pas de plainte, pas de larmes ! Puisque tu as voulu te rendre heureuse, au moins que chacun le voie.

Ce fut sa vengeance. Je n'ose imaginer la grimace de terreur qui figea mon visage. Autant boire de la bile et du venin ! Pourtant, lorsque nous remontâmes dans les palanquins sanglés à la bosse des chamelles, les servantes me lancèrent des coups d'œil envieux. J'entendis leurs rires et leurs chuchotements. L'une d'elles assura qu'elle avait vu le sang de mes noces accomplies sur ma tunique de nuit. Barrayara avait fait ce qu'il fallait.

Plus tard, j'appris le conte qu'elle avait offert à mon père. Le sang des femmes m'était venu dans la nuit précédant la bataille contre les Mekkois, avait-elle dit. Ignorant s'il s'agissait d'un bon ou d'un mauvais présage, elle avait préféré garder la nouvelle pour elle et laver discrètement les linges souillés.

À moi, elle n'adressa pas un mot à ce sujet. Ni cette fois ni plus tard. De l'instant où elle apprit mon mensonge, toute furieuse qu'elle fût, Barrayara le fit sien. Elle mentit à son tour. Ce fut notre secret et la preuve absolue de son amour. Ma mère elle-même en ignora tout.

Et moi, comme la fille de treize ans que j'étais encore, allégée par le soutien de Barrayara et versatile comme on peut l'être à cet âge, je souriais sans plus de contrainte. Peut-être même, qui sait, ai-je rêvé que le Clément et Miséricordieux pourrait me pardonner ?

Les toits de Yatrib n'étaient pas encore en vue quand une servante me confia en roucoulant la plaisanterie qui circulait parmi les guerriers. L'Envoyé de Dieu, clamaient-ils, était si à l'aise dans la guerre qu'il avait trouvé le moyen de dépecer les corps des mécréants de Mekka tout en soumettant Aïcha, son épouse bien-aimée, à la loi de sa lance !

Un bizarre orgueil m'emplit. Mon rire éclata. Et, malgré tout, malgré mon mensonge, ma fierté dût se voir.

Le soir même, après le retour glorieux du Messager dans Yatrib, nous retrouvâmes ma chambre. Mon époux me montra sa hâte de me serrer à nouveau dans ses bras. À mon tour, m'offrant toute à lui, je le fis rire en lui rapportant les propos de ses guerriers.

Et ce fut ainsi, sous le regard d'Allah, qu'un bonheur parfait nous noua cette nuit-là. Puis une autre nuit, et une autre encore. Deux, trois, quatre nuits. J'en tremblai un peu au matin, mais la colère d'Allah ne me punissait toujours pas. Au crépuscule, je frémissais bien plus d'impatience que de crainte. Les caresses de mon époux dansaient dans mon imagination avant que ses lèvres ne se posent sur ma chair.

J'en oubliais la vérité.

Ou j'en repoussais la pensée dès qu'elle me venait.

Me serais-je aveuglée jusqu'à ce qu'Allah lance Sa foudre sur moi ?

Ou, dans Sa clémence et Sa miséricorde sans limites, a-t-Il voulu m'envoyer un signe de Sa colère avant que le châtiment ne tombe sur ma nuque ?

Fatima vint si orgueilleusement offrir son fils Hassan à mon époux qu'elle enflamma la jalousie de mon père. Il me réclama le fruit de mon ventre :

— Le Messager veut tenir la descendance de sa chair entre ses paumes... Moi, Abu Bakr, je veux avoir mon petit-fils, fils de l'Envoyé de Dieu, sur ma selle quand nous entrerons dans la sainte Ka'bâ !

Un fils, un petit-fils ! Moi dont le ventre ne se gonflait que du mensonge !

Honte sur moi. Mille fois honte !

Après ceux, si brefs et illusoires, du bonheur, vinrent les jours funestes.

Ils s'abattirent sur mon époux et sur nous tous, les Croyants de Yatrib. Et jamais, pas même aujourd'hui, je ne sus si ma faute pesa dans la volonté d'Allah de nous les infliger.

Les hypocrites

1.

Dans la nuit qui suivit ce jour où Hassan ibn Ali ibn Abi Talib reçut son nom, les caresses et l'amour du Messager, pour la première fois, ne m'emportèrent ni vers le bonheur ni vers le sommeil. Tandis que Muhammad s'endormait d'un souffle paisible, moi, je ne pouvais fermer les paupières. Je revoyais le petit Hassan dans les paumes de mon époux, le visage hautain de Fatima qui, pas une fois, n'avait tourné les yeux vers moi. J'entendais la menace de mon père, annonçant des combats nouveaux, des épouses nouvelles pour le Messager. Mon père grésillait d'impatience. Se montrait-il si fébrile parce que mon époux l'était aussi ? Depuis longtemps, Muhammad le Messager savait se faire comprendre à demi-mot par Abu Bakr, son compagnon de toujours.

Mon corps serait devenu de pierre si, tout contre moi, le corps tant aimé de mon époux ne m'avait pas transmis sa chaleur radieuse. Cette nuit-là enfin la lucidité me vint.

Ma vie ne devait être pareille à aucune autre. Le lourd devoir qu'Allah faisait peser sur les épaules de Muhammad, Il le faisait aussi peser sur les miennes. Jusqu'au jour béni où Il déciderait de me retirer de ce monde pour le grand jugement.

Bien sûr, le poids qu'Allah déposait sur moi était sans comparaison avec la charge que supportait le Messager. Il n'empêche. Une faute d'Aïcha bint Abi Bakr, épouse de l'Envoyé de

Dieu, ne pouvait être qu'une souillure étalée à la face des Croyants.

Dans mon innocence, dans mon ignorance, aveuglée par le plaisir de mon jeune corps, cette faute, je l'avais déjà commise.

Que devais-je accomplir ? Comment trouver la juste voie de la réparation avant que mon mensonge ne soit découvert ?

Ma mère désormais allait être attentive. Elle surveillerait mes linges et mon ventre. Barrayara ne pourrait pas la tromper longtemps.

Les pensées les plus folles me harcelèrent. J'avais entendu parler de remèdes que prenaient les épouses infertiles pour devenir mères. Mais les femmes n'en parlaient qu'avec effroi. Souvent, disaient-elles, ces mixtures violentes les vidaient de leur vie comme des outres percées.

Jamais Barrayara n'accepterait de me trouver pareille potion. La chercher moi-même, c'était me livrer aux bavardages malfaisants. Autant avouer devant tout Yatrib qu'Allah n'avait toujours pas fait descendre le sang des femmes chez l'épouse du Messager.

Que me restait-il à faire, sinon révéler la vérité à mon époux ? N'était-il pas assez bon, assez aimant pour adoucir sa colère ? Ne comprendrait-il pas combien sa beauté et sa persuasion avaient embrasé ma jeunesse au-delà de toute raison ?

S'il en était un qui pouvait appeler la clémence d'Allah sur moi, c'était lui. Le voudrait-il ?

Il se pouvait qu'il juge la souillure trop grande. Pourtant je n'avais pas le choix.

Me taire deviendrait bientôt impossible. Le tourment me rendait déjà insensible aux caresses de mon bien-aimé. Allah ne me montrait-Il pas ainsi la juste voie ?

Dès qu'il ouvrirait les yeux, mon époux devrait apprendre la vérité.

En silence, agrippée à son corps ensommeillé et bienfaisant, je priai et luttai contre les larmes, jusqu'à l'aube.

Puis Allah, comme souvent, décida qu'il en irait tout autrement.

Le jour blanchissait à peine. L'ombre de la nuit remplissait encore la chambre. Un brutal tumulte s'éleva dans la cour. Des appels, des vociférations. Un vacarme qui franchit sans peine la portière. Muhammad se réveilla. Il se dénoua de moi, fut debout avant que je ne puisse le retenir d'une caresse. Je ne m'étais pas encore habituée à ses réveils si vifs. Aussitôt les yeux ouverts, il affrontait le jour.

Moi qui depuis des heures ressassais ce moment, les mots que je devais prononcer, le visage que je devais montrer, je ne réussis qu'à bredouiller son nom. Je m'assis, tout engourdie, alors que déjà il enfilait son manteau et se précipitait sur le seuil.

Il esquissa un geste de la main en guise d'au revoir avant de laisser retomber la portière derrière lui. On aurait cru que sa paume caressait l'air pour le pousser jusqu'à mon corps. La tendresse de son regard me serra la gorge. Dehors, les exclamations redoublèrent. On l'avait aperçu. On l'appelait.

Je demeurai un moment hébétée par la tiédeur laissée par Muhammad, nauséeuse de mon insomnie et des parfums de la nuit. Les mots me vinrent sans que ma pensée ne les contrôle. Les yeux grands ouverts, je murmurai :

— Allah... Allah... Allah... Ô Tout-Puissant, Miséricordieux Seigneur des mondes, où est ma voie ?

Comme si c'était là la réponse, les cris à l'extérieur se firent plus aigus, plus violents. Une dispute. Je me levai enfin, enfilai une tunique décente avant de sortir.

Sous le grand tamaris, ils étaient une quinzaine à parler et à s'énerver. Je reconnus Zayd, le fils de Kalb adopté par mon époux, Talha ibn Ubayd Allah, le jeune et fidèle cousin de mon père, et aussi Tamîn al Dârî, 'Othmân et Abu Hamza, l'oncle de Muhammad. Entre eux, des Ansars gesticulaient et s'exclamaient avec tant de véhémence sous le regard de l'Envoyé que leurs propos étaient confus. Ils répétaient le nom d'une femme, Açma bint Marwân, et le faisaient suivre d'un chapelet d'insultes.

Devant les cuisines, les servantes attroupées jetaient des regards inquiets vers le tamaris. Barrayara, ma mère et les autres femmes de la maisonnée se serraient devant leurs chambres. Barrayara ne me fit pas même un signe. Toutes fixaient le Messager.

Muhammad tendit la main vers Abu Bakr. Les traits déformés par la rage, mon père hésita, secoua la tête, déposa enfin un rouleau d'écriture dans sa paume. Mon époux le déroula, y jeta un bref coup d'œil. Je ne distinguais qu'à peine son visage. Il semblait calme. Brusquement, il tendit le rouleau d'écriture à Zayd, qui se mit aussitôt à le lire. Ses lèvres bougeaient, mais sa voix ne me parvenait pas.

Les Ansars de nouveau se mirent à hurler. D'un geste brutal Muhammad arracha le rouleau des mains de Zayd, le déchira et en jeta les débris dans la poussière. Sa colère ramena le silence dans la cour. Il s'éloigna vivement en direction de la petite mosquée. Tous le suivirent.

Sauf le cousin Talha, qui ramassa les morceaux déchirés du rouleau et s'avança vers la cuisine. Il s'arrêta à la distance réglementaire et héla une servante. Elle vint prendre ce qu'il lui tendait et courut le jeter dans les fourneaux. Talha se dirigea à son tour vers la masdjid. Au passage il se tourna vers moi pour me saluer. Il avait l'air plus triste qu'irrité.

Avec autant de soulagement que d'inquiétude, je songeai à l'aveu que je n'avais pas pu faire à mon époux.

Allah ne voulait-Il pas que je lui parle ? Éprouvait-Il ma volonté et mon courage devant la vérité ?

Barrayara fut à mes côtés. Elle avait eu le temps de juger ma mine défaite. Elle savait reconnaître l'effet d'une nuit de bonheur et celui d'une nuit de tourment. Sans doute avait-elle deviné mes pensées. Elle se contenta de grommeler :

— Crois-tu que c'est ton devoir d'épouse de te montrer avec une tête pareille ?

2.

Nous, les femmes, nous n'apprîmes que plus tard la cause de la fureur du Messager et de ses compagnons.

La veille, trois heures avant la nuit, une poétesse du nom d'Açma bint Marwân était allée devant les maisons des Ansars, ainsi que désormais on appelait les Aws et les Khazraj devenus soumis d'Allah. Là, elle avait hurlé des insultes contre l'Envoyé de Dieu pour les provoquer. Ses mots étaient terribles. Elle blasphémait et appelait au meurtre :

— Enculés de Aws, enculés de Khazraj, hurlait-elle,
Vous obéissez à un rien étranger.
Il n'est ni de Morâd ni de Madhhij.
Vos ancêtres l'ignorent !
Il est venu pour nous diviser,
Il va ici et là en clamant : c'est permis ! c'est défendu !
Et vous courez vous mettre la tête dans la poussière comme des poulets,
Enculés qui avez perdu vos vrais chefs
Vous le suivez comme des sans-dents tremblants
Avides du bouillon de vieilles viandes !
Alors ? Pas un parmi vous, pas un brave
Qui saura couper court au charabia de ce faux nâbi ?

Ces braillements n'étaient pas restés sans effet. Certains, parmi les Aws et les Khazraj, refusaient depuis toujours de se soumettre aux lois du Clément et Miséricordieux. En cachette ils se prosternaient encore devant Manât et autres idoles païennes. Les injures d'Açma bint Marwân les ravirent. Ils montèrent sur les hauts murs de deux ou trois maisons pour l'applaudir. Enhardis de se découvrir une centaine, ils quittèrent leurs cours pour rejoindre la folle hurlante. Ils formèrent une véritable troupe qui la suivit par les chemins de l'oasis jusqu'à la nuit en vociférant contre l'Envoyé de Dieu.

Tout ce scandale était peut-être prémédité. Avant que le soleil ne se couche, d'un bout à l'autre de Yatrib des rouleaux d'écriture couverts des insultes d'Açma bint Marwân passaient déjà de main en main.

C'était l'un de ces rouleaux que Muhammad avait déchiré avec colère. Le chef des Nabit, un clan des Aws très soumis à Allah, avait subi les insultes d'Açma bint Marwân autant que le Messager. Il était sorti en armes de chez lui pour mettre en fuite les blasphémateurs, mais n'avait pas osé les poursuivre : la loi de Yatrib ne censurait pas la parole des poètes. Toutefois, craignant que la fureur d'Allah ne s'abatte sur lui et les siens, il s'était empressé d'apporter à mon père l'un de ces rouleaux de honte. Le Messager était seul juge de l'importance de l'affront.

Cette attaque contre Muhammad et nous, les Croyants d'Allah, n'était pas une surprise. Cette folle d'Açma bint Marwân ne nous était pas inconnue. Depuis plus d'une année elle se déchaînait contre nous et semait ses vociférations dans Yatrib. Elle ne manquait jamais de cracher sur l'Envoyé de Dieu. « Un usurpateur, un faux prophète ! » hurlait-elle jusque devant la synagogue, elle qui adulait une idole de bois. « On ne connaît pas de poète qui ne sache ni lire ni écrire, au contraire de Muhammad ibn 'Abdallâh de Mekka. Son langage blesse l'oreille des véritables poètes jusqu'à la faire saigner. Ses anges ne s'expriment qu'en charabia de Bédouins ! » clamait-elle.

La bonne humeur qui régnait dans notre maisonnée depuis le retour de Badr se brisa sur ces vociférations.

Muhammad et ses compagnons ne quittèrent pas la masdjid de toute la matinée, priant et cherchant la meilleure réplique.

À l'heure du repas, le Messager, mon père Abu Bakr et le seigneur Omar ibn al Khattâb s'installèrent sous le grand tamaris pour recevoir les chefs des Aws et des Khazraj qui venaient assurer l'Envoyé de leur fidélité et se soumettre à son jugement.

La tension devint grande.

— Açma bint Marwân est une femme comme nous, gémirent ma mère et d'autres vieilles femmes. Sa faute est une faute de femme. La colère d'Allah rejaillira sur nous toutes.

Personne n'osa les contredire. Les fronts se plissèrent, les visages se durcirent.

Quand les ombres s'allongèrent, une dispute s'éleva sous le tamaris. Je reconnus la voix de mon père et celle d'Omar. Comme toujours, Omar exigeait de la violence :

— Que le Messager me laisse choisir trente hommes sachant tenir la nimcha, cria-t-il, et on n'entendra plus parler de ceux qui ont applaudi les insultes d'Açma bint Marwân ! Avant la nuit, ils danseront en enfer.

Mon père Abu Bakr répliqua :

— Omar, tu es aussi fou que cette furie ! Açma bint Marwân n'est qu'une mouche à merde qui s'écrase avec le poing, et tu veux la guerre dans Yatrib à cause d'elle ?

La voix de mon époux, on ne l'entendit pas. Il aimait laisser ses compagnons se disputer, surtout mon père et Omar, avant de trancher.

Voyant que ces disputes inquiétaient les servantes, Barrayara finit par grincer :

— De quoi avez-vous peur, les filles ? Allah le Tout-Puissant a envoyé Ses cohortes d'anges pour vaincre mille Mekkois. Gloire à Lui ! Et vous, vous tremblotez devant une folle injurieuse ? Mon maître Abu Bakr a raison : quand le Seigneur Dieu le voudra, d'un souffle Il rabattra le clapet de cette hyène.

En vérité, c'est exactement ce qu'il arriva. Souvent, la sagesse de Barrayara était plus grande qu'il n'y paraissait.

3.

Un peu avant la prière de la nuit, j'étais devant ma chambre, seule et perdue dans de sombres pensées. Ce qui advenait semblait vouloir confirmer ma faute. Après les insultes d'Açma bint Marwân, comment oserais-je avouer à mon époux que je l'avais trompé ? L'heure ne serait plus à la clémence.

— Aïcha...

La voix de Talha me fit tressaillir. Il était là devant moi, beau, souriant et léger, comme toujours.

— Talha, que je suis contente de te voir !

— Moi aussi, petite cousine. Cela fait longtemps !

Son regard brillait d'amitié et d'autre chose aussi, qui illuminait son visage comme une victoire et que je devinais sans peine.

Je l'ai déjà dit, Talha était un jeune cousin de mon père. La beauté n'était pas sa seule vertu. Aux temps anciens de Mekka, il avait été parmi les premiers à abandonner les faux dieux pour se soumettre à Allah. Un jour où Muhammad le Messager prêchait la parole d'Allah devant le mur de la Ka'bâ, Talha l'avait écouté toute la journée. Au soir, il ne l'avait plus quitté.

Abu Bakr avait acquis une si grande confiance en lui que, lorsqu'il nous fallut fuir Mekka sous la menace des mercenaires d'Abu Sofyan et des mécréants, c'est à Talha, son courage et sa nimcha, qu'il nous confia, ma mère, mes sœurs et moi, pour atteindre Yatrib.

Talha était l'un des plus instruits de la maisonnée. Il avait appris la lecture et l'écriture dès son jeune âge, en voyageant dans le Nord. Il visitait les marchés de Ghassan et les lieux sacrés des grandes cités avec les caravanes de son clan. Dès notre installation à Yatrib, Muhammad le fit venir près de lui. Les Croyants lettrés lui étaient précieux. Et, comme il n'avait aucune prévention contre l'intelligence des femmes, il me dit un jour :

— Talha va t'enseigner l'écriture et la lecture. L'épouse du Messager ne doit pas être une ignorante. Talha est fidèle et a le cœur pur. Tu ne peux pas être à meilleure école.

C'était peu de temps après cette longue maladie où j'avais perdu mes cheveux. J'étais heureuse qu'il me le propose. À Mekka, j'avais assisté de loin aux leçons que Zayd et Ali donnaient à Fatima. J'en étais un peu jalouse. Mais à Yatrib, Fatima considéra qu'elle en savait assez pour ce qui était de l'écriture et de la lecture. Plutôt que de lire les rouleaux des Anciens, elle préférait manier la nimcha avec Omar pour oublier qu'elle était une fille. L'occasion était belle pour moi de me montrer plus savante que la fille préférée de mon époux, elle qui toujours me regardait de haut.

Ce n'était qu'une vanité d'enfant. Mes joies, mes peines et mes désirs étaient simples et sans malice. J'ignorai la malfaisance. Je ne connaissais encore rien des masques avec lesquels on recouvre la gratitude et l'affection pour les protéger des esprits sournois.

Apprendre auprès de Talha était un pur plaisir. Nous passions l'un près de l'autre de longs moments de la journée, au vu et au su de tous. Sans doute la cour résonna-t-elle souvent de nos rires. Sans doute une ou deux fois eus-je envers Talha les gestes d'une enfant heureuse. C'était bien assez pour les femmes à la langue de hyène. Talha le savait, mais la volonté de mon époux et mon plaisir à être son élève lui auraient fait braver tous les djinns du Nefoud.

Ainsi naquirent des rumeurs malveillantes et puantes, des mensonges éhontés sur l'affection qu'il me portait. Les bouches vicieuses ne se soucient pas du vrai. Elles jetèrent leur haleine pourrie en riant sous les voiles.

D'abord j'entendis des gloussements et des allusions de servantes sans y prêter garde. Puis je surpris une conversation entre Barrayara et ma mère Omm Roumane. Et Talha devint plus froid, plus sérieux, et même embarrassé de mon plaisir. Finalement, Barrayara se débrouilla pour être toujours près de nous pendant les leçons et les récitations.

Qu'Allah m'anéantisse si je mens : de tout ce temps, pas une seule fois mon époux ne fronça les sourcils. Plus que tout autre, il savait séparer le vrai du faux, le bien du mal. Jamais il ne montra autre chose que son grand plaisir à mes études et sa gratitude affectueuse envers Talha.

Hélas, le mal était fait. Il se glissait sous les gestes, sournois et lancinant tel un mal de dents.

Mon père ne le supporta pas. Il insista auprès de Muhammad pour confier à Talha des missions qui l'éloignaient de Yatrib. Mon époux céda, contre son gré, tout en promettant à Talha de le reprendre près de lui au plus vite. Mais on annonça l'existence de la grande caravane des Mekkois alors que Talha se trouvait loin à l'est. Il lui fut impossible d'être à Badr aux côtés de l'Envoyé de Dieu à l'instant du danger. Il en fut mortifié pour longtemps, et c'était la pire injustice que l'on pouvait lui infliger.

Car jamais, devant Dieu, Talha ibn Ubayd Allah n'eut le moindre désir ou geste impur envers Aïcha bint Abi Bakr, l'épouse très aimée du Choisi d'Allah. Que le Seigneur des mondes qui sait tout et voit tout m'anéantisse si je mens !

La vérité est que son affection, sa fidélité et son dévouement allaient pareillement à Muhammad le Messager et à son épouse. L'un comme l'autre n'étaient que l'incarnation de son amour pour Allah. Au contraire de beaucoup, et comme on le verra plus tard, jamais il ne voulut réduire mon rôle ni faire taire mon intelligence. Ni la parole ni la beauté des femmes ne l'effrayaient. Il ne fut pas de ceux, si nombreux, qui s'obstinaient à nous rabaisser. Il le prouva par son sacrifice dans la poussière de Bassora. Béni soit-il dans tous les temps ! Que son nom demeure en haut du ciel sur les sièges du paradis et que les bouches malfaisantes brûlent en enfer !

Aujourd'hui encore, tandis que j'écris ces lignes alors que Dieu bientôt dira le bon et le mauvais de moi, la liste immense des bontés et des bienfaits de Talha ibn Ubayd Allah me noue la gorge de reconnaissance. Il me faut poser le calame pour sécher mes yeux.

4.

Donc, ce soir-là, Talha s'accroupit devant moi, la fierté brillant sur ses traits malgré les mauvaises nouvelles. C'en était fini de notre séparation. Mon époux l'envoyait près de moi à la vue de tous, balayant ainsi les suspicions et les vilenies. Les bouches fielleuses pouvaient grimacer... Muhammad le Messager commençait sa lutte contre les hypocrites.

Mon plaisir à retrouver Talha dut se voir tout autant que le sien, bien qu'un coup d'œil lui ait suffi, j'en suis certaine, à juger le fond sombre de mon humeur. D'une voix paisible il m'annonça :

— L'Envoyé te dit qu'il passera la nuit dans la mosquée, en prière avec ses compagnons.

Un lâche soulagement m'envahit aussitôt. Ce ne serait pas cette nuit que j'aurais à avouer ma faute ! De nouveau Allah m'accordait un répit ! Ces pensées me couvrirent aussitôt de honte.

Je ne répondis pas à Talha, mais baissai le visage, incapable de soutenir son regard. Peut-être qu'en cet instant-là, s'il avait prononcé un mot, posé une question, j'aurais été incapable de taire ce qui me tourmentait.

Par chance, il se méprit sur ma tristesse. Il voulut me rassurer sur la raison qui gardait Muhammad loin de moi. La voix douce, il ajouta que mon époux avait marqué devant tous sa frustration de devoir rester loin de moi pour cette nuit :

— Depuis la bataille de Badr, chacun voit le bonheur qu'il éprouve à te rejoindre. Cela fait la joie de beaucoup... et la jalousie de quelques-uns.

Le rire de Talha allégea ses paroles. Tout de même, la lumière du crépuscule ne put masquer le rouge qui me brûlait les joues.

— Malgré les cris et les braillements, ne crains rien pour lui, poursuivit Talha. Allah, le Saint Miséricordieux, conseille Son messager sur la juste voie. Comme toujours.

Cette fois, je sus relever le front et approuver :

— J'ai entendu la dispute entre mon père Abu Bakr et Omar, dis-je d'une voix mal assurée. Il me semble que mon père a raison. Qui voudrait d'une guerre dans Yatrib ? Ce serait rappeler les démons de la division sur nous. L'Envoyé n'est-il pas venu ici afin que les clans, unis sous la paume d'Allah, soient en paix ?

Talha approuva d'un signe. Il ne répugnait jamais à discuter des affaires des Croyants avec moi, malgré mon jeune âge. Aujourd'hui, je sais qu'il ne le faisait pas de sa propre initiative. Muhammad avait convaincu mon père qu'il était bon pour moi d'être éduquée aussi dans ces affaires-là. Il lui avait dit :

— Ta fille est trop jeune pour ne pas me survivre. Et elle te survivra aussi. Ce jour-là, elle sera seule avec son jugement, et crois-tu que Dieu ne place aucun destin en elle ?

Aussi Talha me confia-t-il sans hésiter ce qui depuis l'aube agitait la maisonnée :

— Tu connais Omar et tu connais ton père. Ils aiment autant se disputer que se réconcilier. Ils ne peuvent se passer l'un de l'autre. L'Envoyé lui-même en rit et en profite. Il a ainsi toujours le choix des chemins, ce qui est le devoir de celui qui guide.

C'était vrai, et j'acquiesçai avec un maigre sourire. Écouter Talha me faisait le plus grand bien. Sa voix m'apaisait et me détournait de mes pensées obsédantes.

— L'Envoyé sait qu'il ne doit pas prendre ce qui vient de se passer à la légère, m'expliqua-t-il. Cette folle d'Açma bint

Marwân n'est que la tête d'un serpent aux nombreux corps. Ceux que l'on ne voit pas sont dix fois plus venimeux qu'elle. Nos pires ennemis n'avancent jamais sous le soleil à visage découvert. Ils ont trop peur et vont à la chasse en se dissimulant sous la peau d'un tigre déjà tué.

Ainsi, Açma bint Marwân n'était pas seulement la poétesse des païens adorateurs du faux dieu Manât. Derrière elle se dissimulait son maître en poésie, le vieil Abu 'Afak. Celui-là était possédé d'une haine ancienne envers Muhammad le Messager. Bien des années plus tôt, il était venu l'insulter devant la Ka'bâ. Le lendemain, un complot avait failli coûter la vie à mon époux.

— Abu 'Afak n'est que la bouche édentée de nos ennemis de Mekka : Abu Lahab, Abu Sofyan, son beau-père Abu Otba... Tous ils étaient à la bataille de Badr. Aujourd'hui, seul Abu Sofyan a encore la tête sur les épaules. L'humiliation de la défaite et la soif de vengeance grondent dans Mekka. Abu 'Afak est devenu leur crieur dans Yatrib. Mais il tremble de peur. Alors il se cache sous la tunique d'Açma bint Marwân. Il sait qu'elle est folle.

Avec l'aplomb de mon ignorance et toute la fierté de ce que j'avais vu à Badr auprès de mon époux, je dis :

— Mon père a raison. Allah a envoyé Ses anges pour disperser les Mekkois comme de la vieille poussière alors qu'ils étaient mille. Entendre crier Açma bint Marwân, c'est comme entendre s'égosiller une poule sans plumes.

Talha ne retint pas son rire. Puis il redevint grave.

— Tu ne dois pas te laisser aveugler par les apparences, dit-il. Tu sais que certains des Juifs de Yatrib ne nous respectent qu'à contrecœur. Les vieux sages et les rabbis de la madrasa n'ont jamais été convaincus que l'Envoyé est un véritable nâbi. Ils lui opposent sans cesse quelque chicanerie. Certains clans, comme les Banu Qaynuqâ et les Banu Nadir, n'ont pas souscrit au contrat de paix et de solidarité conclu entre les Croyants d'Allah et ceux de la Thora.

Ces paroles m'assombrirent.

— Ils ne veulent même plus écouter ben Shalom, poursuivit Talha. Au prétexte qu'il serait un Juif trop ami de l'Envoyé et infecté par les mots d'Allah. 'Abdallâh ibn Obbayy ibn Seloul, le plus puissant seigneur de Yatrib, le chef de tous les convertis, qui peut dire si on peut se fier à lui ? Il s'incline devant Allah et clame qu'il n'est qu'un Dieu et que Muhammad est son prophète autant qu'Abraham et Moïse furent les prophètes des Juifs. Mais il a interdit à ses hommes d'aller affronter ceux de Mekka à Badr, alors qu'il voyait l'Envoyé partir avec trop peu de guerriers. Omar dit de lui : « Une défaite des Croyants à Badr lui aurait plu. Mais la victoire lui siffle aux oreilles et lui chauffe les fesses. » Je crois qu'il a raison. De nous voir faibles et presque mourants de faim comme nous l'étions l'hiver dernier le rassurerait. Découvrir la puissance d'Allah ne le remplit pas de joie. Il n'est pas le seul. Aujourd'hui, dans les chemins de Yatrib, les sourires hypocrites croissent plus vite que les feuilles de navet. Derrière les murs des fortins juifs, les insultes d'Açma bint Marwân doivent en faire rire beaucoup.

Je pris peur :

— Alors Omar a raison ? murmurai-je. C'est la guerre qui revient ?

Talha m'offrit aussitôt un sourire doux et triste :

— Ne crains rien, Aïcha ! Nous sommes entre les mains d'Allah et de Son Envoyé. Ce n'est pas à nous d'avoir peur de demain.

Ainsi était Talha. Jamais, de toute ma vie, je n'ai vu le doute l'effleurer.

5.

Et il avait raison.

Muhammad pria avec ses compagnons toute la nuit. Au matin, sous le tamaris, il ordonna un jeûne jusqu'à la fin du mois de ramadan. Du lever au coucher du soleil, nul ne devait prendre de nourriture ni boire. Il dit :

— Le Coran a été révélé à l'Envoyé comme la voie droite des humains. Cela s'est passé pendant un mois de ramadan. Les anges d'Allah ont vaincu les Mekkois à Badr en un jour du mois de ramadan. Ramadan sera le mois où nous montrerons à Allah le Clément et Miséricordieux notre reconnaissance et notre obéissance. « Jeûnez de l'aube au coucher de soleil. Mangez et buvez durant la nuit jusqu'à ce que le jour sépare le fil blanc du fil noir »[1]. Ainsi nous pourrons séparer ceux qui vivent dans la crainte du Clément et Miséricordieux des hypocrites qui ne montrent que des grimaces de soumission.

Occasionnellement, les polythéistes de Mekka jeûnaient. Les Juifs de Yatrib aussi, avec assiduité, pour leurs fêtes. Mais jeûner tout un mois, cela était bien différent. Chacun comprit que l'Envoyé voulait obliger les mécréants et les hypocrites à se dévoiler.

Alors que les ombres s'allongeaient et que la nuit approchait, des seigneurs aws et khazraj vinrent dans la cour et

---

1. Coran 2, 183-187.

posèrent toutes sortes de questions. Ils envisageaient mille raisons pour échapper au devoir du jeûne. L'épreuve ne serait pas aisée à faire respecter dans toutes les maisons.

L'Envoyé leur répondit calmement, sans élever la voix, mais sans rien retrancher de ce qu'il avait ordonné. Comme ils discutaient trop et commençaient à vouloir marchander, il leur déclara sèchement :

— Venez-vous me demander la juste voie ou voulez-vous que je vous indique la route la plus certaine vers l'enfer ? Choisissez vite, et dans votre cœur. Allah vous regarde et s'impatiente.

Lorsque le soleil disparut à l'horizon, la soupe bouillait sur les feux depuis longtemps. Tout le monde se précipita. Rires et cris. Les enfants se disputèrent. Les épouses apportèrent à leurs époux des écuelles et des cruches de soupe fumante. Muhammad avait demandé aux servantes de dresser le tapis de repas sous le tamaris, afin qu'il puisse y rester avec ses compagnons. On y avait allumé des lampes. Je refusai l'aide de Barrayara et apportai à mon époux sa cruche et son écuelle. J'allais me retirer quand il referma doucement les doigts sur mon poignet :

— Aïcha, mon miel, mon épouse, as-tu mangé ?

— Pas encore.

— Attends...

Devant tous, devant mon père Abu Bakr, il prit sa cuillère de bois d'olivier, la plongea dans la soupe épaisse pour remplir son écuelle, qu'il me tendit :

— Mange avant moi. À ton âge, la faim est violente. Allah, je le sais, sera très heureux de te voir le ventre plein.

Il y eut des rires. Le geste de Muhammad était teinté d'attention et de tendresse, mais son subtil jeu de mots en disait plus long qu'il n'y paraissait.

J'en eus la gorge nouée. J'avalai presque de travers la cuillerée de soupe. Avant que je puisse réagir, Omar demanda :

— Une chose que tu n'as pas dite, Envoyé. Durant ce mois de jeûne, les nuits seront aussi longues que les jours. Que deviendra la couche de nos épouses ?

Au lieu de répondre tout de suite, Muhammad garda les yeux sur moi. Il prit ma main, en porta la paume à ses lèvres. Sans tourner la tête vers Omar, il déclara :

— Mon épouse est source de paix. Si la vôtre l'est aussi, pourquoi Allah l'écarterait-Il de vous ?

Les glapissements d'approbation masquèrent mon trouble. Mon époux dut sentir ma main frémir dans la sienne. Je pensai : « Il sait, il sait ! Oh, Allah lui a tout confié, il sait ! »

Je tremblais, mes genoux allaient céder. Pourtant, dans la lumière dansante des lampes, le sourire de Muhammad était doux et bon. Il abandonna ma main pour reprendre son écuelle, quand une voix dans la pénombre, peut-être celle de son oncle Abu Hamza, lança en plaisantant :

— S'il en est une que j'irais bien retrouver ce soir, et avec une lame aussi longue que nécessaire, c'est cette Açma bint Marwân de malheur !

Il y eut des éclats de rire approbateurs. Muhammad souffla sur sa soupe encore fumante. Alors que je lui tournais le dos pour rejoindre les femmes, il soupira :

— Par Dieu ! Celle-là, qui se plaindrait de ne plus l'entendre ?

Cette nuit-là, l'Envoyé entra dans ma chambre très tard. Il s'allongea près de moi sans ôter son manteau. Avant que je ne puisse esquisser le moindre geste, sa main caressa mon visage. Il me ferma les yeux et la bouche. Je connaissais le sens de ce geste. Souvent, alors qu'il demeurait près de moi, Muhammad sentait la présence de l'ange Djibril et il ne voulait pas que son attention soit divertie.

Parfois Djibril lui apparaissait et lui confiait la parole d'Allah comme cela avait eu lieu à Badr. D'autres fois, l'ange se contentait d'être présent en silence dans les pensées de mon époux. Dans ces moments-là, Muhammad m'assurait que ma présence plaisait à Djibril, mais que mon mutisme lui était tout autant nécessaire. Cela pouvait durer longtemps, quelquefois jusqu'à l'aube.

Bien des décisions importantes de l'Envoyé ont été le fruit de ces longues nuits de pensées sous la paume d'Allah. Ce soir-là, je me doutais qu'il lui faudrait le plus grand discernement pour trouver la route du bien parmi les ombres et les confusions que les mécréants et les hypocrites jetaient sans cesse devant lui. Dans l'espoir de lui être le poids le plus léger, je me contraignis à l'immobilité et réglai ma respiration sur la sienne.

Qu'Allah me pardonne. La tension et la longue journée me fermèrent les paupières. Je m'endormis sans m'en rendre compte. Lorsque je rouvris les yeux, le jour était là et, à mon côté, la place était vide. Je me précipitai dehors. C'était le moment de la prière du matin. Barrayara me prit le bras et m'adressa un large sourire.

— J'avais raison, me chuchota-t-elle. Il a suffi que ton époux souffle sur sa soupe. Cette folle d'Açma bint Marwân ne crachera plus d'insultes sur nous.

Plus tard dans la cuisine, chacune commenta l'événement. Je finis par tout apprendre.

Au cœur de la nuit, les servantes d'Açma bint Marwân avaient entendu un appel. Elles avaient hésité, puis s'étaient décidées à allumer une mèche de lampe. Elles avaient découvert leur maîtresse, une dague lui perçant de part en part la poitrine. Son dernier-né dormait encore à son côté. Le clan de la poétesse avait crié vengeance. Mais l'assassin ne se cachait pas. Il s'appelait 'Omayr ibn 'Adî et appartenait aux Banu Khatma, le clan même d'Açma bint Marwân. Croyant d'Allah, 'Omayr ibn 'Adî était depuis des jours en guerre contre les siens. Ils avaient refusé de lui donner un cheval et des armes pour rejoindre à Badr les troupes de l'Envoyé. Cette nuit, il avait vidé sa honte et tenté de plaire au Messager d'Allah.

Barrayara en savait plus encore :

— Cet ‘Omayr a tapé contre notre porte à l’aube. Tu dormais comme une brique quand on est venu chercher ton époux. ‘Omayr est tombé à genoux devant lui : « Envoyé de Dieu, je l’ai tuée ! » Inutile de prononcer le nom de l’assassinée, chacun avait compris. Ton époux a répondu : « Relève-toi. Tu as secouru Allah et Son Messager. » ‘Omayr a gémi : « Devrai-je supporter le poids d’une faute ? » Tu aurais dû voir le sourire de ton époux. Il a dit : « Deux chèvres n’entrechoqueront pas leurs cornes parce que la langue de cette femme ne s’agitera plus. Viens prier avec moi à la mosquée. »

6.

La suite, Talha me la confia quelque temps plus tard :

— ‘Omayr ibn ‘Adî ne s’est pas contenté de l’approbation de l’Envoyé. Il est rentré chez les siens alors que les ombres au sol étaient déjà petites. Aux Anciens de son clan, il a déclaré : « J’ai tué la fille de Marwân. Si vous voulez vous venger sur mon sang, ne me faites pas attendre. » Les vieux des Banu Khatma ont baissé la tête. On raconte que, maintenant, ils veulent venir devant l’Envoyé et se soumettre aux paroles d’Allah, comme ‘Omayr. Allah sait user de tant de moyens pour ouvrir les yeux des mécréants ! Gloire à Lui !

Et c’est ce qu’il advint. Les chefs des Banu Khatma, ceux-là mêmes qui s’étaient réjouis des hurlements de leur poétesse, vinrent en file s’incliner sous le tamaris. Ils battaient des paupières et osaient à peine croiser le regard de Muhammad. Ils lui assurèrent que, désormais, il n’aurait pas de meilleur soutien que les Banu Khatma pour porter la parole d’Allah.

Muhammad leur répondit avec ironie :

— Tant mieux. Vous allez vite pouvoir prouver la pureté de vos cœurs. Les occasions ne manqueront pas. Si vous voulez qu’Allah vous soutienne, rentrez chez vous et ordonnez à vos maisonnées de suivre pieusement le jeûne des Croyants. N’oubliez pas : Allah est grand et domine toute chose. Il voit plus loin que l’ombre des pensées.

Ces mots, Muhammad les prononçait pour les Banu Khatma, mais aussi à l'adresse de tous les Aws et les Khazraj. En vérité, nombreux étaient ceux qui peinaient à respecter le jeûne. Nul n'était accoutumé à une si longue privation. Les jours passant, la soif et la faim mordaient les corps et tourmentaient les esprits bien avant le crépuscule, quand il était enfin possible de boire et de manger. La chaleur pesait sur les nuques. Les gestes s'alourdissaient. Pour nous, les femmes, aller chercher de l'eau sans même pouvoir se mouiller les lèvres était une torture. Le sommeil devenait léger et insuffisant. Certains enduraient l'épreuve avec des cœurs de vrais Croyants. D'autres renâclaient sans vergogne. Tous les prétextes leur étaient bons pour échapper à la loi d'Allah.

Dès son retour de Badr, Muhammad avait ordonné de grands travaux d'agrandissement et la fortification des maisons des Croyants. Elles devaient être aussi hautes, vastes et imposantes que celles des Juifs.

— Les places où vivent les Croyants d'Allah doivent inspirer le respect, répétait l'Envoyé.

On agrandit notre maison : on doubla le nombre de chambres et on éleva des murs aux quatre coins du auvent qui servait de masdjid.

Après dix jours de jeûne, beaucoup de ceux qui travaillaient à ériger les murs vinrent dans notre cour :

— Envoyé, regarde-nous ! Comment mouler des briques et les dresser en murs quand on ne peut ni boire ni manger ? La terre que l'on piétine est mieux nourrie que nous. Reportons les travaux à après le jeûne.

— Allah est sage et très informé. Il compte les jours où Son royaume possédera des murs indestructibles, leur répliqua sèchement Muhammad. Ne vous trompez pas sur Sa clémence. Dieu ne compte aucun délai supplémentaire à celui dont le terme est arrivé[1] ! À l'inverse, Allah saura soutenir au-delà de leurs propres forces ceux qui lui sont fidèles sans arrière-pensées.

1. Coran 63, 11.

Les hypocrites rejoindront les mécréants dans un même quartier de l'enfer[1].

C'était l'œuvre de ce jeûne : seuls les vrais Croyants sauraient l'endurer. Chaque jour, Muhammad allait d'une cour à l'autre afin de déceler ceux qui trichaient. Quand le soleil était le plus violent, on l'apercevait encore dans les chemins, et avec tant d'assiduité et de vigueur que, pour une fois, je vis mon père peiner à se montrer aussi solide et indifférent à la fatigue.

L'humeur de Yatrib tout entière commença à s'en ressentir. Ce furent d'abord des choses sans importance, des petites colères pour des broutilles. Mon père et Omar durent seconder l'Envoyé pour apaiser ici et là des disputes inutiles. Finalement, les cris et les controverses enflèrent jusque sous le tamaris de notre cour.

Une nuit, mon époux s'allongea près de moi tout vibrant de courroux. Il saisit ma main si fortement que je dus serrer les mâchoires pour ne pas laisser échapper une plainte.

— Par Dieu, soupira-t-il, j'ai la tête qui bourdonne d'avoir entendu tant de sottises.

Je n'osais ouvrir la bouche et ne savais comment le réconforter. Mes mots auraient été impuissants. Et ma culpabilité me retenait. Mais, à ma grande surprise, Muhammad ne fut pas long à trouver le sommeil. La fatigue le vainquit. Il avait laissé sa main dans la mienne et son souffle régulier, paisible et profond, vibrait jusque dans ma paume.

Un bonheur sans pareil m'envahit. Rien ne pouvait me rendre plus heureuse que de savoir mon bien-aimé capable de trouver la paix en me prenant la main pour ne pas la lâcher !

Une bonne partie de la nuit, je gardai les yeux ouverts et remerciai le Tout-Puissant du don inouï qu'Il me faisait.

Au matin, après la prière qui nous réunissait tous dans la nouvelle mosquée, Muhammad monta sur les briques qui lui

1. Coran 4, 140.

servaient d'estrade pour prendre la parole. Devant tous, il déclara :

— Hier soir, j'avais les oreilles si emplies de vos jérémiades que j'ai cru ne pas trouver le sommeil. Heureusement, j'ai entendu le cœur très en paix de mon épouse Aïcha. C'était la clémence et la miséricorde de Dieu. Et l'ange Djibril est venu visiter mon sommeil. Je me suis réveillé avec Ses mots dans la bouche. Il vous dit : « Ô vous qui croyez, n'élevez pas la voix au-dessus de celle de votre nâbi. Ne parlez pas devant lui en haussant le ton comme si vous étiez entre vous dans les discutailleries du souk. Avec ces mauvaises manières, vos bonnes actions risquent de s'amoindrir sans même que vous ne vous en rendiez compte »[1].

L'humeur querelleuse des Croyants d'Allah n'avait pas échappé aux habitants de Yatrib. Ceux qui depuis la bataille de Badr cherchaient un défaut dans la cuirasse de l'Envoyé crurent l'avoir trouvé.

1. Coran 44, 2.

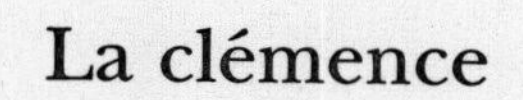

La clémence

1.

La bataille de Badr avait laissé une trentaine de veuves. Selon la tradition, le devoir des frères, des oncles ou des cousins des morts était de les prendre pour seconde, troisième ou quatrième épouse. L'Envoyé veilla à ce que cette règle soit respectée. Aucune des épouses des héros tombés à Badr ne devait connaître la solitude et la pauvreté des veuves abandonnées. Parfois, les nouvelles alliances se faisaient sous la contrainte. D'autres fois, elles étaient une bénédiction du Tout-Puissant. Les époux brûlaient d'un plaisir neuf. Heureux en amour et possédant quelques richesses, les nouveaux maris se montraient impatients d'orner leurs nouvelles bien-aimées de bijoux. Les élues couraient alors aux étals des orfèvres du marché afin de conseiller leurs époux dans leurs choix. Or tous les orfèvres de Yatrib étaient des Banu Qaynuqâ. S'il y avait des ennemis d'Allah dans Yatrib, c'étaient eux.

Depuis le premier jour où Muhammad le Messager avait posé sa semelle sur la terre de l'oasis, ils s'étaient opposés à ses décisions et au pacte de paix conclu entre certains clans juifs et les clans des Aws et des Khazraj. Les Banu Qaynuqâ, orfèvres célèbres dans tout le Hedjaz, forgeaient également les épées et les cuirasses de nombreuses familles. Ils pensaient en tirer un pouvoir particulier. Dans le secret de la synagogue, ils avaient manœuvré pour chasser de Yatrib les Croyants d'Allah. En vain. Cette impuissance les enrageait.

La victoire de Badr n'avait fait que renforcer leur haine pour l'Envoyé, celui qu'ils s'obstinaient à appeler le « faux nâbi de Mekka ». Tous les prétextes leur étaient bons pour humilier les femmes de chez nous. Les occasions ne manquaient pas : l'attirance pour les bijoux était forte, il y en avait toujours quelques-unes pour braver leurs sarcasmes.

C'est ainsi que le pire arriva.

Le soleil n'était pas encore au zénith quand la nouvelle se répandit dans notre cour. Comme toujours, Barrayara fut la mieux informée. Devant les femmes de la maisonnée qui se mordaient les mains de stupeur, elle annonça qu'une nouvelle épouse très pieuse s'était fait molester le matin chez un orfèvre des Banu Qaynuqâ. Elle s'appelait Omm Safyia, elle avait à peine vingt ans. Son premier époux était mort à Badr, percé par les flèches mekkoises.

Les yeux mouillés, Barrayara raconta :

— Son beau-frère Kitab ibn al Wâqidi l'a prise pour troisième épouse la semaine dernière. Il n'a pas une année de plus qu'elle. Toute une nuit, Kitab a remercié Allah de lui donner pareille épouse. Il lui a promis un collier d'or pour le jour où elle serait enceinte de son désir. Omm Safyia était si impatiente de posséder ce collier qu'elle est allée traîner chez les orfèvres du marché. Elle voulait rêver devant les bijoux et pouvoir conseiller son jeune époux. Elle savait pourtant à quoi s'attendre. C'est une femme très belle, à la longue chevelure nouée sur des reins de vent. Elle possède la peau des Bédouines de Mekka, sombre et fine comme le crépuscule et l'aurore. Elle n'a été grosse que d'une fille, et sa silhouette ferait lever les djinns de la poussière, sans compter les hommes concupiscents. La voilà donc qui caresse et palpe l'or des Banu Qaynuqâ comme si de rien n'était. Le marchand la fait s'accroupir devant un petit coffre scintillant. Un gamin passe derrière elle pendant qu'elle s'aveugle devant tant de richesses. Il agrafe sa tunique avec une fibule. Quand Omm Safyia se relève, elle montre l'or de son corps à tous ceux qui n'auraient jamais dû le voir...

Barrayara n'eut pas besoin d'en dire plus. Le reste, nous pouvions toutes l'imaginer. Cris, larmes, insultes, humiliation et fureur de l'époux. Kitab se précipitant la lame haut levée sur le marchand juif. Le tuant net. Mourant lui-même sous les dagues des Banu Qaynuqâ, trop contents du massacre.

Ce fut comme un vent d'est sifflant sur les braises d'un amas de palmes sèches. Déjà mis à vif par le grand effort du jeûne, les cœurs des Croyants d'Allah s'embrasèrent d'un coup.

Deux jours durant je ne vis Muhammad que de loin sous le tamaris. Mon père Abu Bakr ne le quittait pas. Ma mère Omm Roumane passa toute une matinée dans ma chambre, se plaignant de ne jamais plus voir son époux :

— Abu Bakr n'apparaît pas même pour manger la soupe à la nuit tombée. Encore quatre jours et le jeûne s'achèvera, mais il n'est jamais chez nous. Si seulement il allait dans la couche de sa deuxième épouse ou de la troisième, on se réjouirait ! Mais non. Aucune de nous ne l'intéresse.

En vérité, tous les chefs des clans alliés vinrent s'incliner devant mon époux sous le tamaris. Dix fois son ami Ubadia ben Shalom vint, repartit, revint. Il était le seul Juif à oser poser le pied chez nous.

Il y eut de grands rassemblements jusque devant les chambres des femmes. Aussi vaste que soit devenue la nouvelle mosquée, elle paraissait trop petite. L'Envoyé y prononça deux prêches devant tous. Il annonça que la mort de Kitab ibn al Wâqidi ne resterait pas impunie. Allah le Bien-Informé châtierait les insulteurs de Safyia. Il dit :

— Il n'y a de Dieu que Dieu. Il place les Croyants sous Son aile. Il fait triompher Ses prophètes selon Son désir. Il est puissant en tout[1]. Les hypocrites parlent d'une demi-bouche. La partie qui s'ouvre ment et l'autre espère toujours qu'il y a plus puissant qu'Allah. Ils sont pétris d'ignorance.

1. Coran 59, 6.

Le soir même, Ubadia ben Shalom revint en compagnie de l'un des plus importants seigneurs de Yatrib, 'Abdallâh ibn Obbayy ibn Seloul. Ce grand vieillard mince et beau, aux sourcils si touffus qu'on ne voyait pas ses yeux, était le chef de tous les convertis de Yatrib. Il était également écouté et respecté par tous les autres clans, les Banu Nadir, les Banu Qaynuqâ...

Nous, les femmes, nous étions dans la cour, le cœur tapant dans la poitrine. Ibn Obbayy ibn Seloul croisa les mains sur sa poitrine et s'inclina avec respect devant Muhammad. Ils disparurent côte à côte dans la mosquée. Quand ils en ressortirent, l'Envoyé et 'Abdallâh ibn Obbayy s'embrassèrent comme des frères. Mon père et Ubadia ben Shalom souriaient. Nous pensâmes que le châtiment des Banu Qaynuqâ serait une affaire simple.

Mais le lendemain, ni mon père ni mon époux n'étaient sous le tamaris de notre cour. La rumeur les disait dans la maison fraîchement fortifiée d'Omar, avec quantité des héros de Badr.

Barrayara relaya des rumeurs d'hommes en cuirasse et de guerre imminente au cœur même de la ville. Les cuisines s'emplirent de gémissements. Déjà, certaines certifiaient que les Juifs, plus nombreux, plus puissants et plus richement armés que nous grâce au Banu Qaynuqâ, allaient exiger notre départ de Yatrib. Tous les efforts que nous avions accomplis, tous ces murs dressés avec tant de peine allaient être ruinés. Où irions-nous ?

Ces bavardages ténébreux ressemblaient à un caquetage de hyènes dans un cimetière. Je m'embrasai de colère. Alors que le Noir Bilâl allait chanter la rupture du jeûne et que le repas fumait dans les jarres, je les brisai à coups de brique. La soupe inonda les feux en grésillant, éteignant les braises. Je hurlai :

— Honte à vous toutes ! Qu'Allah vous fasse honte ! N'avez-vous pas entendu l'Envoyé ? Allah vous tient sous Son aile et vous êtes là à gémir telles des mécréantes. Regardez-vous ! N'êtes-vous que des demi-bouches ? À quoi cela vous sert-il de prier le Clément et Miséricordieux soir et matin ? De quel nouvel exil parlez-vous ? L'Envoyé n'a-t-il pas prouvé qu'il vous conduisait sur une route droite et devant laquelle nul ne peut se dresser ? Faut-il sans cesse tout recommencer pour vous convaincre ? C'est nous que l'on craint dans Yatrib. Il n'est plus qu'un exil : celui des mécréants et des hypocrites ! L'enfer les attend !

D'où me vinrent ces paroles ? Aujourd'hui encore je l'ignore. Peut-être avais-je moi-même trop peur de posséder les défauts que je reprochais à mes compagnes.

Ma rage fit tomber un silence sidéré sur les cuisines. Je m'enfuis dans ma chambre et interdis à Barrayara comme aux autres d'en franchir le seuil.

Je venais de priver de repas toute la maisonnée qui l'attendait depuis l'aube. Comme on a dû me détester ! Plus tard, je sus que les femmes allèrent quérir de la nourriture chez les voisines.

Une fois ma colère retombée, je n'étais plus si certaine de sa bonne cause, et j'endurai comme une punition la torture de la faim. Elle n'était rien comparée à celle de mes mensonges et de mes fautes.

2.

Je dormis peu cette nuit-là. L'obscurité était encore pleine quand mon nom fut prononcé derrière la porte de ma chambre :

— Aïcha ! Aïcha, réveille-toi...

Je ne reconnus pas la voix. J'entendis le frottement de la portière qu'on soulevait et aussitôt le marmonnement brutal de Barrayara :

— Lève-toi. Passe une tunique décente. Ton époux t'envoie de quoi apaiser ta faim et calmer ton humeur.

À la lueur des étoiles, je devinai la silhouette qui accompagnait Barrayara.

— Talha !

Il me tendit un couffin d'alfalfa.

— Voici de la soupe et du pain de la part de l'Envoyé. Dépêche-toi de manger ! Bilâl ne va pas tarder à annoncer le jour.

Je perçus l'amusement dans sa voix. Ses yeux brillaient.

Je ne tergiversai pas. Je savais trop bien la dureté de la journée qui m'attendait si je restais le ventre vide. J'avalai soupe et pain avec délice. Pleine d'un ressentiment qui devait lui bouillir le cœur depuis la veille, Barrayara gronda :

— Avais-tu besoin de casser nos jarres et de tuer nos feux pour dire ce que tu avais à dire ? Pendant le jeûne, alors que les ventres criaient de faim ! Sais-tu combien se lèveront tout à l'heure en te maudissant ?

— Il vaudrait mieux que nul ne maudisse l'épouse de l'Envoyé, intervint Talha d'un ton tranquille. Il a été très content d'apprendre sa colère. Il a ri de plaisir et l'a approuvée. Devant tous, il a dit : « Puisse ma bien-aimée avoir des sœurs d'esprit dans chaque demeure ! Allah en serait très heureux et mieux écouté. »

Barrayara grogna en roulant des lèvres avant de marmonner dans son menton :

— Si l'Envoyé le dit...

Elle se reprit et se raidit :

— Allah est grand et Il sait ce qu'Il fait. Et vous, maintenant que vous m'avez réveillée et que le ventre de l'épouse se remplit comme il se doit, vous n'avez plus besoin de moi.

Le sarcasme de Barrayara me siffla aux oreilles. Ma vieille nourrice savait manipuler les mots dans tout leur double sens. Par bonheur, Talha ne pouvait ni comprendre ni remarquer mon air troublé. Il la regarda qui s'éloignait sans attendre de réplique, traînant ses sandales avec toute l'impertinence dont elle était capable. Il rit doucement.

— Barrayara dit vrai, fit-il en se tournant vers moi. Une fois le soleil levé, on ne va pas beaucoup t'aimer dans la maison.

Il avait mille fois raison. Mais j'avalai ma bouchée en haussant les épaules. Moi aussi, je voulais me montrer désinvolte.

— Le soleil ne se lèvera plus que trois fois avant la fin du jeûne, dis-je. Une fois le jeûne terminé, tout le monde aura oublié.

Talha fit semblant d'approuver. L'aube montait de plus en plus vite. Il ne restait plus longtemps avant que Bilâl ne lance son appel. Je me dépêchai d'achever ma soupe et mon pain. Talha redevint sérieux et murmura très vite :

— Je ne suis pas seulement venu t'apporter de quoi manger et te dire le plaisir que l'Envoyé a eu de tes mots. Il veut que tu saches ce qui va arriver bientôt. Il m'a dit : « Mon épouse est devenue femme. Elle supporte devant Allah tout ce que je suis. Ne la laissons pas dans l'ignorance comme une servante. »

Mais tu dois le garder pour toi. Pas un mot à quiconque, et surtout pas à Barrayara ou à ta mère, Omm Roumane. Ce sont de grandes bavardes.

La surprise et l'émotion me laissèrent sans voix. Les mots de Talha coulaient en moi tout à la fois comme un miel et une langue de feu. Je songeai : « Ainsi va donc le tourment de Dieu qu'Il m'enfonce toujours plus loin dans la plaie de mon mensonge ? »

— Oui, marmonnai-je, baissant les yeux et m'essuyant la bouche.

— L'Envoyé a beaucoup prié et réfléchi ces derniers jours, reprit Talha. Il a demandé l'avis de ton père, d'Omar et de Tamîn, d'Abu Hamza et de bien d'autres. Il a écouté le Juif Ubadia ben Shalom et a pris l'avis d''Abdallâh ibn Obbayy. Il a conclu : Les Banu Qaynuqâ ne peuvent continuer d'aller leur chemin dans Yatrib sans se soumettre en entier à la volonté du Clément et Miséricordieux. Les laisser en paix serait une grande faute. Ils ne sont que la tête d'un ver malfaisant, un ver qui veut tout corrompre. À la synagogue, leurs vieux rabbis condamnent chaque pas que nous faisons. Ils disent : « Cela est en désaccord avec la Thora. » Même notre jeûne ne leur convient pas. Ils disent : « Dieu a ordonné le shabbat et rien d'autre. » Ils disent : « Muhammad le Messager n'est pas un véritable nâbi, il ne sait rien des véritables volontés de Dieu. » Avant-hier, les sentinelles qu'Abu Hamza avait postées sur la route de Qoba ont arrêté un homme des Banu Qaynuqâ. Il filait à Mekka déguisé en Bédouin pour porter un message à Abu Sofyan : « Viens à Yatrib t'en prendre à Muhammad le faux prophète. Les arcs et les épées des Banu Qaynuqâ seront à ton côté. »

J'avais cessé de manger. Je n'avais plus faim. Ma gorge était si serrée qu'une goutte de lait ne serait pas passée. Était-il possible que la haine des Banu Qaynuqâ envers nous soit si forte ?

Le jour maintenant pâlissait nos visages. Talha vit ma stupeur et opina :

— Aucune surprise dans tout cela. Jamais les Banu Qaynuqâ n'ont accueilli notre venue avec respect. Jamais le pacte de paix que leur a proposé l'Envoyé ne leur a convenu. Ils ont fait les hypocrites en espérant nous chasser dès que le pouvoir serait entre leurs mains. Tout autour de Yatrib, ils ont marchandé leurs alliances en même temps que leurs bijoux et leurs armes. Ils connaissent mieux que personne le pouvoir du commerce. Allah déteste les situations fausses et les mensonges. L'heure est venue de lever le tapis qui voile les ombres.

Le premier appel de Bilâl s'éleva dans l'air vibrant de l'aube. Baissant encore la voix sous le chant, Talha me fit signe de l'écouter jusqu'au bout :

— Les arcs et les épées des Banu Qaynuqâ ne sont pas négligeables. On prétend que leurs clans comptent sept cents combattants. Omar assure que nous serons au moins autant d'ici à la fin du jeûne. L'Envoyé a dit : « Prenons d'abord notre premier repas d'après le ramadan. Ensuite, nous enfilerons nos cuirasses, et Allah sera content de nous. »

— Tu veux dire : la guerre de nouveau ? murmurai-je, abasourdie.

— Oui, approuva durement Talha. La guerre, et cette fois jusqu'à Mekka, jusqu'à dans la Ka'bâ. C'est ce que Dieu attend de nous.

Le chant de Bilâl cessa. La cour se peuplait. On jeta des regards vers nous. Je n'y accordai pas d'importance. Talha se releva. Il attendit que je sois debout à mon tour pour bien me fixer et ajouter :

— Aïcha, tu dois aussi savoir que Fatima est venue devant son père demander le droit de porter la cuirasse. Elle veut être aux côtés de l'Envoyé et d'Ali quand ils pousseront leurs chevaux jusqu'aux fortins des Banu Qaynuqâ. L'Envoyé a répondu qu'il en serait très heureux et très fier.

3.

Voilà comment les choses se passèrent, le prévu et l'imprévu.

Malgré nos précautions, les Banu Qaynuqâ apprirent le projet de l'Envoyé avant la rupture du jeûne. Peut-être 'Abdallâh ibn Obbayy ibn Seloul fut-il dans le devoir de leur livrer la confidence : après tout, les Banu Qaynuqâ étaient ses affidés. Pendant deux jours, Yatrib entière vibra de peur, de palabres, de colère. Et durant ces deux jours, les Banu Qaynuqâ firent tout ce qu'il était en leur pouvoir pour rallier à eux d'autres clans.

À leurs grandes fureur et surprise, nul ne voulut les suivre. Bien des années plus tard, mon époux me confia que cela avait été l'œuvre d'Ubadia ben Shalom, son ami juif. Il avait réussi à convaincre ibn Obbayy de peser de tout son poids en notre faveur.

Quoi qu'il en soit, sentant le vent tourner, pleins de dépit et de morgue, les Banu Qaynuqâ s'enfermèrent dans leurs fortins de la plaine de Yatrib. Du dernier-né aux vieillards mourants, tous disparurent derrière leurs murs crénelés hauts de cinq ou six fois la taille d'un homme, avec quantité d'armes, de chevaux, de chameaux, de petits troupeaux et de vivres.

À ceux qui s'en effrayèrent, Omar répondit avec un rire :

— Que craignez-vous ? Ils peuvent bien s'enfermer avec autant de chèvres qu'en compte la Création ! Quand ils auront bu le sang de chacune, ils mourront de soif, et nous serons là, dehors, à leur tendre des gourdes ou des lames, selon leur choix.

L'Envoyé ne changea rien à sa décision d'attendre la fin du jeûne avant de montrer sa force. Il donnait ainsi l'occasion aux Banu Qaynuqâ de se soumettre ou de quitter Yatrib avant que les nimcha ne soient brandies.

Partout où l'on posait les yeux, on ne voyait que des hommes en armes, des servantes faisant luire des cuirasses, des chevaux lustrés comme pour une parade. L'air paraissait gorgé de cuir et de métal, et peut-être aussi d'appréhension.

Enfin Bilâl chanta la rupture du jeûne. La cour de notre maison était si pleine de monde qu'on ne pouvait s'y déplacer sans se heurter. La prière du crépuscule fut fervente et longue. La masdjid ne suffit pas. Mon père demanda que les femmes, les enfants et les servantes prient dehors.

Quand vint le moment du repas, je ne pus pas apporter son écuelle à mon époux. Muhammad était si étroitement entouré qu'on ne voyait guère que son manteau et son chèche. Ils étaient vingt, trente, cinquante à réclamer sa bénédiction sur leurs poings armés.

Je tentai de l'approcher, de croiser son regard. Inutile. On me repoussait comme si je n'étais personne.

J'entrevis Talha, Ali et Zayd en grande conversation, mais aucun ne tourna la tête vers moi.

J'aperçus Fatima en corset de cuir au côté d'Omar. Je l'enviai un instant, le temps de retourner dans ma chambre d'épouse vide. Barrayara tenta de m'informer des mille rumeurs du jour. Je la chassai après avoir écouté trois phrases. Je voulais rester seule avec ma mauvaise humeur. Si bien que j'entendis à peine le bruit décroître, puis cesser, tandis que notre cour se vidait.

Le silence était si grand qu'on entendait le crissement des grillons au-delà de nos murs quand mon époux souleva la portière de ma chambre.

Il vint à ma couche sans un mot et sans me laisser le temps d'un bavardage inutile. Il n'attendit pas que je retire ma tunique. Ses baisers et ses caresses effacèrent mes pensées. Je me liai à lui comme s'il pouvait m'emporter loin de toute chose connue.

Mais lorsqu'il se dénoua de moi et bascula sur le côté, ce fut plus que je n'en pouvais supporter. Les larmes m'engloutirent. Je n'étais qu'une rivière de pleurs et de honte. Le souffle me manquait et je ne parvenais pas à prononcer une syllabe. J'avais tant à dire pour me faire pardonner !

Soudain, la mèche d'une lampe éclaira le visage de Muhammad.

Quel visage ! Quelle douceur ! Quelle bonté !

Sa paume fut sur mon front, sur mes tempes.

Ses doigts se mouillèrent à mes yeux et mes joues.

Il chuchota vingt fois mon nom :

— Aïcha, Aïcha, Aïcha, Aïcha...

Mes larmes n'en étaient que plus amères et plus violentes.

Il prit un linge et me lava les joues.

Ce fut comme s'il me plongeait dans une source fraîche. La poitrine secouée de hoquets, je voulus ouvrir la bouche. Il me ferma les lèvres.

— Allah est le Bien-Informé, dit-il. Et moi, ce que je dois savoir, Il me l'apprend.

La peur dut se lire sur mes traits. Il secoua la tête.

— J'avais dit : Allah m'ouvrira la voie vers toi. Il l'a fait selon Sa volonté. Tu es Aïcha la très aimée épouse de Muhammad le Messager. Tu le seras jusqu'au jour du jugement. Et tu seras incomparable, car ce n'est pas le sang des femmes qui coule en toi, mais les mots de Djibril. Voilà ton devoir et ton enfantement.

4.

Dois-je l'avouer ? Qu'Allah me pardonne, les jours qui suivirent ne me parurent pas plus importants que les mots de Muhammad cette nuit-là. Ils changèrent cependant la vie dans Yatrib.

Comme l'avait prévu Omar, les guerriers d'Allah encerclèrent les fortins des Banu Qaynuqâ. Durant une lune, nul n'y entra, nul n'en sortit. Puis la soif en ouvrit les portes. Les Banu Qaynuqâ apparurent, pleurant après une goutte d'eau. On la leur donna.

Comme je n'avais rien vu de la scène, Barrayara me la raconta :

— Une fois la soif des Banu Qaynuqâ étanchée, Fatima, enragée par l'affront infligé à Safyia, a réclamé vengeance. Elle a presque convaincu le Messager de tous les passer par le fil des nimcha. Cela a failli tourner au massacre. Mais alors que l'Envoyé allait ordonner d'emprisonner les Banu Qaynuqâ, 'Abdallâh ibn Obbayy lui a saisi le bras. Ton époux est devenu livide de rage : « Lâche-moi ! » a-t-il hurlé. « Par Dieu, non ! a crié ibn Obbayy. Qu'Allah le Tout-Puissant me juge si je ne protège pas ceux qui un jour m'ont protégé. Ceux-là l'ont fait sans crainte, et plus d'une fois. Tu les faucherais à coups de sabre en un clin d'œil ? Alors fauche-moi aussi. »

Je demeurai saisie devant le terrible tableau que me peignait Barrayara.

— Ah ! poursuivit ma servante. Tu aurais dû les voir sur leurs chevaux, tremblants de fureur, tandis qu'Omar, Fatima et les autres tournaient autour d'eux, la lame brandie au soleil. Mais ton époux a été le plus sage. Il a reconnu qu''Abdallâh ibn Obbayy obéissait à la loi de l'honneur et qu'Allah ne pouvait en être offusqué. Il a dit : « Trois jours, c'est le temps qu'Allah le Miséricordieux accorde aux Banu Qaynuqâ pour quitter Yatrib les mains nues. Trois jours, pas un de plus. Allah ne guide pas un peuple d'injustes[1]. Mais Il ne guide pas non plus les sourds et les aveugles obstinés. Ceux-là, la fournaise les attendra à leur heure. »

Ce qui fut. Car Talha avait dit vrai : la guerre nous conduisant à Mekka venait de commencer.

1. Coran 7, 51.

Deuxième rouleau

Temps de paix, annonce de guerre

Toi qui liras ces souvenirs

Sache que moi, Aïcha bint Abi Bakr, l'épouse bien-aimée du Prophète, je ne vivrai peut-être pas assez longtemps pour te les conter dans toute leur étendue.

Voilà dix jours que mes doigts n'ont pas tracé un mot. Je venais d'écrire la dernière phrase que tu as lue plus haut dans ces rouleaux de mémoire, quand la maladie s'est abattue sur moi tel un hijab opaque. Dans le regard des servantes, j'ai vu la crainte de la mort.

Nous sommes au dixième jour du mois de shawal de la cinquante-sixième année après l'hégire. Fais le compte de mon âge, ami. Dis-moi s'il n'est pas temps qu'Allah me ferme les yeux et la bouche pour me soumettre à Son jugement ?

Non, pas encore.

La tourmente de la maladie est passée sur moi comme l'orage purifie et ravive les arpents épuisés. J'ai rouvert les yeux. Des potions, des prières et des soupes légères m'ont réchauffée. Le sommeil s'est envolé de ma couche et il me suffit de clore les paupières pour subir encore et encore le souvenir des caresses de mon époux tant aimé. Parfois l'illusion est si vive que je sens son souffle sur ma nuque et ma poitrine flétrie.

Dieu m'a comblée de tant de mémoire que, l'âge avançant, et alors que mes yeux peinent à deviner la branche d'un tamaris à cent pas, je revois avec netteté les années lointaines de ma jeunesse et me souviens de chaque sourate prononcée par le Prophète.

Ce prodige, vous qui lisez mes mots, que vous soyez femme ou homme, ne me l'enviez pas.

Depuis plus de quarante-cinq années, le front, les lèvres et les paumes de mon unique époux ne sont pour moi qu'illusions et tourments. Le parfum de ses cheveux me suffoque parfois comme le maléfice d'une magie. Il n'est pas un jour où l'absence de Muhammad ibn 'Abdallâh, l'Envoyé d'Allah, ne me laisse sèche et vide.

Chaque être a un destin sur cette terre. Le Tout-Puissant m'a accordé une mémoire prodigieuse afin que les racines de Son peuple bravent le temps. Jusqu'à mon dernier souffle, moi, Aïcha, Mère des Croyants, je continuerai à déposer cette mémoire dans les rouleaux d'écriture qui nourriront le savoir de ceux qui ignorent encore la vérité de Sa création.

Me revoilà donc, le calame entre mes doigts tordus comme une souche de genévrier.

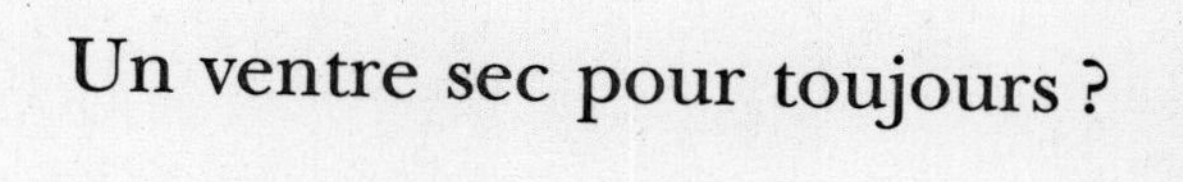

Un ventre sec pour toujours ?

1.

Au troisième jour accordé par l'Envoyé à la tribu juive des Banu Qaynuqâ pour quitter leurs fortins, tous les habitants de Yatrib se postèrent le long de la route afin d'assister à son départ. L'impression était forte.

La cohorte longeait nos maisons. Enveloppé de son manteau ocre et juché sur son méhari, Muhammad se tenait immobile devant notre porte. Sa monture était parée d'une étoffe verte brodée du nom d'Allah. Chaque Banu Qaynuqâ qui osait tourner la tête vers lui croisait son regard.

Fatima avait réclamé de demeurer à son côté en compagnie de son époux, Ali. Mon père Abu Bakr et Omar, ainsi que d'autres compagnons de toujours, l'entouraient également. J'étais présente moi aussi, car Muhammad m'avait voulue à sa droite, un peu en retrait, dans le palanquin d'une chamelle blanche. La même que celle sur laquelle les gens de Yatrib m'avaient vue au retour de Badr.

'Abdallâh ibn Obbayy, le seigneur des convertis à qui les Banu Qaynuqâ devaient la vie sauve, se tenait plus loin dans l'oasis avec ceux de son clan. Telle était sa manière de montrer à ses tribus que son alliance avec l'Envoyé d'Allah se bornait à son bon vouloir. Il était de ceux qui aimaient à dire :

— Je suis soumis à Allah, car il n'est de Dieu que Dieu. Mais Son prophète, il me suffit de l'écouter.

Au passage des exilés, des cris et des insultes jaillissaient de la foule massée devant nos demeures. Muhammad les fit taire d'un geste. Bientôt, on n'entendit plus que le bruit des semelles des Banu Qaynuqâ, les pleurs des femmes et des enfants. Ils étaient plusieurs centaines. Certains parmi nous assurèrent qu'ils étaient près de mille si l'on comptait les vieillards, les malades et les nourrissons. Selon l'accord convenu entre ibn Obbayy et le Prophète, chaque famille avait droit à un chameau et deux chevaux. Elle pouvait emporter également ses affaires personnelles et le tiers de ses troupeaux. En revanche les armes, l'orfèvrerie et les meubles ne devaient pas quitter les fortins.

Quand la colonne des exilés disparut à l'horizon, en direction du pays de Sham où Moïse avait déposé leurs ancêtres, la poussière soulevée par son passage resta suspendue dans l'air jusqu'au crépuscule. Elle était si épaisse qu'elle projetait une ombre sur le sol. Quand on y pénétrait, on frissonnait. Barrayara et bien d'autres femmes osaient à peine lever les yeux pour la regarder.

— La colère de Dieu est sur nous ! lançait Barrayara à qui voulait l'écouter. Ce nuage est celui de la purification. S'il se dépose au sol, il étouffera tous ceux qui sont dessous.

Elle répétait cela avec tant de conviction que j'eus peur. Je n'avais qu'une hâte : rentrer chez nous.

Selon l'usage, tous ceux qui avaient porté une arme durant le siège des fortins des Banu Qaynuqâ se précipitèrent pour le partage du butin. Mais ils trouvèrent les guerriers d'Omar ibn al Khattâb sur leur chemin.

— L'Envoyé nous ordonne d'attendre jusqu'à demain ! cria Omar. Chacun aura sa part ! Ne traînez pas comme des hyènes autour d'un vieux cadavre. Allez prier dans vos masdjid. Louez Allah de la fortune et du pouvoir qu'Il vous donne. Sans Lui, que seriez-vous ?

De son côté, l'Envoyé fit savoir que, le soir, il s'adresserait aux Croyants sincères avant la prière.

Quand mon époux parlait ainsi publiquement, la mosquée, même agrandie, et notre cour étaient trop petites pour accueillir tous les fidèles. Aussi se serraient-ils partout entre nos murs, jusque dans la ruelle qui longeait la mosquée. Et, pour que chacun puisse entendre la parole du Messager d'Allah, Bilâl la répétait, phrase après phrase. Sa voix puissante portait dans le moindre recoin.

Ce soir-là, un autre événement imprévu rendit ce jour mémorable.

Pendant que nous assaillions les fortins des Banu Qaynuqâ, Tamîn al Dârî, l'ancien Chrétien, était revenu du pays de Ghassan, où, des années auparavant, il avait rencontré pour la première fois Muhammad. De tous ses compagnons, il était le seul à pouvoir encore rassembler des caravanes pour le Nord. Là-bas, à Homs, Jilliq ou Palmyre, des commerçants chrétiens lui étaient demeurés fidèles, bien qu'il leur eût appris sa soumission à Allah. Plus d'une fois déjà, au temps de notre grande pauvreté, il avait risqué sa vie et sa fortune pour commercer avec eux afin que l'existence nouvelle des Croyants de Mekka ne soit pas celle de mendiants.

Cette fois-ci, il rapportait un présent particulier pour l'Envoyé : un escalier de bois aux neuf marches ornées du nom d'Allah en lettres de lumière sur fond de ciel. Elles conduisaient à une sorte de nacelle étroite bordée d'une rambarde aux barreaux dorés comme le soleil. Sur le devant était fixée une planche de cèdre sur laquelle les trois versets de la sourate An Nasr[1] étaient peints. Le côté gauche, qui serait disposé face au couchant, était décoré des trois versets d'Al Kawthar[2]. Au-dessus de la nacelle, une hampe torsadée soutenait une lampe comme nous n'en avions jamais vu. Elle était composée de huit miroirs d'argent et pouvait abriter les flammes de deux mèches.

Pour pouvoir le transporter depuis Bosra, où il avait commandé cet escalier qui ne menait nulle part à un charpentier

1. Sourate *La Victoire.*
2. Sourate *L'Abondance.*

juif, Tamîn l'avait fait démonter. Dès son retour, il en fit déposer toutes les pièces dans notre cour. Un charpentier du Nord, que Tamîn avait converti à la parole d'Allah, prit les trois jours précédant l'exil des Banu Qaynuqâ pour le remonter. Devant le meuble, qui peu à peu reprenait forme, chacun s'interrogeait sur son usage et son utilité. Ce soir-là, en le découvrant enfin entièrement assemblé dans notre cour, Muhammad sourit et haussa les sourcils. Par plaisanterie, il demanda à Tamîn :

— Voudrais-tu que je guette les hypocrites depuis là-haut ? Je crains que ton escalier ne possède pas assez de marches pour que mon regard puisse franchir leurs murs de mensonges.

Tamîn était connu pour sa sévérité. On comptait sur les doigts d'une seule main ceux qui se souvenaient de l'avoir vu sourire. « Dieu ne fait pas de grimaces », aimait-il à répéter. Pourtant, c'est en riant qu'il avait échangé ses premiers mots avec mon époux. Ce jour-là, la plaisanterie du Messager ne le dérida pas.

— Ce meuble n'est pas fait pour la guerre ni pour de vulgaires occupations, rétorqua-t-il. De là-haut, Allah le Tout-Puissant parlera par ta bouche. Ses paroles ruisselleront sur la tête de ceux qui espèrent Sa clémence.

Tamîn connaissait mieux que personne les coutumes du Nord.

— Tous les temples chrétiens du pays de Ghassan possèdent un escalier semblable, d'où l'on profère prêches et Dits sacrés, expliqua-t-il. Ta parole vaut celle des Chrétiens. Quand tu parles dans la masdjid, tu ne dois pas être à hauteur d'homme. Ce n'est pas une affaire d'orgueil ou de vanité. Ce qui vient dans ta bouche vient de bien plus haut.

Muhammad discuta avec ses compagnons. À tous, la proposition de Tamîn parut sage, faisant honneur à Allah autant qu'à son nâbi.

Mon père Abu Bakr dit :

— Allah a poussé les Banu Qaynuqâ hors de leurs fortins. Il choisit ses fidèles parmi les habitants de Yatrib. Sa puissance va à Muhammad Son Prophète et à nul autre. Que cela se voie aussi dans Sa mosquée ne peut être mauvais.

— On ne trouve pas un escalier pareil dans les synagogues des Juifs de Yatrib, précisa Tamîn en levant vers le ciel ses mains potelées. Les Juifs, eux, se tiennent toujours inclinés sur la Thora.

Enfin, l'escalier fut installé dans la masdjid avant le crépuscule. Les Croyants le découvrirent en arrivant pour écouter le prêche de l'Envoyé. La bousculade qui s'ensuivit manqua d'en étouffer plus d'un : tous voulaient examiner de près cet objet singulier. Omar et ses guerriers mirent de l'ordre afin que chacun puisse satisfaire sa curiosité.

Après quoi, mon époux gravit les neuf marches et se dressa dans l'espèce de nacelle. L'escalier se montra si stable qu'il ne bougea ni ne grinça sous son poids. Le charpentier de Ghassan rayonnait de joie.

L'Envoyé posa les mains sur la rambarde dorée et nous toisa l'un après l'autre. Même moi, qui m'attendais à voir mon bien-aimé là-haut, je fus saisie d'un long frisson. Jamais, me sembla-t-il, Muhammad le Messager ne s'était montré aussi splendide. Oui, Allah avait tenu la main de Tamîn dans le choix de ce meuble !

Les mots parurent tomber sur nos fronts. Je vis les nuques plier.

L'Envoyé dit :

— Allah donne, Allah reprend. Il est puissant en tout. À l'heure du butin, Il dirige aussi le juste et l'injuste. Il fait triompher Ses prophètes selon Ses desseins. Le butin qu'Il vous accorde aujourd'hui ne vous a coûté ni cheval ni monture[1]. Pour que l'équité soit entre les pauvres et les riches, de ce jour, la cinquième partie de tout ce que vous engrangerez dans les victoires Lui revient. Son Prophète répartira ce quint en trois parties. Une pour la maisonnée de l'Envoyé, une pour les faibles

1. Coran 59, 6.

qui n'ont pu combattre pour de bonnes raisons, et la dernière pour assurer la puissance d'Allah[1].

Il dit encore :

— À présent, ceux de Yatrib qui insultent les Croyants connaissent leur sort. Il est inévitable. Dieu a choisi ce lieu pour être Sa source éternelle. C'est pourquoi nous n'appellerons plus l'oasis où nous avons trouvé refuge Yatrib, mais « Madina », la *ville*. La cité d'Allah et de Son Prophète.

J'ai rarement vu un tel bonheur sur les visages des Croyants. Cette nuit-là, dès la fin de la prière, les fidèles se dispersèrent en répétant : « Madina, Madina, Madina... »

Comme si chacun arrivait enfin chez soi après un long voyage.

---

1. Coran 8, 41.

2.

Il en advint du butin comme l'Envoyé l'avait ordonné. La richesse des Banu Qaynuqâ coula sur les Croyants, pauvres et riches. Les demeures, les robes et les tuniques s'embellirent. Les jarres et les resserres se remplirent, ainsi que les enclos et les coffres, où les guerriers admiraient leurs armes et leurs cuirasses.

À moi, mon époux offrit un collier, mais qui ne me procura pas la même joie que le premier.

En vérité, le bonheur et l'assurance qui flottaient autour de moi me laissaient indifférente. Les jours de la fin du siège m'avaient divertie, mais, comme je l'ai dit et qu'Allah me pardonne, je ne parvenais pas à me réjouir de cette nouvelle victoire, trop occupée que j'étais de mon propre sort.

Après mon aveu, mon époux avait effacé en quelques mots mon mensonge et ma faute. Mais les phrases qu'il avait prononcées m'avaient troublée tout autant qu'elles m'avaient apaisée : « Ce n'est pas le sang des femmes qui coule en toi, mais les mots de Djibril. Voilà ton devoir et ton enfantement. »

Plus le temps passait, moins j'étais certaine d'en saisir le sens. Allah m'avait-Il retiré, déjà et pour toujours, la possibilité d'être mère ? N'enfanterais-je jamais ? Si cela était, comment mon très-aimé pouvait-il s'en réjouir ?

J'imaginais déjà les cris de mon père et de ma mère lorsqu'ils l'apprendraient. Car ils l'apprendraient, et avant longtemps. Ils ne seraient pas les seuls. Avec l'aide de Barrayara, j'avais pu tricher durant deux ou trois lunes, me cloîtrer comme si le sang des femmes m'était réellement venu et accomplir les devoirs des épouses impures. Des simagrées que je devais abandonner. Jamais Muhammad n'accepterait que ce mensonge perdure sous son propre toit, lui qui chaque jour blâmait les hypocrites. Alors, la maisonnée tout entière saurait, et de penser à cette existence de femme sèche qui m'attendait, j'en perdais le souffle.

Tout Yatrib, maintenant Madina, saurait !

Aussi loin que s'agrandirait le royaume d'Allah, chacun le saurait ! Jusqu'à Mekka, il y aurait des sourires moqueurs. On prononcerait en ricanant le nom d'Aïcha bint Abi Bakr, l'épouse au ventre sec ! La honte des femmes stériles, qui l'ignorait, de Ghassan à Saba ?

Qu'on se souvienne : je n'avais que treize ans. Quelques saisons auparavant, mes seuls drames venaient des histoires que je m'inventais. Et soudain Allah faisait peser sur moi un poids que je n'avais pas la force de porter.

Ce qui devait arriver arriva. Je décidai de ne plus rien avaler, pas même une bouchée de galette ou une écuelle de lait caillé. Et, tout autant incapable de trouver un mot qui ne fût une offense à mon époux, à mes parents ou à Allah, je ne descellai plus les lèvres. Ni pour parler, ni pour manger, ni pour boire. Dans cet état, qui était peut-être un peu celui de la folie, une pensée étrange me vint. Allah n'était-il pas le juge suprême ? Il pouvait tout. Prendre ma vie ou déchirer mes entrailles pour qu'enfin je donne un fils à mon époux.

Ma mère Omm Roumane s'affola. Les servantes m'observèrent avec effroi. Plus tard, on me rapporta que l'Envoyé, pourtant occupé à des choses graves, demandait sans cesse de mes nouvelles pour les transmettre à mon père, qui ne savait que gémir.

Tous se souvenaient de ce mal étrange qui avait manqué me tuer plusieurs années auparavant et pendant lequel j'avais perdu toute ma chevelure. Ma mère fit venir des femmes savantes dans les maladies et les herbes de guérison. Elles repartirent dépitées et furieuses. Comment soigner une malade qui se refusait à dire où elle avait mal et à avaler la moindre potion ?

Après quelques jours, ma faiblesse s'accrut. Barrayara en profita pour me faire ingurgiter du lait et même un peu de bouillie sans que je puisse résister. La faim me quittait pour de bon, et aussi la conscience de ce qui m'entourait. Je confondais le jour et la nuit. Je n'allais plus prier. On me raconta plus tard que souvent, cependant, je murmurais des versets de l'ange Djibril, parmi les plus anciens que l'Envoyé m'avait fait apprendre. Ma mémoire paraissait vivre seule, comme à côté de moi. J'étais plongée dans une brume étrange et paresseuse où rien de mauvais ni de menaçant ne pouvait m'atteindre.

Puis j'ai respiré un parfum très reconnaissable. Celui des cheveux de Muhammad. Si faible qu'eût été ma respiration, je m'en emplis. Je me rappelle avoir pensé qu'il venait de se les faire laver et enduire d'huile d'argan. D'ordinaire, il était de mon devoir de prendre soin de sa chevelure. Qui m'avait remplacée à cette tâche ? Malgré le peu de conscience que je possédais, je crois bien avoir ressenti du dépit et de la jalousie.

Alors seulement mes yeux discernèrent la silhouette qui s'agenouillait sur ma couche et qui n'était pas un effet de mon imagination.

D'une caresse, mon époux me releva le menton. Il murmura mon nom plusieurs fois, s'assurant que j'étais bien éveillée et m'obligeant à affronter son regard :

— Aïcha ! Aïcha ! Aïcha ! Réveille-toi, mon miel !

Il fronçait les sourcils. Une inquiétude véritable charbonnait ses prunelles. Il resta silencieux. J'avais un peu de mal à tenir mes paupières ouvertes. L'envie me vint de lui sourire. Je ne sais si mes lèvres m'obéirent.

Il relâcha mon visage et passa les doigts dans sa barbe sans cesser de me scruter. Son regard était si vif et si intense qu'il me sembla en ressentir la pointe jusque dans mon cœur. Il demeura encore muet. Puis ses lèvres bougèrent, comme lorsqu'il consultait silencieusement son Rabb. Mais peut-être n'était-ce que l'invention de mon regard embué de larmes. Cela dura longtemps. Muhammad ne me posa aucune question. Contrairement aux femmes, il ne m'interrogea pas. Il ne me demanda pas d'où me venait ma douleur et ne m'exhorta pas à boire, à mâcher et à avaler.

Peut-être, dans ce silence, ai-je refermé les yeux un bref instant. Je les rouvris en grand, d'un coup. La voix de mon époux était en moi. Douce, tendre, aussi claire qu'une lumière de printemps :

— Ma bien-aimée, mon éternelle aimée, mon don d'Allah... Redeviens forte, mon épouse. Ne sais-tu pas que ta place est à ma droite et jusqu'à la victoire d'Allah sur les quatre horizons ?

Il tenait mes mains entre les siennes. Il les porta à ses lèvres, les ouvrit et en baisa les paumes. Les larmes inondèrent mes joues. Pour la première fois depuis des jours, je voulus parler. Impossible. Ma voix était enfouie loin dans ma gorge. J'eus peur. Je devais avoir un visage très laid. Peut-être mon époux avait-il tout deviné depuis longtemps. Ses lèvres me parurent fines et légères, telles les ailes d'une hirondelle. Peut-être souriait-il un peu. Peut-être se moquait-il.

Il s'inclina, m'emplissant de son parfum. Sa bouche chercha mes tempes. Son souffle caressa mon oreille.

— Ne sois pas si orgueilleuse, chuchota-t-il. Qui es-tu pour dresser ta colère contre Allah ? Pourquoi douter ? Il te voit et te soutient. Aucune épouse ne possède autant de bonheur dans ses paumes.

Je voulus agripper sa nuque. Il était déjà debout. Il souleva la portière de ma chambre. Barrayara l'attendait. Je les entendis discuter tout bas. Je ne fis pas l'effort de chercher à comprendre ce qu'ils se disaient. J'étais bien trop dans la confusion de mes émotions.

Muhammad connaissait tout de mes faiblesses. Il en souriait et m'enveloppait de son amour. Quelle douceur prodigieuse ! Il avait raison. Quelle enfant j'étais !

3.

Le matin suivant, Barrayara m'obligea à me lever et annonça qu'elle m'installait dans sa couche. Ma mère Omm Roumane protesta aussitôt :

— Aïcha ne pèse plus rien, lui répondit Barrayara. Quel époux pourrait la désirer ? Il est temps que ça cesse. Moi, je sais comment la guérir.

Elle ajouta que je ne devais pas rester à macérer dans ma chambre. L'Envoyé y avait ordonné des travaux.

— Des travaux ? Maintenant ? s'offusqua ma mère.

— Le Choisi d'Allah sait ce qu'il fait, répliqua Barrayara, coupant court à la discussion avec son assurance et sa brusquerie habituelles.

À moi, elle n'en dit pas plus. Elle m'allongea près d'elle dans la chambre commune des servantes. Sans doute leur avait-elle fait la leçon. Elles allaient et venaient en prenant soin de m'ignorer.

Barrayara me contraignit à boire un gobelet de soupe et à avaler un peu de bouillie d'orge pilée. Je me laissai faire. Mon ventre trembla de recevoir tant de nourriture. D'avoir été debout un instant me laissa pantelante, aussi bien que si j'avais couru d'un bout à l'autre de l'oasis.

Je m'endormis pour me réveiller au cœur de la nuit. Les ronflements saccadés de Barrayara vibraient à mon côté. La nourriture avalée m'avait redonné un peu de clarté d'esprit.

Tout me revint. La visite de mon époux, les mots de Barrayara à ma mère. La crainte d'être entendue par les servantes me retint un moment. Puis je cédai à l'impatience et je réveillai Barrayara, la secouant dans l'obscurité jusqu'à ce qu'elle proteste :

— Qu'y a-t-il, tu n'es pas bien ?

Je ne parvins qu'à bredouiller des mots informes. Ma voix paraissait perdue tout au fond de ma poitrine.

— Tu as faim ? Il y a une écuelle de lait d'orge près de toi...

— Non... Je veux...

— Ah, mais c'est que notre princesse a retrouvé sa voix ! grinça-t-elle.

Elle était enfin tirée du sommeil. Son ton était plus moqueur que surpris.

— Je veux te parler, répétai-je, d'une voix enfin compréhensible.

— Maintenant ? Ça ne peut pas attendre le jour ?

— Maintenant.

Barrayara soupira. Ses mains chaudes trouvèrent mon visage dans le noir. Elle me caressa affectueusement. Une caresse que je connaissais bien, apaisante, rassurante, et qu'elle avait eue des centaines de fois lorsque j'étais enfant.

Puis ses doigts quittèrent mon visage. Elle se retourna à plat dos, agrippa ma main droite et la posa sans la lâcher sur son ample poitrine.

— Parle, je t'écoute. Mais parle bas. Inutile de réveiller les filles.

Je lui expliquai tout. Les raisons de ma fausse maladie, ma honte d'avoir menti à mon époux, l'aveu que je lui avais fait, sa réponse étrange, ma crainte de demeurer une femme sèche moquée par tous.

Ma voix bourdonnait tout bas dans la chambre, rauque, me laissant la gorge douloureuse. Quand je me tus, Barrayara grogna :

— C'est pour me confier ce grand secret que tu me réveilles ? Crois-tu que nous ne l'avons pas deviné depuis longtemps, ton époux et moi ?

Sous l'ironie de Barrayara, je devinai le soulagement. Je répondis seulement :

— J'ai soif. J'ai la bouche sèche.

— Et comment, tu dois avoir la bouche sèche ! grinça Barrayara en quittant la couche. Dire tant de sottises doit assécher la gorge plus que de traverser le Nefoud.

Je l'entendis se déplacer dans le noir, puis soudain elle chercha mes doigts pour les serrer sur le col d'une petite cruche.

— Bois doucement, ordonna-t-elle. Ne va pas t'étrangler.

Elle n'attendit pas que je lui rende la cruche pour soupirer :

— Aïcha, ma fille, ce n'est pas le sang des femmes qui te manque, mais de te servir de ta tête. Le Messager sait d'où vient ta maladie. Et moi, je me doutais que tu allais me gâcher le sommeil avec ces questions stupides. Quand donc comprendras-tu qu'Allah t'a faite comme tu es et que ton époux en est le plus heureux des hommes ?

— Heureux que je ne sois pas capable de lui donner une descendance ?

— C'est bien ce que je dis. Tu as une jolie tête qui ne te sert à rien.

— Quand ils apprendront la vérité, ma mère et mon père se détourneront de moi. Ils ne voudront plus prononcer mon nom.

— Bêtises ! Je connais Abu Bakr mieux que toi. Quand il apprendra la vérité, pas celle sortie de ta bouche mais celle que lui enseignera l'Envoyé, il se prosternera pour remercier Dieu d'avoir engendré Aïcha, la perle de ses filles.

Barrayara s'expliqua enfin :

— Ton époux sait depuis longtemps à quoi s'en tenir sur ton cas, me répéta-t-elle. Allah lui a fait don d'une fille intacte, toi, et ce don répond tout entier aux besoins de Son Messager. Que le sang des femmes ne te vienne pas comme à une épouse ordinaire ne le surprend pas. Et c'est tout le contraire d'une honte : Dieu n'attend pas de toi que tu enfantes une descendance de chair et d'os. Il te place entre les mains de Son Envoyé pour que, dans les temps à venir, tu sois la mémoire de ses Dits et de ses Faits parmi ceux qui viendront à sa suite et se réclameront de son exemple. Ton devoir n'est pas de te promener avec un gros ventre dans la cour de cette maison ou dans les panières des chamelles à la suite de ton époux en cuirasse, mais de vivre une vie longue et sans impureté.

Barrayara se tut, laissant ces paroles dictées par Muhammad pénétrer lentement mon esprit. Puis elle reprit, plus fermement, retrouvant le ton qu'elle employait lorsque, enfant, j'avais fait une bêtise :

— Il serait temps que tu grandisses, Aïcha ! Tu ne connaîtras pas la peur de l'enfantement, la douleur des enfants qui ne vivent que trois jours et la souillure qui te pousse à l'écart chaque lune. Ton corps est un bienfait d'Allah. Ne blasphème pas en le maudissant. Quant aux gémissements de ton père et de ta mère et ces moqueries que tu crains tant, dès demain l'Envoyé leur tordra le cou.

— Comment peux-tu en être certaine ?

— Ton époux me l'a assuré. Et il est le plus rusé des hommes ! Dès demain, il ordonnera l'ouverture d'une porte dans le mur séparant ta chambre de la mosquée.

Barrayara gloussa, étouffant son plaisir sous sa main pour ne pas réveiller les servantes.

— Une simple portière de palme entre ta couche et la masdjid, voilà ce qu'ils verront tous ! Et crois-moi, ils comprendront. Ceux qui aiment tant semer le doute et les mensonges n'auront qu'à tenir leur langue ! Aïcha, l'épouse de l'Envoyé, est si pure et unique devant Dieu qu'une simple porte joint sa couche au tapis de prière de la masdjid. Aïcha bint Abi Bakr, la Choisie d'Allah ! Ce privilège, aucune des futures épouses du Messager ne le partagera, fais-moi confiance.

Les propos de Barrayara avaient commencé à me réchauffer le cœur. À chacune de ses phrases, il me semblait retrouver plus de souffle et de force. L'envie de sourire me revenait. Mais ses derniers mots me pétrifièrent :

— Ses épouses à venir ?

— Oui, bien sûr.

— Des épouses qui lui donneront des fils...

— Ou des filles. Ou rien. Ton époux est bel homme et vigoureux, mais ce n'est plus un jeune étalon qui sème à tout vent. Qu'importe ! Ne recommence pas avec tes fadaises ou je vais perdre patience. Sa descendance, l'Envoyé l'a déjà choisie : ce sera celle de sa fille Fatima. Le sang de son sang, voilà ce qui lui importe. Tu l'as vu de tes yeux, et Abu Bakr le sait aussi. Maintenant, ça suffit ! Tais-toi et laisse-moi dormir. Fais-en autant.

Ce ne fut pas la dernière fois que Barrayara me montra qu'elle en savait plus que bien des hommes sur le cours de la vie.

Tout se déroula exactement comme elle l'avait prévu. Dès le lendemain, Muhammad lui-même ôta les premières briques du mur de ma chambre. Barrayara me houspilla pour que je mange, boive et reprenne des forces aussi vite que possible.

— Quand la porte sera prête, tu devras être à côté de ton époux pour en passer le seuil.

Par bonheur, Muhammad ne pressa pas les travaux, bien au contraire. Ma mère Omm Roumane vint me visiter dans la chambre des servantes. Elle s'émerveilla devant la fin de ma maladie, devant ma bonne mine et d'autres faits sans importance. Son bavardage futile m'apprit que, déjà, elle savait tout ce qu'elle devait savoir. Et mon père Abu Bakr aussi.

Barrayara m'assura qu'il la questionnait régulièrement sur ma santé. Mais par la suite jamais il ne m'interrogea sur mon état. Jamais plus il ne fit allusion au petit-fils qu'il avait tant espéré et qu'il imaginait déjà sur sa selle en entrant dans Mekka. Jamais je ne pus deviner le moindre reproche dans son regard et ses manières envers moi. Muhammad, comme toujours, l'avait convaincu de la volonté d'Allah le Clément et Miséricordieux.

Un jour, Barrayara m'annonça la fin des travaux. Elle me revêtit d'une belle tunique provenant des coffres des Banu

Qaynuqâ, glissa autour de mon cou le collier d'or offert par Muhammad et s'extasia sur ma poitrine, qui avait embelli.

— Ton époux sera comblé de te retrouver, me dit-elle. Tu es belle comme une nouvelle mariée. Oh que oui, tu es un don de Dieu ! Allah fait de nouveau un présent à Son Envoyé, et il saura bien le voir et s'en réjouir.

Barrayara en dit tant et tant, avec cette manière excessive qui pouvait être la sienne, qu'au moment de retrouver Muhammad ma crainte était plus forte que jamais que tous ces compliments ne soient que des mensonges. Ainsi étais-je faite. Le doute s'emparait de moi au moindre soupçon.

Mais Barrayara n'avait pas exagéré. Ou l'amour de mon époux était plus puissant que je n'osais le croire.

Pour ces retrouvailles, il me traita avec la tendresse, le désir et la vigueur d'une véritable nuit de noces. Et dès que Bilâl, à l'aube suivante, appela à la prière, les Croyants qui entrèrent dans la mosquée ouvrirent de grands yeux : l'Envoyé d'Allah se tenait à genoux sur le seuil de la chambre de son épouse Aïcha. Moi, je lui lavais les cheveux avec soin et les parfumais d'huile et de pâte d'ambre. C'était la première fois qu'une chose pareille se voyait, mais pas la dernière.

De ce jour et sa vie durant, lorsqu'il se trouvait à Madina, jamais mon époux ne se fit laver les cheveux par une autre que moi. Et, toujours, ce fut sur le seuil séparant notre chambre de la mosquée.

Ce jour-là, du haut de l'escalier du prêche, il lança :

— Ô vous, Croyants, fuyez les puanteurs des soupçons. Trop de soupçons ne sont que des péchés. Cessez vos médisances, cessez vos calomnies. Allah est le Miséricordieux. Craignez de L'offenser par des lèvres souillées de malfaisances[1].

Je sus que ces mots étaient destinés à étendre la paix et le respect sur moi.

1. Coran 69, 12.

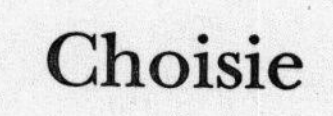
Choisie

1.

Ma nouvelle chambre avait été embellie. Les murs avaient été consolidés par une épaisseur de palmes et de briques, puis blanchis de neuf. Des coussins et des couvertures nouvelles recouvraient la couche, présents de mon père à l'Envoyé. Des lampes à miroirs de cuivre et d'argent étaient suspendues aux poutres du toit. Dans l'angle opposé à ma couche, je découvris un haut tréteau supportant la cotte de mailles fine et la cuirasse cloutée de Muhammad, ainsi que deux longues épées à lame courbe dans leurs fourreaux splendidement ajourés de fil d'argent.

Jamais encore l'Envoyé n'avait déposé ses armes chez moi. Ma mère se moqua de ma surprise :

— C'est là leur place, m'assura-t-elle. Dans la chambre de l'épouse bien-aimée. Tu vas devoir apprendre à les entretenir.

Elle précisa que ces armes provenaient de la part de butin d'Omar ibn al Khattâb, qui en avait fait don au Messager.

— Aujourd'hui, chacun veut offrir les objets les plus beaux à ton époux. Comme à Mekka, quand les hommes revenaient victorieux d'une bataille. Rien n'était trop beau pour celui qui avait mené le combat. Mais l'Envoyé, lui, n'est pas dupe. Il sait reconnaître les hypocrites.

Ma mère Omm Roumane me montra la qualité de la cuirasse de mon époux, la finesse et la solidité des coutures de cuir et comment il me faudrait en prendre soin. Elle tira les nimcha de leurs fourreaux pour m'en faire admirer les lames. L'acier était si parfaitement poli que nos visages s'y reflétaient.

— Les Banu Qaynuqâ sont promis à l'enfer. Mais le feu des forges, ils savaient l'asservir. Des lames aussi belles doivent se compter sur les doigts d'une main dans le Hedjaz.

Après les armes de mon époux, ma mère s'extasia devant la nouvelle porte de ma chambre. Ce n'était qu'une simple porte en bois de palmier enduite de chaux bleue. À la demande de Muhammad, une main habile y avait tracé le nom de Dieu et le premier verset de la sourate Al Qadr : « Nous l'avons fait descendre durant la nuit du Destin. »

Ma mère savait assez lire pour murmurer le verset avec une émotion pleine de fierté que je ne lui connaissais pas, mais que bientôt je décèlerais chez bien des épouses des Croyants d'Allah. Après des années de pauvreté et d'humilité, de colère ravalée, de nuques ployées sous les insultes et les moqueries, l'orgueil revenait dans les cœurs.

Comme toujours, Barrayara avait eu raison : devant cette porte, ma mère me saisit soudain les mains. Elle les baisa avec un respect qui me surprit. J'eus un mouvement de recul. Dans cet instant, pour la première fois, je compris que je n'étais plus pour elle sa jeune fille ignorante, dont elle avait la charge parfois assommante, mais une tout autre femme. J'étais Aïcha, l'épouse de l'Envoyé. Celle que le Tout-Puissant avait désignée pour se tenir aux côtés de Son Messager, celle qu'Il marquait de Son destin, ainsi qu'il était écrit sur cette porte sainte dressée si près de la masdjid.

2.

J'eus du mal à m'accoutumer à cette porte. Elle ne retenait rien des bruits de la mosquée. Les murmures des prières et le bourdonnement des discussions pénétraient dans ma chambre jour et nuit. Ainsi que la lumière des lampes saisies dans la synagogue des Banu Qaynuqâ. Je devins au fait de bien des discussions et parfois même des disputes qui concernaient mon époux. Cela m'intimida. Mais rien de ce que veut le Clément et Miséricordieux n'est sans but. Il sait nous conduire mieux que nous-mêmes à l'utilité de nos existences.

Un soir, après la prière, impatiente du retour de mon époux, j'entrebâillai la porte. Muhammad parlait bas au pied de l'escalier des prêches avec mon père et quelques autres compagnons. Je reconnus Talha et Zayd. Un moment encore, ils écoutèrent l'Envoyé avec grande attention, avant de le saluer avec respect, une main sur le cœur. De son côté, mon époux ne les laissa pas quitter la mosquée sans les enlacer et appeler sur eux la bénédiction d'Allah.

En s'éloignant de l'escalier Zayd eut un mouvement brusque. Son manteau s'ouvrit. Je découvris, surprise, qu'il portait une cuirasse. Talha aussi. Et les nimcha pendaient à leurs baudriers.

Après leur départ, mon époux s'attarda un instant avec mon père. Enfin, ils se séparèrent. Muhammad resta seul pour prier, tirant son manteau sur sa tête ainsi qu'il le faisait pour recevoir les conseils de son Rabb. Je cessai aussitôt de le regarder et regagnai ma couche, songeant que cette nuit peut-être, et pour une raison que j'ignorais encore, mon époux chercherait l'aide et les mots de Djibril, l'ange d'Allah.

J'eus tout le temps de m'y préparer. Enfin, Muhammad poussa la porte. Des plis d'inquiétude lui barraient le front. Il me regarda à peine avant de prendre place devant la table où j'avais déposé des dattes macérées dans du lait fermenté, des galettes fourrées d'agneau et de pâte de fèves pimentée. Des mets qui lui apportaient la vigueur tout autant que le sommeil, disait-il.

Ce soir-là, il ne m'adressa aucune de ces plaisanteries joyeuses ou de ces petits noms tendres qu'il aimait inventer lorsque le désir lui venait de se délasser entre mes bras. Il ne se débarrassa pas de son manteau, signe qu'il espérait la présence de l'ange Djibril. Au contraire, il serra le vêtement sur ses épaules comme pour s'y enfouir et tendit la main vers les écuelles sans se préoccuper des friandises qu'elles contenaient.

Un long moment je me tus, respectant son silence soucieux. Mais à le voir mâcher sans goût et froncer de plus en plus durement les sourcils, mon cœur se serra. Sans réfléchir, je m'agenouillai contre sa cuisse. Je lui ouvris la main et la portai à mes lèvres, jusqu'à ce qu'il baisse les yeux vers moi. Mes lèvres dans la douceur de sa paume, je lui assurai combien je prenais la mesure de sa bonté envers moi :

— Bien-aimé, dis-je, ces derniers temps je ne me suis pas comportée comme une épouse digne de toi. Tout au contraire, je t'ai fait honte et me suis conduite comme une enfant sans cervelle. Toi, au lieu de me maudire et alors que tant de choses requéraient ton attention, tu n'as été que bonté et tendresse. Alors que tu aurais pu me renvoyer chez mon père, tu m'as rendu le bonheur et tu as prié pour qu'Allah, qu'Il soit loué et garde la poigne ferme avec moi, retienne Son châtiment. Ô Muhammad, le temps est venu que tu puises à ton tour un peu de paix et de réconfort dans la présence de ton épouse. Ton front est labouré de soucis et d'incertitudes. Je ne suis que moi, Aïcha. Je suis ignorante et ne saurais te conseiller. Pour cela, tu as tes compagnons. Mais pourquoi ne pas déverser sur les tapis de cette chambre ces pensées qui pèsent plus lourd que des pierres derrière tes yeux ? Qui sait si cela ne te soulagerait pas et ne t'offrirait pas l'occasion de mieux voir ce qui te trouble et t'inquiète ? Ô mon tendre époux, toute cette douceur que tu m'as donnée depuis si longtemps, elle t'attend. Pourquoi ne viens-tu pas t'y reposer un peu ?

Pendant que je parlais, un mince sourire naquit sur les lèvres de mon bien-aimé. À chacune de mes phrases, il se teintait d'amusement et même de moquerie. Quand je me tus, mon époux retira sa paume de mes lèvres pour la faire glisser sur ma nuque.

— Eh bien, plaisanta-t-il, il y a peu on ne pouvait tirer un mot de ta bouche. Et te voilà si éloquente que tu pourrais gravir notre escalier de prêche...

Mais alors qu'il me raillait, son regard changea. Ce fut comme s'il me voyait vraiment ou comme si mes mots franchissaient enfin la barrière de son attention. Ses traits se durcirent, son front à nouveau se plissa.

— Vraiment, cela t'intéresse ? me demanda-t-il.

— Tout ce qui te peine, te trouble, te soucie, je veux le connaître. Ton épouse ne doit-elle pas apprendre à lutter à ton côté ? Surtout quand elle ne peut assurer près de toi la présence d'un fils qui saurait te seconder.

À peine eus-je prononcé ces mots que la honte et la colère contre moi-même me saisirent. C'était une maladresse, et une peine bien inutile à rappeler. Cependant Muhammad esquissa un geste d'approbation. Il se versa un gobelet d'eau parfumée de menthe et demeura un instant songeur, fixant des yeux la porte sacrée et le verset qui y était peint.

Soudain, de la main gauche il défit le cordon de son manteau et le laissa tomber au sol.

— Pourquoi pas ? me dit-il tout bas. Le Clément et Miséricordieux tend la main de bien des manières, et un jour viendra où il te faudra comprendre toutes ces choses. Les conseils de ton père Abu Bakr ont toujours été d'or. Pourquoi sa fille, mon miel bien-aimé, ne posséderait-elle pas un peu de sa sagesse ?

Et il commença à parler sans plus de façons.

3.

— Des fortins des Banu Qaynuqâ, il ne subsiste plus que de la poussière, me dit mon époux. Mais croire que les mécréants et les injurieux se le tiendront pour dit, ce serait faire preuve de naïveté. Ils s'obstineront jusqu'au jour du jugement. Qu'ils soient d'ici ou de Mekka, Juifs ou païens, ils n'auront de cesse qu'ils n'aient affronté par la guerre la colère de Dieu. S'il doit en être ainsi, que la volonté d'Allah s'accomplisse.

Depuis longtemps déjà, prévoyant que les Mekkois ne resteraient pas sans réagir après leur défaite de Badr, Muhammad avait demandé à son oncle Abu Hamza de garder des yeux et des oreilles à Mekka. Abu Sofyan était désormais le premier des puissants de la mâla, la Grande Assemblée. Comme toujours, il se montrait prudent et rusé. À tous ceux qui portaient le deuil d'un parent mort à Badr, il répétait qu'il ne servait à rien de se précipiter dans la vengeance quand on ne possédait pas la certitude de l'accomplir. Mekka était devenue faible, à quoi bon se le cacher ? La fortune de beaucoup avait été engloutie dans la bataille de Badr. Il fallait reconstituer des forces en guerriers, armes, chevaux et chameaux. « Cela ne se fera pas en une saison », disait-il.

Quand il me parlait d'Abu Sofyan, Muhammad adoptait un ton plein d'ironie :

— La vérité est qu'il n'est pas pressé de se retrouver devant moi. Je le connais bien. Il est pétri de ruse et de fourberie. De sa part, rien ne me surprendra jamais. J'ai gardé la nimcha qui prouve sa traîtrise envers mon oncle Abu Talib. Le jour viendra où Dieu rendra Son jugement. Abu Sofyan n'a nul désir de le connaître. Mais qu'il le veuille ou non, les hyènes qui l'entourent le pousseront vers nous.

Deux jours plus tôt, Abu Hamza avait appris qu'après le bannissement des Banu Qaynuqâ loin de Madina, l'un des chefs des Banu Nadir, l'autre tribu juive, s'était rendu à Mekka afin d'ameuter la population. Il avait fait grand bruit à la Ka'bâ.

— Il s'appelle Ka'b ibn Aschraf, poursuivit mon époux. C'est un Juif des Banu Nadir. Il marchait avec la fille de la folle Açma bint Marwân. Il a voulu monter les Banu Nadir contre moi. 'Abdallâh ibn Obbayy l'en a empêché. Ka'b ibn Aschraf est allé à la synagogue pour cracher sa haine contre nous. Les rabbis ont refusé de l'écouter. Il a sauté sur un chameau et couru à Mekka. Abu Sofyan a voulu le calmer. Ibn Aschraf l'a insulté, l'accusant d'oublier son devoir envers son propre fils mort à Badr et envers le père de son épouse, Hind bint Otba. Il s'est installé dans la Ka'bâ pour appeler au sang contre nous et célébrer la mémoire des morts. Il a si bien répandu son poison que les Mekkois ont commencé à traiter Abu Sofyan de lâche.

Afin de calmer les criards, Abu Sofyan était allé à son tour dans la Ka'bâ. Il avait prié ses faux dieux et assuré qu'il ne connaîtrait ni paix ni répit tant que les morts de Badr ne seraient pas vengés.

— Ce n'est qu'une posture, reprit Muhammad. Je ne m'en soucie pas. Mais la fourberie d'Abu Sofyan pourrait coûter, inutilement, des vies. Si cet ibn Aschraf le pousse à bout, il lui faudra réagir, ou il perdra la face dans tout le Hedjaz. Ce traître ne nous affrontera jamais en pleine lumière. Il a trop peur de nous. Ce n'est qu'un scorpion sous la pierre. Il piquera dans l'ombre, et seulement les plus faibles. C'est pour cela que j'ai ordonné à Zayd et à Talha de choisir chacun une cinquantaine d'hommes et de sillonner les routes de Mekka. Ils doivent s'assurer que les mercenaires d'Abu Sofyan n'y rôdent pas, conclut mon époux tant aimé.

Aujourd'hui, je sais ce qu'était la véritable inquiétude de Muhammad et qu'il ne me confiait pas. Les victoires et les butins avaient adouci la vie des Croyants de Madina tout en aiguisant la crainte et la jalousie. Devant la puissance des guerriers d'Allah, nos ennemis se taisaient et baissaient les yeux. Cette même puissance, cependant, enivrait les Croyants et amollissait leur vigilance. Muhammad savait qu'il suffirait d'un moment de faiblesse, d'une sournoiserie de nos ennemis pour que les têtes mauvaises se redressent.

Mais cette nuit-là, en vérité, je n'avais que le désir d'alléger les soucis de mon époux. La vanité de ma jeunesse était sans bornes. Je me souvins de ce geste de ma mère qui m'avait impressionnée peu de temps auparavant. Je quittai le côté de mon époux et m'approchai du tréteau soutenant sa cuirasse et ses armes. J'en caressai les cuirs et les incrustations précieuses.

— Bien-aimé, je ne suis qu'une femme de rien, sans connaissance de ces choses, mais j'entends ce que murmure notre maisonnée. Des paroles de fierté et de confiance. Il y a des cuirasses et des armes dans toutes les demeures de Madina. Ceux de Mekka le savent. Qui dans le Hedjaz ignore que les épées, les lances, les arcs et les flèches, les cuirasses et les cottes de mailles des Banu Qaynuqâ sont entre les mains de l'Envoyé d'Allah ? Qui osera, à part un fou comme ibn Aschraf, se placer au côté d'Abu Sofyan pour t'attaquer, même avec la ruse d'un chacal ? Demain, Zayd et Talha reviendront et te le confirmeront. Ils n'auront vu sur les routes de Mekka que des scorpions sans dards ni pinces. Alors, pourquoi t'inquiéter au point de creuser tes rides jusqu'au cœur de la nuit quand tu pourrais rejoindre ton épouse sous les couvertures neuves ?

Quelle naïveté ! Quelle arrogance ! Il fallait bien avoir mon âge pour oser pareille provocation !

Mon époux en demeura bouche bée. Ses sourcils haut levés me laissèrent craindre sa colère. Mais non. Avait-il été soulagé de parler de ce qui le tourmentait ? Ma sottise, mon assurance pleine d'ignorance l'avaient-elles amusé ?

Lui, si sérieux l'instant précédent, fut saisi d'un grand rire. Une joie véritable comme rarement je lui en ai connu. Sa barbe et sa poitrine en tremblaient. Il s'écria que j'avais raison et fut debout, tout ragaillardi. Ses bras me soulevèrent. Grondant comme un jeune homme, il baisa ma bouche et ma gorge avec volupté. Il souffla les lampes.

Pour le reste, toi qui me lis, il te suffit de savoir que la vie contient des nuits de bonheur si belles et inattendues que même une épouse avec moins de mémoire que moi les conserverait incrustées pour toujours dans sa chair.

4.

Le plus remarquable de cette affaire eut lieu deux jours plus tard.

Durant ces deux jours, chacun guettait un message de Zayd et de Talha et le retour de leur petite troupe. Muhammad affichait de nouveau une mine soucieuse. Mon père et Omar ne s'exprimaient plus que par monosyllabes. Même parmi nous, les femmes, on surprenait des regards et des tressaillements emplis d'inquiétude.

Les yeux de mon époux semblaient fixer les miens avec une complicité nouvelle, me semblait-il. Mais lorsqu'il me rejoignait, il gardait le silence et ne me confiait rien de ses pensées. Au moins, j'eus l'intelligence de me taire. Comme lui, je pris bien soin de ne rien montrer, même lorsque Barrayara me questionnait.

Enfin, un peu avant le midi du troisième jour après le départ de Zayd et de Talha, les sentinelles annoncèrent qu'un détachement d'hommes s'acheminait vers Madina. Tout le monde grimpa sur les murs. Des cris de femme retentirent de maison en maison. De loin, je vis Fatima, montée sur son cheval bai, se précipiter à la rencontre des guerriers. Je n'en fus pas surprise. Son amitié pour Zayd, son frère d'adoption, était connue.

Quand les hommes se rapprochèrent, on vit qu'ils étaient sains et saufs, et même grandement joyeux. Muhammad, entouré de la maisonnée et de tous ses compagnons, accueillit Talha et Zayd sous le tamaris, d'où leurs rires ne tardèrent pas à résonner.

— Messager, s'écria Talha, tu nous as envoyés en promenade !

— Voici notre butin, s'exclama Zayd en renversant un couffin de *sawiq* aux pieds de Muhammad et d'Omar.

Il effrita en s'étouffant de rire les boulettes d'orge grillée dont regorgeait le couffin.

— Ces couards de Mekka ont eu si peur en apprenant notre approche qu'ils ont abandonné toutes leurs provisions pour pouvoir fuir plus vite.

Le fin mot de l'histoire se répéta dans Madina avec de grands éclats de rire.

Comme l'avait deviné l'Envoyé, les insultes d'ibn Aschraf avaient contraint Abu Sofyan à abandonner sa prudence. Il réunit tant bien que mal une troupe de deux cents guerriers, pour la plupart des mercenaires attirés par des promesses d'argent et de butin, et quelques têtes folles. Au dernier moment, aucun des seigneurs de Mekka n'accepta de prendre la tête de cette troupe. À grands renforts de hurlements et de menaces contre les Croyants d'Allah, le traître ibn Aschraf se proposa pour en être le chef. Après tout, personne ne connaissait l'oasis de Madina aussi bien que lui... Abu Sofyan approuva sans hésiter, trop content de débarrasser Mekka de ses cris et de ses injures.

En deux nuits de course, ibn Aschraf et ses mercenaires parvinrent à l'orée de l'oasis par la grande route d'Ar Rawjâ, fréquentée d'ordinaire par les caravanes et bordée de vastes jardins. Les Bédouins et les fermiers les virent de loin. Se doutant de leurs intentions, ils poussèrent leurs troupeaux à l'abri. Quand ibn Aschraf se crut assez près de Madina, il leva sa lame, brailla comme s'il allait affronter un ennemi considérable... et se jeta dans les champs fraîchement cultivés. Ses mercenaires brûlèrent les palmiers et les resserres. Ils tuèrent un paysan qui s'interposait. Pour avoir la vie sauve, un second leur révéla qu'une centaine de guerriers d'Allah rôdaient dans les parages.

Ibn Aschraf et les têtes folles qui l'entouraient voulurent pousser la troupe au combat :

— Nous sommes plus du double, dirent-ils. Ces châtrés de Croyants ignorent que nous sommes si près d'eux. Nous les attaquerons par surprise. Pas un n'en sortira vivant... !

Mais déjà les mercenaires poussaient leurs méharis sur la route de Mekka :

— Ibn Aschraf, va combattre si ça te chante ! crièrent-ils. Tu deviendras un héros dans l'autre monde. Si les guerriers d'Allah sont dans les parages, c'est qu'ils veulent te couper le cou. La surprise sera pour toi. Nous, nous sommes venus pour le butin. Et tout ce que tu nous proposes, c'est un plat de dattes avant de goûter aux nimcha forgées par les Banu Qaynuqâ ?

Ibn Aschraf, fou de rage, vida son sac d'insultes et tenta de s'opposer à la fuite de ses mercenaires. Mais ils étaient presque deux cents contre lui. Les fous de Mekka s'assagirent :

— Ibn Aschraf, tu n'as jamais conduit un combat et tu veux lutter contre ceux qui ont vaincu mille Mekkois alors qu'ils n'étaient que trois cents ? Aurais-tu perdu la raison ?

Ibn Aschraf n'eut d'autre choix que de les maudire et de les suivre. Dans leur hâte à rebrousser chemin, ils abandonnèrent trois des chamelles portant leurs maigres provisions.

À la nuit, mon époux poussa la porte de ma chambre. Il vint droit à moi pour me caresser le visage, le scruter comme s'il y cherchait quelque chose de bien peu visible. Je m'en trouvai intimidée. Devais-je l'enlacer, me serrer contre lui ou me maintenir à cette distance pas bien grande, mais qui faisait de moi une fille maladroite plus qu'une épouse ?

Finalement, il déclara :

— Ainsi, tu avais compris. Tu avais deviné. La bonté d'Allah envers toi n'a pas de bornes.

J'étais trop émue pour lui répondre.

Il n'en dit pas davantage. Plus tard, alors que je bavardais avec Talha, j'appris que mon époux avait annoncé à tous ses compagnons :

— Cette affaire des sawiq et la lâcheté de ceux de Mekka, Aïcha mon épouse a su qu'elle allait advenir avant nous tous. Je lui ai confié la traîtrise du fils des Banu Nadir et les nouvelles que nous avions des païens de Mekka. Elle m'a répondu : « Mon bien-aimé, pourquoi creuser tes rides ? Demain, Zayd et Talha reviendront. Ils n'auront vu sur les routes de Mekka que des scorpions sans dards ni pinces. » Abu Bakr, ta fille en vaudra bientôt dix comme nous !

Je n'écrirai pas ici tout le bonheur et la fierté que j'eus à entendre ces mots. Puisse Allah le Clément et Miséricordieux me pardonner l'orgueil qui m'enflamme le cœur rien que d'y resonger.

En vérité, Il sut sans tarder et à Sa manière me rappeler la place qui était la mienne.

L'orgueil et l'assurance

1.

Derrière leurs rires et leurs moqueries, Zayd et Talha se montrèrent contrariés d'avoir manqué l'occasion d'un combat contre les idolâtres de Mekka. Talha, tout particulièrement, ne put cacher sa grande frustration. Lui qui n'avait pas combattu à Badr ni dans aucune véritable bataille s'impatientait de prouver sa bravoure et son habileté à l'épée, qu'Omar ibn al Khattâb lui-même prétendait admirer. Les guerriers qui les avaient accompagnés avec l'espoir de s'en prendre à ibn Aschraf éprouvaient la même déception. L'amertume de ses hommes parvint aux oreilles d'Omar. Il en plaisanta devant l'Envoyé. Mon époux questionna Zayd, qui lui confirma les propos d'Omar. Et c'est ainsi que, du haut de son escalier de prêche, l'Envoyé annonça que cette « affaire des sawiq », comme il l'appelait désormais, compterait autant qu'un véritable combat au jour du jugement d'Allah.

Au sortir de la mosquée, je vis les sourires moqueurs des vieux compagnons du Messager. J'entendis les persiflages des épouses de ceux qui avaient vaincu à Badr. Je ne doutai pas un instant de la fureur de Talha lorsqu'il les surprendrait à son tour.

Le soir, quand Muhammad posa les yeux sur moi dans la lumière des lampes de ma chambre, il devait rester dans mon regard et sur mes traits un peu de ces grimaces et de ces méchancetés qu'il m'avait fallu voir et écouter. Mon époux, qui savait saisir le vol d'un papillon, s'en soucia. Il m'en demanda la cause. Je me trouvai sotte d'être aussi aisément devinée. Je protestai et voulus évincer la question. L'heure était aux plaisirs, aux tendresses et au repos. Mon époux n'insista pas. Mais il était ainsi fait que jamais il n'oubliait une pensée qui lui était venue.

Au matin, alors que je versais l'eau de ses ablutions dans le petit bassin de cuivre où il se trempait le visage, il me demanda :

— Dis-moi ce qui t'assombrissait hier soir.

— Ce n'était qu'une pensée qui passe. Une pensée de femme.

— Dépêche-toi. Ne me retarde pas devant Dieu.

Il n'y avait plus à tergiverser.

— La grimace que tu as surprise n'était qu'un peu de la mauvaise humeur qui m'a saisie quand j'ai entendu les moqueries après ton prêche. Cela m'attriste pour Talha ibn Ubayd Allah. Il est un de ceux qui m'aiment depuis toujours. Ils ne sont pas nombreux. Et toi, il te vénère autant qu'Allah, si ce n'est pas un blasphème de le dire. Je connais son orgueil. La honte le ronge de ne pouvoir faire ses preuves, et les sarcasmes le rendront fou.

Mon époux se contenta de me lancer un regard aussi pointu qu'un fer de flèches. Tandis que ses lèvres s'étiraient doucement dans un sourire. Je lui tendis un linge pour qu'il se sèche.

Quand il franchit le seuil menant à la masdjid, où son Rabb l'attendait, je ne savais si je venais de commettre une faute ou un bienfait.

Je sortis à mon tour. Barrayara patientait dans la cour avec les autres femmes de la maison pour la prière de l'aube.

De cette conversation, en vérité, il ne fut plus jamais question. Mais ses conséquences, je ne pus les ignorer.

Plus d'une lune s'écoula. Une chaleur accablante s'abattit sur la ville. Nous, les femmes, nous nous levions dès l'aube pour aller puiser l'eau au wadi avant que le soleil ne nous brûle.

Les enfants nés en cette période ne vivaient pas longtemps. Souvent, il fallait creuser la poussière pour les ensevelir. Chaque fois, Barrayara me jetait un coup d'œil. Je savais ce qu'il me disait : « Cela ne risque pas de t'arriver. Sois-en heureuse. »

Je lui tournais le dos. Je ne voulais pas entendre ces mots, même si elle ne les prononçait pas. Je n'avais pas perdu espoir. Follement, pendant quelques jours j'oubliais, puis cette pensée me frappait : « Encore une lune sans que me soit venu le sang des femmes ! » « Et encore une autre ! » Je priais alors de toutes mes forces le Seigneur tout-puissant. Ne pouvait-Il revenir sur Sa décision ? Faire de moi une épouse comme les autres qui tendrait son fils à son bien-aimé ?

Quelle impudence de croire qu'Allah se souciait de mes cris ! Barrayara avait sans doute raison. N'était-ce pas un don de Dieu que d'échapper au sort de ces femmes qui enfantaient en hurlant dans la brûlure du jour pour se relever et enfouir la nuit sous les palmes séchées le fruit de leurs entrailles ?

Puis l'été s'acheva et tout se déroula très vite.

2.

J'étais aux travaux de cuisine avec les autres femmes quand nous vîmes Abu Hamza se précipiter sous le tamaris. Muhammad s'y tenait avec mon père et Ali, l'époux de Fatima. Abu Hamza parlait très fort. Nous comprîmes vite qu'il apportait une bonne nouvelle. Mon père se frappa la poitrine à petits coups du plat de la main. C'était ainsi qu'il remerciait Allah de Ses bontés. L'énervement d'Abu Hamza était de la joie.

Finalement, mon époux se leva et l'enlaça.

Peu après, des gamins furent expédiés dans Madina. Bientôt, les plus anciens compagnons de Muhammad le rejoignirent sous le tamaris.

C'était le moment du repas et, malgré notre envie d'apprendre de quoi il retournait, nous avions bien trop de travail pour nourrir tous ces ventres et ces bouches. Une femme dit :

— Préparons-nous. Ces palabres dureront jusqu'à la nuit. Ils seront de nouveau affamés après avoir prié.

Elle se trompait.

Bilâl chanta l'heure de la prière de l'après-midi et nous déposâmes dans la cour les cruches des ablutions et les linges propres. Lorsqu'ils ressortirent de la mosquée derrière mon époux, chacun des compagnons avait l'air pressé. Ils semblaient tous avoir une tâche urgente à accomplir.

Nous voulions connaître la bonne nouvelle apportée par Abu Hamza. Par bonheur, je n'eus pas à attendre longtemps :

Barrayara la connaissait en détail. Contrairement à son habitude, elle n'en profita pas pour se mettre en valeur devant les servantes et les épouses. Au contraire, elle attendit que nous nous retrouvions seules à ramasser du linge séché sur le toit de nos chambres. Les ombres étaient déjà longues, la chaleur du jour s'apaisait. Barrayara m'attrapa le poignet et me fit accroupir entre les couffins. Nous étions invisibles depuis la cour.

— Ce que je vais te dire, tu le gardes dans tes oreilles, murmura-t-elle. C'est une affaire de guerre, et ici, dans Madina, les bouches s'ouvrent à tout-va. Les secrets disparaissent plus vite qu'une goutte d'eau au soleil.

Je me moquai d'elle :

— Alors, comment l'as-tu appris, ce secret ?

Barrayara roula des yeux, comme si ma question était une insulte à son intelligence et à son habileté.

— Tu n'as pas besoin de le savoir... Ne fais pas la sotte. Tu sais très bien ce qu'il en est.

Elle appuya son reproche d'un lourd regard. Elle avait raison. Quoique jamais je n'en ai eu la preuve, je soupçonnais à quelle source elle s'abreuvait. Ses informations étaient toujours si complètes qu'elles ne pouvaient provenir que de mon père. Il ne lui refusait rien. Outre la confiance aveugle et l'affection qu'il portait à sa fidèle nourrice, peut-être souhaitait-il, de cette manière subtile et détournée, que sa fille Aïcha ne reste pas dans l'ignorance ?

L'épouse de l'Envoyé pour tenir sa place ne devait-elle pas en savoir plus que les femmes de Madina ?

Donc, me tenant serrée contre elle, Barrayara chuchota tout bas pour que les mots ne puissent porter plus loin que mes oreilles.

Depuis la bataille de Badr, les Mekkois n'osaient plus commercer avec Ghassan et les pays du Nord. Les routes ordinaires menant à Tabouk et au pays de Judée passaient trop près de

Madina. Le souvenir de Badr et de la puissance des guerriers d'Allah les en dissuadaient.

Un jour, pourtant, après bien des hésitations et pour tenter de sauver le commerce réputé de leur cité, les Mekkois s'étaient décidés à emprunter la route de l'Est conduisant à la frontière des pays perses. Elle traversait le désert du Nadj, était deux fois plus longue, et il était aisé de s'y perdre. Enfin, les marchés d'Al Hira et de Ctéziphon ne leur étaient pas familiers. Mais avaient-ils le choix ?

Abu Sofyan et ses sbires prenaient grand soin de tenir secret le départ de leurs précieuses caravanes. Au point que, malgré ses espions, Abu Hamza apprenait leurs déplacements trop tard. Les caravanes étaient alors loin dans le désert, impossibles à rejoindre et à soumettre à une razzia.

Que la clémence d'Allah soit bénie dans l'éternité ! Dieu avait décidé de retourner le sort. Le matin même Abu Hamza avait reçu la nouvelle : d'ici quatre jours, une caravane quitterait Mekka par la route de Taïf et de Narjan. Elle compterait plus de soixante bêtes aux paniers remplis de denrées précieuses provenant de Sanaa et de Ma'rib.

— La route de Taïf et de Narjan est un leurre, annonça Abu Hamza. Avant d'atteindre Taïf, les convoyeurs bifurqueront vers l'est, en direction du Nadj et de Jabala. Les Mekkois ont loué les services d'un guide afin de ne pas se perdre. Et voici notre chance : Abu Sofyan sera du voyage. Les richesses qu'il convoie sont trop considérables pour qu'il les quitte des yeux. Mais comme il ne veut pas attirer l'attention, il ne sera protégé que par une petite troupe d'hommes en armes. Trente ou cinquante. Pas davantage.

Après avoir entendu chacun de ses compagnons, Muhammad prit sa décision avant la prière de l'après-midi. Une centaine d'hommes en cuirasse ou cotte de mailles mèneraient la razzia. Zayd en assurerait le commandement, et Talha serait son second.

Aussitôt, une discussion s'engagea :

— Il nous faut au moins une vingtaine d'hommes à cheval, exigea Abu Hamza. Les montures de guerre prises aux Banu Qaynuqâ y suffiront aisément.

Omar s'y opposa :

— Zayd devra mener sa troupe à un train d'enfer. Cinq jours et autant de nuits sans se lever de selle, ce sera le prix pour attaquer les Mekkois dans la montagne. La surprise sera plus grande et le combat plus aisé que dans le désert. Les chevaux ralentiraient nos hommes. La chaleur est encore trop forte pour eux : s'ils ne crèvent pas en route, ils seront trop fatigués pour la razzia. Et s'il faut les ménager, les Mekkois atteindront le désert avant que Zayd ne les rejoigne.

La sagesse d'Omar ibn al Khattâb dans les affaires de guerre était reconnue. Zayd prenait soin de montrer une grande considération envers les uns et les autres, car plus d'un grimaçait de le voir si bien traité par l'Envoyé, lui qui n'était qu'un fils adoptif. Mais toujours il manifestait d'abord son respect à Omar. Il déclara qu'il préférait n'avoir que des guerriers sûrs et des méharis endurants. Abu Hamza, qui détestait la contradiction, protesta. Zayd ne céda pas. Soudain, Abu Hamza se tourna vers mon époux :

— Écoute-moi, Envoyé, dit-il. Je veux mener cette razzia moi-même. Après tout, n'est-ce pas moi qui vous ai prévenus ?

Muhammad montra en silence le soleil. Le temps passait. Il fallait se décider. Il donna raison à Omar et à Zayd.

— Zayd est en charge, déclara-t-il. À lui revient la décision, la victoire ou l'échec. Mais il faudra quitter Madina dès aujourd'hui, et avec discrétion.

C'était une période de grosse lune. Il était aisé de parcourir de longs trajets durant la nuit. Le départ de la troupe fut fixé après la prière du soir.

Barrayara me chuchota encore :

— Ce soir, ne fais pas l'étonnée. Ton époux ne priera pas dans la mosquée. Il ne veut pas que les mauvaises langues de Madina voient la troupe de Zayd quitter l'oasis. Chaque guerrier le fera de son côté au crépuscule. L'Envoyé les rejoindra dans un endroit discret où ils prieront ensemble. Ensuite, Inch Allah !

Hélas, tant de discrétion ne servit à rien.

Quand le ciel vira au rose, je me postai près de notre porte. Je voulais saluer mon époux quand il partirait rejoindre Zayd et Talha. Il n'avait pas été sourd à mes remarques. Il leur donnait une chance de prouver leur valeur aux compagnons plus âgés, comme Abu Hamza.

Muhammad approcha, en compagnie de mon père Abu Bakr. Ils montaient ces vieilles chamelles avec lesquelles ils parcouraient l'oasis quotidiennement. Que mon époux soit heureux de me voir, je le sus tout de suite. Il fit agenouiller sa bête pour me baiser le front et m'annonça :

— Je vais me promener avec ton père. Nous ferons notre prière du soir dans une ancienne masdjid.

Il ajouta que je pouvais m'endormir sans attendre son retour. Il aurait du plaisir à me réveiller.

Cette sortie de mon époux attira quelques coups d'œil suspicieux. Notre embrassade plus encore. Mais ses paroles parurent banales... Un époux saluant son épouse.

Son regard, cependant, me disait ce que ses lèvres ne prononçaient pas. Il savait que je connaissais le secret de cette sortie.

Alors que sa chamelle se relevait, Ali et Fatima arrivèrent au galop. Ils montaient leurs beaux chevaux de guerre. Leurs manteaux flottaient derrière eux. La fille de l'Envoyé portait une cuirasse de cuir qui moulait un buste à envier. Un grand arc et un carquois de flèches pendaient à sa selle.

Cette arrivée pleine de vigueur fit relever toutes les têtes.

Ali salua mon époux comme s'il n'avait pas passé toute la journée à son côté. Le front plissé d'embarras, il lui demanda la permission de l'accompagner. Baissant la voix, il précisa :

— Là où tu vas ce soir pour la prière.

Muhammad n'eut pas le temps de répondre. Fatima poussa son cheval contre sa chamelle.

— Père, tu m'avais promis que je serais ta lame pour les prochains combats. Laisse-moi rejoindre Zayd !

Elle tentait de parler bas, mais sa voix était si emplie de colère que chacun l'entendit. Muhammad répondit avec ce calme qu'il montrait en toute circonstance :

— Zayd a déjà les compagnons qu'il lui faut.

— Je le sais. Mais Talha ibn Ubayd Allah peut me céder sa place. A-t-il déjà combattu ? Non. Moi, cela fait...

Mon époux l'interrompit :

— Ma fille n'est pas de celles qui font les razzias. Le combat viendra, Fatima. Allah voudra t'y voir, et moi aussi. Pourquoi en doutes-tu ? Ton impatience déplaît à Dieu.

Muhammad conservait un ton plaisant, mais à sa manière de tenir la longe de sa chamelle et de l'écarter du cheval de Fatima, on devinait son agacement. Fatima insista. Muhammad fit signe à Ali de venir à son côté et talonna sa chamelle. Mon père, qui s'était tenu en retrait, poussa sa monture au petit trot pour les rattraper.

Fatima les regarda s'éloigner. Ses joues étaient plus rouges que le soleil rasant du désert. Devait-elle galoper derrière son père ou rentrer chez elle ?

Elle fouetta le flanc de son cheval en tirant sur les rênes. Il piétina sur place, tourna sur lui-même, ses sabots jetèrent la poussière du chemin jusqu'à mes pieds. Depuis le haut de sa selle, Fatima me fit face. Son regard me transperça le cœur. Je ressentis sa fureur jusque dans mes os. Je comprenais son humiliation. Qu'y pouvais-je ? C'était sa folie de vouloir se battre comme les hommes. Être jalouse à en mourir de l'épouse de son père était l'autre poison qui la rongeait. Ne pouvant s'en prendre à moi, elle s'en prenait à Talha. Elle était convaincue que je l'avais injustement favorisé auprès de mon époux. Si seulement elle acceptait de m'écouter, j'aurais pu la convaincre de son erreur. Mais jamais elle ne se serait abaissée à m'accorder de l'importance.

— On n'attrape pas un tigre par la queue quand il ne pense qu'à vous dévorer, dit Barrayara. Laisse agir ton époux. Il sait ce que valent les humeurs de sa fille.

Après cette dispute, le secret était éventé. Désormais, les mauvaises langues de Madina savaient que Zayd allait affronter les Mekkois.

Barrayara se mit à rire :

— Ne t'inquiète pas. Abu Bakr a envoyé des madrés répandre des sornettes aux quatre coins de la ville. Ils racontent que les guerriers d'Allah partent faire un mauvais coup à Mekka. S'en prendre à la Ka'bâ. On pourrait croire qu'Allah, bénie soit Sa clairvoyance, nous a envoyé la colère de Fatima pour tromper les hypocrites et les malfaisants.

3.

Cette nuit-là, ainsi qu'il me l'avait promis, Muhammad me réveilla. Il ne se soucia plus que de me plaire.

L'attente commença dès l'aube. Ceux qui connaissaient la vérité sur la mission de Zayd ne s'en ouvrirent qu'à Dieu, dans leurs prières et par leurs vœux. Une vingtaine de jours s'écoulèrent. À peine une lune. Le mois de djoumâda n'était pas achevé quand les sentinelles de l'oasis accoururent, annonçant le retour de Zayd et de Talha.

Et quel retour !

La caravane entière de Mekka était là, soixante chameaux chargés de richesses. Pas un blessé, pas un mort.

Allah avait conduit Zayd et sa troupe droit sur leur proie. Ils avaient pris la précaution de suivre la caravane convoitée pendant deux journées, pour étudier le comportement des Mekkois. De leur côté, Talha et ses hommes étaient partis en reconnaissance à l'avant du chemin afin de repérer un emplacement qui rendrait l'attaque imparable. Ils l'avaient trouvé dans un défilé que les Bédouins appelaient Qarada. C'était une sorte de nasse enserrée de pentes de basalte noir comme la nuit. Elle s'ouvrait sur le désert après le franchissement chaotique d'un oued sec et ne laissait aucune possibilité de retraite.

— C'est à peine si nous avons eu à nous battre ! s'exclama Zayd, rayonnant de fierté. La terreur d'Allah est tombée sur les Mekkois dès que nous avons invoqué Son nom. Abu Sofyan a été le premier à fouetter sa chamelle pour fuir dans l'oued, où les bêtes bâtées ne pouvaient le suivre. Les lames du Tout-Puissant, il les connaît. Il en a tâté. L'idée d'en retrouver le goût ne lui donna que l'appétit de la lâcheté.

Le guide choisi par les Mekkois pour traverser le désert s'appelait Forât ibn Hayyan. Depuis longtemps, il avait entendu parler des Croyants d'Allah. Devant la fuite d'Abu Sofyan et des puissants de Mekka, le rire l'avait secoué si fort qu'il en avait été immobilisé sur place. Aussitôt la caravane capturée, il s'était mis au service de Zayd avec joie.

— C'est lui qui nous a menés jusqu'ici, par des routes rapides et sûres que nous ne connaissions pas, mais qui pourront nous être précieuses plus tard. Nous y avons gagné au moins trois journées.

Dans les jours qui suivirent, Zayd raconta l'affaire dix fois tant il était heureux. Talha, lui, avait eu si peur de revenir à Madina sans avoir combattu qu'il avait poursuivi quelques Mekkois en fuite jusqu'à en contraindre deux au duel à l'épée.

— Deux contre moi. C'était bien le moins que je pouvais affronter pour me divertir. Autrement, à quoi aurais-je été utile dans cette affaire ? plaisantait-il en levant le menton.

Il avait su les vaincre sans trop les blesser afin d'en faire des prisonniers dignes de rançon. C'étaient des fils des bonnes familles de Mekka. Pour les retrouver, les pères et les oncles ne sauraient être avares.

Plus tard, Muhammad confia que Tamîn avait obtenu plus de cent mille dirhams des marchandises de Mekka. Sans compter les précieux bijoux revenus aux guerriers de l'expédition. Parmi les plus beaux se trouvait une coiffe de pierres polies, lapis, calcédoines, rubis et agates tressés de fils d'or. Elle provenait du pays de Saba. Zayd et Talha la déposèrent dans les paumes de mon époux :

— Ô Apôtre d'Allah, cela te revient, proclamèrent-ils. Nous te l'offrons en remerciement de la confiance que tu as placée en nous, qui sommes encore si novices dans l'art de la guerre.

Muhammad admira le présent. Avec sérieux, il remarqua :

— Ce bijou conviendra mieux à la tête de mon épouse Aïcha qu'à la mienne.

Un grand rire parcourut les compagnons. Le soir, tous voulurent que je porte cette coiffe pour servir le repas de mon époux.

Ce butin s'ajouta aux précédents. Et, comme les précédents, il augmenta tout autant le bien-être des Croyants d'Allah que la jalousie des hypocrites et des mécréants. Ceux-là ne pouvaient plus douter de la puissance du Seigneur des mondes, ni de la faveur qu'Il accordait à ceux qui marchaient dans Sa loi. Ce qui eut pour effet d'attirer nombre de nouvelles conversions.

Le premier, Forât ibn Hayyan, le guide de la caravane, vint se jeter à genoux devant Muhammad :

— Depuis mon arrivée à Madina, dit-il, je m'acharne à apprendre les versets d'Allah. J'ai senti sur ma nuque le souffle du Dieu tout-puissant des Croyants. Je ne veux pas retourner parmi les miens avant que l'Envoyé d'Allah ne m'accueille dans sa prière.

Je ne sais pourquoi, cette conversion fit grand bruit. Les jours suivants, des dizaines d'hommes et de femmes se déplacèrent jusqu'à Madina, parfois de loin. Ils espéraient eux aussi pouvoir entrer dans la mosquée afin d'écouter la parole d'Allah et de Son Prophète.

L'orgueil et l'assurance se répandirent dans Madina. Les maisons s'embellirent encore. Les murs s'épaissirent. La nourriture gonfla comme jamais les couffins des cuisines. Des fortins des Juifs ne provenait plus la moindre médisance. De la synagogue ne sortaient plus les soupirs méprisants des rabbis.

Comme aux autres, l'insouciance me tendit la main. J'oubliai presque tout à fait ce qui m'avait tant tourmentée. En vérité, pendant quelques lunes, il sembla que rien ne pouvait plus m'inquiéter. Je pris même avec légèreté le nouveau caprice de Fatima.

Un soir, Muhammad me dit :

— Ma fille me fait une demande. Elle souhaite habiter tout contre notre maison. C'est devenu possible. Mais je veux connaître ton avis.

La demande n'était pas nouvelle. Fatima s'était toujours plainte du fait que sa demeure était trop loin de celle de son père. Mon époux n'avait cessé de repousser ses plaintes. Ni Ali ni lui-même n'étaient assez riches pour acheter un terrain supplémentaire aux propriétaires khazraj. Sans compter le coût de la construction. En outre, depuis les premiers temps de l'hégire, depuis notre arrivée à Madina, alors appelée Yatrib, quantité de bâtiments avaient été érigés tout autour de chez nous : Croyants venus de Mekka ou nouveaux fidèles, tous voulaient vivre au plus près du Messager d'Allah.

Un voisin se montra complaisant. Il avait eu connaissance du désir de Fatima par des bavardages de servantes. Sa demeure était petite et il venait de prendre une troisième épouse. Comme celle de Fatima était plus grande, il proposa un échange. L'occasion était bonne. Sa maison était à une cinquantaine de pas de la nôtre. Quelques travaux de peu d'importance permettraient de les réunir. Les temps d'aujourd'hui n'étaient plus ceux d'hier. Les artisans ne manquaient pas pour les accomplir, ni les dirhams pour les payer.

— Allah ne s'offusquera pas de voir Son Messager vivre dans une vaste bâtisse, conclut mon époux. Notre maison deviendrait un fortin solide, à l'égal de celui d''Abdallâh ibn Obbayy et des riches Juifs de Madina. Mais cette décision, je ne veux pas la prendre sans consulter mon épouse bien-aimée.

En ce jour, si éloigné de ces instants, où je tiens le calame, je peux avouer que le rire me saisit en entendant les paroles de Muhammad. Mon opinion pouvait-elle être plus sévère que celle de Dieu ? Je ne sus retenir la question qui me monta aux lèvres :

— Que penserait Fatima si elle t'entendait réclamer mon avis sur un pareil sujet ?

Ce que mon époux avait en tête, je le voyais bien.

Il n'ignorait rien de la jalousie de Fatima envers moi. Que Fatima ait intrigué auprès de notre voisin pour cet échange de maisons, il le devinait autant que moi. C'était sa manière à elle de se laver de l'humiliation de n'avoir pu chevaucher au côté de Zayd lors de la razzia contre Abu Sofyan.

Et moi, l'amour de mon époux pour sa fille Fatima, je le connaissais mieux que personne. Leur histoire était longue et riche. Je comprenais ce désir qu'elle avait de se trouver près de lui. Il ne m'importunait pas, même si les méchantes langues, par la suite, prétendirent le contraire. Ce que je redoutais, c'était le mauvais caractère de Fatima et ce mépris qu'elle avait toujours manifesté à mon égard. Mais la gamine qu'elle croyait pouvoir impressionner n'existait plus...

Cependant, le regard de mon époux disait tout l'embarras et le doute que faisait naître mon rire intempestif. Dans la lumière flottante des lampes, son visage si puissant fut saisi par la tendresse du désarroi. Rien n'était plus beau à voir.

Nous étions debout devant ma couche. Je m'avançai jusqu'à nouer mes bras autour de sa taille et lui faire sentir combien tout ce qui était de moi ne désirait qu'être tout entier lié à lui.

— Fatima a raison de vouloir être plus près de toi, dis-je. Tu pourras voir ton petit-fils Hassan plus souvent. Et peut-être qu'à me fréquenter tous les jours, Fatima aura moins mauvaise opinion de moi.

Le bonheur qui illumina le visage de mon bien-aimé, j'aurais voulu en faire la doublure de mes paupières.

Cette nuit-là, alors que plus aucun tissu ne me couvrait, Muhammad voulut me voir porter la coiffe d'or et de pierres offerte par Zayd et Talha. Quand elle recouvrit mes cheveux roux, il m'observa en silence un si long moment que la gêne commença à m'embraser. Avec une gravité mêlée de peine, il ôta la coiffe de ma tête et la fit scintiller sous mes yeux.

Il sourit étrangement.

— Zayd et Talha sont jeunes et vaillants. C'est un beau présent. Mais ce sont seulement des pierres et du métal que Dieu laisse briller pour notre plaisir.

Il jeta la coiffe loin de la couche. L'or et les pierres cliquetèrent, roulèrent sur le tapis jusqu'à l'ombre d'un coffre. Mon époux saisit mon visage. Ses paumes chaudes me pressèrent contre sa poitrine.

— Le don d'Allah à Son Envoyé, dit-il tout bas, c'est toi, ô mon miel. La beauté que le Seigneur Dieu engendre, il n'est que les aveugles pour la croire dans l'or et les pierres précieuses.

Il baisa mes lèvres et ajouta :

— Allah nous a donné beaucoup ces temps derniers. Il nous observe et voit ceux qui oublient le jour du jugement alors que rien encore n'est accompli. Il saura nous le rappeler. N'oublie pas cela. Tu es de celles qui sont sages sans le savoir. Ne Le déçois pas.

Que le Tout-Puissant m'en soit témoin : mon époux savait déjà où le temps nous menait et l'épreuve si terrible qui nous attendait.

4.

Le lendemain était jour de prêche. Du haut de son fameux escalier de bois, Muhammad répéta ces mots à tous ceux venus l'entendre :

— Le Seigneur Clément et Miséricordieux nous a donné beaucoup ces temps derniers. Il nous observe et voit ceux qui oublient le jour du jugement alors que rien encore n'est accompli. Prenez garde. Il saura nous le rappeler.

Les Croyants l'écoutaient-ils ? Je ne le pense pas. Ce n'était pas des mots qu'ils voulaient entendre. La joie de la richesse et de la victoire aveuglait leur cœur. Ils s'endormaient avec l'illusion, fondée, de la puissance et d'un avenir doré. Ces jours étaient parmi les plus heureux. La grandeur d'Allah semblait accompagner chacun de nos pas.

Mon époux accorda à Fatima le droit de changer de maison. Le voisin complaisant y gagna une vaste demeure. Il remercia Dieu par une fervente prière et Son Messager par le don d'une jeune chamelle à toison fauve.

Aussitôt, les travaux joignant nos cours commencèrent. Fatima s'assura elle-même que les tailleurs, les charpentiers et les maçons agissaient selon ses ordres. Elle se montrait calme et aimable lorsqu'il arrivait à nos regards de se croiser.

C'est à cette période, alors que les nuits commençaient à fraîchir, qu'une rumeur courut dans les cuisines. Barrayara, la première, rapporta que le grand hypocrite de Ka'b ibn Aschraf revenait vivre chez les Banu Nadir, sa tribu, dont il prétendait devenir le chef.

— Nous allons de nouveau entendre ses cris et ses injures, prédit-elle.

— Zayd et Talha devraient l'étouffer avec ses sawiq, se moqua l'une des servantes. Ibn Aschraf en a tant laissé derrière lui en fuyant qu'il en reste suffisamment pour le gaver.

Le lendemain dans la matinée, on apprit qu'ibn Aschraf avait eu la tête coupée durant la nuit. Les langues claquèrent d'approbation :

— Trop de sawiq coincés dans sa gorge ! commentèrent les servantes. Il a fallu la lui trancher.

— Ça ne l'aidera pas à chanter ses poèmes de châtré !

— Dieu soit loué dans l'Éternité ! Nos oreilles resteront fraîches.

— Ne blasphémez pas, filles ! répliqua Barrayara en roulant les yeux de plaisir. Et prenez garde. La loi de Dieu ne s'applique pas seulement aux mauvaises langues. Elle va bien plus profond. Retenez la leçon.

Les plaisanteries n'eurent pas le temps de s'éteindre. Une autre tête, et des plus puissantes celle-là, roula à son tour dans la poussière. Elle appartenait à Sallâm ibn Ab' al Hoqaïq, le chef des Juifs installés à Khaybar, région presque autonome au nord de Madina. Sallâm ibn Ab' al Hoqaïq régnait sur toute la contrée. Il contrôlait les routes, les champs et le commerce. Les Juifs de Madina ne parlaient de lui qu'à voix basse. Depuis des générations, les Banu Khaybar s'opposaient aux Aws et aux Khazraj. La venue des Croyants d'Allah dans Madina avait provoqué la fureur d'ibn Ab' al Hoqaïq. Il voulait prendre le pouvoir sur l'oasis, mais il n'y comptait qu'une seule tribu alliée : les Banu Nadir d'ibn Aschraf.

Ce second assassinat impressionna beaucoup. Ibn Ab' al Hoqaïq n'était pas de ceux que l'on fait tomber aisément. Par prudence, nul ne s'arrogea la gloire de cette mort. Barrayara n'avait rien à raconter sur cette affaire. Mon père tenait sa langue. Durant une lune, chacun fut sur ses gardes, craignant la vengeance des Banu Khaybar. Mon époux ordonna aux femmes de notre maison ne pas se rendre chez les marchands sans être accompagnées d'un homme armé.

— La foule des marchés est trop propice aux mauvais coups, dit-il.

C'est ainsi que Talha, la nimcha bien visible sur sa hanche, nous accompagna un jour au marché, Barrayara, ma mère Omm Roumane et moi-même, pour l'achat de tapis.

Ma mère voulait en faire présent à Fatima pour les chambres de sa nouvelle maison. Barrayara ne laissa pas filer l'occasion. Durant tout le trajet, elle questionna Talha avec tant d'insistance que nous apprîmes enfin comment ces têtes importantes étaient tombées.

Après la perte de sa précieuse caravane, Abu Sofyan ne tolérait plus la présence d'ibn Aschraf dans Mekka. Ils s'étaient l'un et l'autre ridiculisés en fuyant devant les guerriers d'Allah. Mais le chef des Banu Nadir était sans fierté. Il persistait à répandre ses paroles fielleuses dans la Ka'bâ. Les habitants de Mekka se moquaient de lui. Ils le surnommaient « le carotteur de sawiq ». Abu Sofyan lui laissa le choix entre la mort et le départ. Ibn Aschraf courut chez les Banu Khaybar.

Leur chef Sallâm ibn Ab' al Hoqaïq l'assura aussitôt de son soutien. Fort de cette alliance, ibn Aschraf, plus arrogant que jamais, revint dans les fortins des Banu Nadir. Il y convia tous ceux de son clan :

— Je suis ici pour faire déguerpir les menteurs d'Allah et leur faux prophète ! Les Banu Khaybar sont avec moi. Sept cents cuirasses, deux cents chevaux. Muhammad, ce Messager de rien, peut commencer à compter ses jours sur terre.

'Abdallâh ibn Obbayy prévint aussitôt mon époux :

— Ibn Aschraf est un fou dangereux. Les Banu Nadir ne le suivront pas. Ils marchent avec moi. Tu peux faire ce que tu veux de ce fou, Messager d'Allah, mais il ne te sera pas possible d'agir avec les Banu Nadir comme avec les Banu Qaynuqâ...

Ces mots mécontentèrent Omar, toujours prompt à la colère :

— Ce grand hypocrite d'ibn Obbayy couvre d'autres hypocrites !

Mon époux l'apaisa :

— Pas de précipitation. Il n'est pas hypocrite parce que converti. C'est un allié. Allah nous éclairera.

Le lendemain, sept jeunes Croyants pleins de courage, issus de la tribu médinoise Aws, vinrent s'asseoir auprès de mon époux sous le tamaris.

— Ô Apôtre de Dieu, dirent-ils, on ne peut pas laisser la langue d'ibn Aschraf cracher sa salive plus longtemps.

— Faites ce que vous jugez utile, leur répondit Muhammad. Mais ne touchez en aucun cas les cheveux d'une femme ou d'un enfant des Banu Nadir. Ils me sont aussi précieux que les vôtres.

Le jour suivant, la tête d'ibn Aschraf mangeait la poussière.

Après quoi, sept jeunes Croyants, cette fois-ci membres de la deuxième tribu médinoise, les Khazraj, vinrent à leur tour sous le tamaris. Il en allait toujours ainsi, chez nos alliés : quand les uns accomplissaient une bonne action pour Allah et Son Prophète, les autres ne voulaient pas être en reste.

— Ô Messager de Dieu ! s'exclamèrent-ils. Sallâm ibn Ab' al Hoqaïq a promis son soutien aux Banu Nadir. Tu connais la loi. Qu'il le veuille ou non, ibn Ab' al Hoqaïq va marcher contre toi. Permets-nous de le convaincre de rester dans ses fortins de Khaybar.

— Si Dieu le veut ! Mais quoi qu'il vous en coûte, n'effleurez pas une femme ni un enfant des Banu Khaybar, ou Allah vous le comptera pour faute.

Deux nuits plus tard, comme tu le sais déjà, lecteur, les épaules d'ibn Ab' al Hoqaïq ne portaient plus sa tête. L'affaire n'avait pas été facile. Des sept jeunes Croyants, deux s'étaient fait fracasser le crâne par la garde des Banu Khaybar.

— Ceux-là sont encore vivants et presque bien portants, nous révéla Talha en baissant la voix.

Riant des yeux ronds de Barrayara, il ajouta que cela était l'effet de la magie de l'Envoyé.

— Je ne l'ai pas vu de mes yeux, mais Zayd m'assure que c'est la vérité. Dès qu'il a appris la blessure des jeunes gens, Muhammad s'est rendu à leur côté. Ils étaient presque mourants à son arrivée. Il a posé une main sur leur poitrine et a récité les paroles d'Allah. Sa bouche se tenait tout près de leurs blessures. Les blessés ont rouvert les yeux avant même que l'Envoyé ne s'écarte de leurs couches.

Barrayara, qui ne savait pas tenir sa langue, ne tarda pas à faire courir cette histoire dans toutes les maisons de Madina.

Un soir, dans le mois qui suivit, mon époux découvrit de minces coupures sur mes paumes. L'après-midi, je m'étais blessée sans aucune gravité en tressant des feuilles d'alfalfa. Muhammad caressa mes plaies de la pointe de ses doigts puis, avec douceur, il souffla dessus. L'amusement scintillait dans ses yeux quand il releva le visage.

— On dit qu'un souffle de moi suffit à refermer une plaie. Voyons si cela est vrai sur la peau de lait de ma bien-aimée.

Nous rîmes ensemble. Le bonheur était sur nous. Ce n'est qu'au matin, après la prière, quand je lui servis ses galettes, ses dattes fraîches et son gobelet de lait aigre qu'il m'annonça la nouvelle :

— Omar a une fille veuve. Il cherche à la remarier. Elle s'appelle Hafsa. Tu la connais. Elle n'a que quatre ou cinq ans de plus que toi. On dit qu'elle a mauvais caractère. Mais il serait bon que j'en fasse mon épouse. Cela ne doit t'inquiéter en rien. Il n'y en aura jamais de plus chère à mon cœur qu'Aïcha. Dieu m'entend quand je parle.

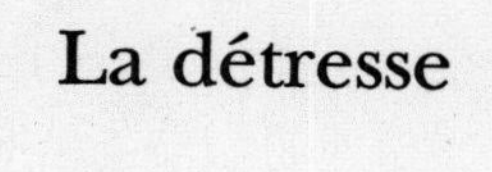

La détresse

1.

Il s'ensuivit quelques échanges que j'aimerais, ô lecteur, relater dans ce témoignage.

Quelques jours après l'aveu de Muhammad, ma mère vint me voir. Selon son habitude, elle m'annonça que, tant que rien n'était certain, elle avait préféré garder la bouche close. Aussitôt dit, elle oublia sa prudence et m'informa :

— Depuis la bataille de Badr et la mort de son époux, la fille d'Omar ibn al Khattâb se lamente : « Il me faut un époux, il me faut un époux ! »

D'un ton narquois elle commenta :

— Cette fille est incapable de respirer sans un homme dans sa couche. Mais quand elle est hors de sa couche, son caractère éclate au grand jour. On raconte qu'Omar est allé voir 'Othmân ibn Affân et qu'il lui a demandé s'il voulait de sa fille Hafsa pour épouse. « Je n'ai aimé que Ruqalya, la fille de l'Envoyé, lui a répondu 'Othmân. Allah me l'a reprise. Aujourd'hui, je vis avec sa sœur Omm Kulthum. Et je ne veux pas d'autre femme. » Alors, imagine-toi, Omar est allé voir mon époux, ton père Abu Bakr, et lui a offert sa fille pour épouse. « Il en est un qui attend ta proposition et tu ne la lui fais pas, lui a répondu ton père. Où as-tu les yeux et la cervelle ? » C'est ainsi qu'Omar est allé voir l'Envoyé. Il lui a demandé : « Ô Apôtre de Dieu, accepterais-tu ma fille Hafsa pour épouse ? »

L'Envoyé, qui avait annoncé à Omar sa réponse pour le surlendemain, a accepté sa proposition. Ton père m'a confié que le Messager souhaitait de cette manière tenir Omar plus près de lui. Aussi près que ton père l'est, ainsi que toi, Aïcha, merveille de Dieu dans la couche de l'Envoyé. Avec cette union, il peut enfin accorder à Omar ibn al Khattâb la place qui lui revient. C'est justice. Nous ne devons pas en prendre ombrage. Les choses sont ainsi, ma fille. Nous, les femmes, nous serons toujours des cadeaux que s'échangent les hommes. Il se peut qu'Allah nous en soit reconnaissant. Ces épousailles, ce seront autant de disputes évitées.

Après ma mère, ce fut le tour de Barrayara :

— Ne sois pas jalouse d'Hafsa, me dit-elle en posant ses bonnes mains sur mes genoux. Ce serait comme si tu enviais la chamelle fauve que le voisin a offerte à ton époux. Tu connais Hafsa. Elle a quatre ans de plus que toi. On dit qu'Allah aurait achevé de forger la nature des femmes avec elle. Elle a tout ce qu'il faut de seins et de cuisses pour la couche. La peau jolie et bien ferme de ses dix-huit années. Mais cela ne durera pas. Elle sera grosse et molle dès qu'elle aura enfanté une ou deux fois. Ce qui ne tardera pas. Pour le reste, qui pourrait dire le sens des mots qui sortent de sa bouche et s'il y a dans sa tête autre chose que des noyaux de datte ? La vérité, Aïcha, c'est que ton époux est à la fois le Messager de Dieu et un homme comme les autres. Lui aussi aime goûter aux lourdes poitrines et aux cuisses larges. Toi, c'est différent. Il aime en toi la finesse de ton intelligence, ta mémoire exceptionnelle et l'innocence de ton ventre. Crois-moi, c'est Dieu qui guide sa main. Et Allah fait toujours le bon choix. Inutile de verser des larmes.

Les derniers mots de Barrayara flottaient encore dans l'air quand mon père, à son tour, se présenta. Et, sans même m'annoncer la nouvelle, comme s'il était sûr que j'en connaissais déjà le contenu, il me lança :

— Pas d'inquiétude ! Tu es l'épouse bien-aimée du Prophète. La fille d'Omar ibn al Khattâb n'y changera rien. Au contraire, elle est qui elle est. Tu n'en paraîtras que plus à ton avantage. Sois bonne avec elle. Omar t'en sera reconnaissant. Il n'ignore rien des défauts de sa fille. Si ce qui te tourmente, ce sont les fils qui pourraient venir du ventre d'Hafsa, sois sans crainte. Le sang de l'Envoyé coule dans Hassan, fils de Fatima et d'Ali. La chose est acquise. Le Messager ne reviendra pas dessus. Ta place est unique. Surtout, ne montre aucune froideur envers ton époux. Hafsa n'est que la première des nouvelles épouses qui s'installeront dans votre maison. Mais leurs chambres donneront toutes sur la cour. Il n'en est qu'une dont la chambre ouvre sur la masdjid et l'escalier sacré du prêche.

À la fin du jour, je vis arriver Hafsa.

— Oh, Aïcha ! s'exclama-t-elle en me prenant dans ses bras. Si tu savais comme je suis heureuse de partager le Messager d'Allah avec toi ! Quel ennui je viens de vivre ! Seule toutes les nuits depuis le printemps à entendre ronfler les servantes ! Et mon père Omar, comme tu le sais, est si sévère ! J'ai beau être veuve, si je pose les yeux sur un homme, il sort sa lame pour l'étriper. Selon lui, les femmes ont été semées dans le désert par les djinns ! J'ai cru disparaître, comme ces ombres qui fuient les murs quand un nuage cache le soleil. Mon époux décédé, Khounïes ibn Hudhafa As Shami, était vieux et fragile. Mon père dit qu'à la bataille de Badr, les mécréants l'ont coupé en deux d'un seul coup de nimcha. Je ne suis pas sûre que ce soit vrai. Quand il s'agit de bataille, mon père exagère toujours. Ce que je sais, c'est que, dans la couche, Khounïes était solide et ne s'effrayait de rien. Avec l'Envoyé, Inch Allah, je suis certaine que ce sera merveilleux. Mais ne crains rien. Nous serons amies. J'aime bien rire entre filles. On raconte que toi aussi. Les vieilles veulent toujours nous manger la soupe sur la tête. Il vaut mieux être deux pour partager les écuelles. Et pour le reste, mon époux sera surtout le tien. Tu es sa bien-aimée et son don de Dieu. Nous le savons toutes. Je n'ai pas d'illusions : ce n'est pas avec moi qu'il ira à la rencontre de l'ange d'Allah. Ni à moi qu'il demandera conseil. Je ne suis que la fille de mon père. Il ne me demandera pas de lui laver les cheveux sur le seuil de sa chambre en respirant les parfums de la mosquée. Mais cela ne fait rien. Laver les cheveux des hommes, ce n'est pas ce qui m'amuse. On peut devenir amies, crois-moi.

2.

Bien sûr, lecteur, j'ai été jalouse d'Hafsa.

Bien sûr, mon ventre s'est tordu quand ont commencé mes nuits solitaires.

Bien sûr, les démons de l'imagination m'ont fait voir ce que je n'aurais pas dû voir.

Bien sûr, j'ai maudit et mordu le coussin vide qui sentait le parfum de mon époux absent.

Bien sûr, j'ai scruté son visage pour y traquer la joie d'un plaisir inconnu alors que j'espérais n'y déceler que déception.

Bien sûr, j'ai guetté les expressions de mon époux pour savoir si son plaisir à me retrouver était sincère ou masquait son ennui.

Bien sûr, je n'ai pas su cacher ma peine, ma colère et mes doutes.

Et par la faute de toutes ces sottises, je n'ai pas vu ce qu'il me fallait voir.

Je n'ai pas su tenir mon rôle.

Que le Tout-Puissant Clément et Miséricordieux me juge !

Qu'Il m'accable au jour du jugement !

Par bonheur ce sera bientôt.

Mon époux m'avait prévenue : « Rien encore n'est accompli. Allah saura nous le rappeler. Ne l'oublie pas. Ne Le déçois pas. »

Je l'ai oublié. Je L'ai déçu.

L'ombre dans le regard de mon époux, je l'ai vue. L'inquiétude sur sa bouche et dans sa voix, je l'ai vue et entendue.

Mais je pensais à Hafsa.

Je pensais que deux épouses ne lui allaient pas si bien que ça.

Je pensais qu'il était sombre parce qu'il se souciait de mon chagrin.

Par la nuit enveloppante,
Par la pleine lune,
Vous monterez étape par étape[1]...

Cela dura des mois. Un nouveau printemps approcha. Je me lassai de cette peine inutile. Mes yeux et mes oreilles s'ouvrirent et me laissèrent voir le vrai. Il était bien tard.

---

1. Coran 84, 17-19.

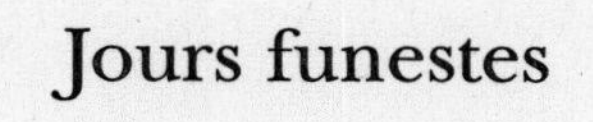

Jours funestes

1.

Un jour que je revenais du wadi avec Barrayara, Hafsa et les servantes, les paniers de nos mules chargés de linge fraîchement lavé, Talha apparut. À ma surprise, il montait un méhari de guerre et portait une cotte de mailles. Il était accompagné d'une demi-douzaine d'hommes en armes. Il me reconnut parmi les femmes et arrêta sa troupe pour nous saluer. Barrayara lui demanda qui il allait combattre. Il répondit sans rire qu'il accomplissait son devoir. Barrayara s'étonna, curieuse comme toujours :

— Quel devoir ?

L'embarras de Talha était si évident que je le saluai d'un geste et poussai sans attendre ma mule sur le chemin. La curiosité de Barrayara était inutile : Talha ne trahirait pas le secret qu'il portait. Pas plus que mon père Abu Bakr ne s'était confié à elle.

Par chance, mon époux devait passer la nuit dans ma couche.

Il poussa la porte de ma chambre, l'air soucieux. D'abord, je le servis comme je le faisais toujours, avec attention et tendresse. Puis je lui parlai de ma rencontre avec Talha.

Il m'observa. Il vit que je n'avais aucune pensée d'Hafsa en tête et que mon inquiétude était sincère. Alors j'appris tout.

Depuis l'automne, Abu Sofyan levait en grand secret une armée formidable. La razzia de sa précieuse caravane et les têtes tombées à Madina lui avaient enseigné une vérité : il ne pourrait pas affronter le Messager d'Allah sans réunir la plus puissante des armées.

— Et c'est ce qu'il a fait, dit mon époux. Abu Sofyan et les Mekkois ont rassemblé ce que le Hedjaz et les montagnes d'Assir comptent d'idolâtres et de mécréants. Tous ceux qui ont perdu contre nous un bien, un frère, un père, un oncle, un fils se sont unis. Ils sont trois mille, au moins. Des chevaux par centaines. Des cuirasses par centaines. Des arcs et des épées par milliers. Ils ont quitté Mekka et marchent sur Madina. Dans dix jours, vingt tout au plus, ils seront ici. Tu as vu Talha. Avec d'autres, il court les routes pour s'informer de leur approche.

J'étais si abasourdie que pas un mot ne me vint. Je me mis à trembler. Mon époux s'en aperçut. Avec douceur, il m'enveloppa de ses bras et me caressa.

— J'ai ordonné à tous, à ton père, à Talha, à tous : pas un mot ! Pas un mot trop tôt, ou Madina tremblera de peur. On ne va pas à la guerre en claquant des dents. Mais demain ou après-demain, la ville entière sera au courant.

Une pensée me vint enfin. Je murmurai :

— As-tu demandé à Djibril... ?

Muhammad sourit.

— Il ne viendra pas. Il est inutile que je me mette sous mon manteau. Il ne viendra pas.

Je compris :

— Tu as dit : « Le Seigneur Clément et Miséricordieux nous a donné beaucoup ces temps derniers. Il nous observe et voit ceux qui oublient le jour du jugement alors que rien encore n'est accompli. Prenez garde. Il saura nous le rappeler. »

Mon époux approuva. Au moins était-il heureux que je n'aie pas oublié ses mots. Il dit :

— C'est le moment de l'épreuve. Dieu, dans Sa clémence,

veut voir ce que nous faisons du bien qu'Il nous accorde. Il veut tester le courage des Croyants cousus d'or. Deux épreuves nous attendent. L'une ici, dans la cour de la maison d'Allah. L'autre devant les trois mille païens livrés à tous les démons.

Et c'est ce que je vis.

2.

La guerre commença par une dispute sous le tamaris de notre cour.

Omar préparait le combat. Les guerriers d'Allah ne se dénombraient que par centaines. Mon époux réunit tous ceux dont la parole comptait pour décider comment mener la guerre qui approchait. 'Abdallâh ibn Obbayy, le chef des Ansars, était là avec des seigneurs aws et khazraj. Il parla le premier et déclara que le combat hors de la ville était impossible :

— Les Mekkois sont trop nombreux. La bataille serait perdue d'avance, affirma-t-il. Il nous faut demeurer entre nos murs. Nos fortins sont imprenables. De mémoire d'homme, ceux qui s'y sont attaqués ne sont jamais retournés chez eux vainqueurs. C'est ainsi.

Fatima était présente au côté de son père. Depuis deux lunes, il lui suffisait de traverser la cour pour être chez nous. À peine ibn Obbayy se tut-il qu'elle répliqua :

— Tu as la mémoire courte, 'Abdallâh ibn Obbayy ! Les fortins de Madina n'assurent rien. Le Messager d'Allah s'est présenté devant les murs des Banu Qaynuqâ. Où sont les Banu Qaynuqâ aujourd'hui ? Où sont leurs fortins ?

Ibn Obbayy blêmit sous l'insulte. Il regarda mon époux, qui lui rendit son regard sans un mot. Fatima dit encore :

— Il n'est pas dans l'usage des guerriers d'Allah de s'enfuir ou de se cacher dans des terriers en attendant qu'on les déloge ! Dieu ne nous veut pas ressemblant à des rats du désert.

Aussitôt, Ali applaudit à grands cris. Zayd et tous les jeunes combattants présents se joignirent à lui. Mon père se taisait. Mon époux se taisait lui aussi.

Omar se leva alors de son tabouret. Depuis des années, la prétention de Fatima à se comporter en guerrière l'exaspérait. Cette fois, il tendit les mains vers elle :

— La fille de l'Envoyé parle comme j'aurais parlé, fit-il avec force. Nous ne resterons pas tapis derrière nos murs quand l'ennemi est à notre porte. Ce serait méprisable.

Le chef des Ansars bondit de colère :

— Inconscients ! cria-t-il.

Les seigneurs aws et khazraj étaient avec lui. La dispute dura jusqu'au soir sans que jamais mon époux n'ouvre la bouche. Il les observait tandis qu'ils se lançaient des mots blessants comme des flèches. Songeait-il à Allah ?

Et Allah se manifesta.

Talha entra dans la cour, à bout de souffle :

— Abu Sofyan et ses trois mille guerriers s'installent sur la pente de la montagne Uhud ! annonça-t-il.

Tous se levèrent d'un bond : on savait qu'Uhud était à une grosse demi-journée de marche de Madina.

À son tour mon époux se leva.

— Allons prier, dit-il simplement. À l'aube, nous enfilerons nos cuirasses. Nous ne laisserons pas les idolâtres et les mécréants s'avancer plus près de Madina.

Tout cela, lecteur, sache que je l'ai vu et entendu personnellement. Je me tenais sur le seuil de ma chambre avec Barrayara. Les femmes écoutaient dans les cuisines. La rumeur de la dispute avait couru dans l'oasis. Puis celle de l'approche des Mekkois. Beaucoup se précipitaient vers notre maison.

Quand mon époux se dirigea vers la mosquée, suivi de tous les autres, des femmes commencèrent à geindre.

Allah avait-Il brisé notre insouciance ?

Ma prière du soir fut plus courte que celle de Muhammad. J'étais pressée de lustrer et d'assouplir une dernière fois sa cuirasse, de graisser sa cotte de mailles, son baudrier et ses fourreaux. Je déclinai l'aide d'Hafsa, ce dont elle parut soulagée. Le murmure de la prière des guerriers bourdonnait dans ma chambre, me pressant les tempes et la poitrine.

Mon époux poussa la porte bien après la moitié de la nuit. Il vérifia mon travail et se montra satisfait. Il ne fut pas question de paroles. Il ne dormit pas ou peu. Je guettai son souffle.

Dans la grisaille de l'aube, je l'aidai à passer sa tenue de guerre. Son visage me déchirait le cœur. Quand il fut harnaché, un soleil lugubre pointait à l'horizon. Je me décidai :

— Très-aimé, je le lis sur tes traits, je le vois sur ta bouche et dans tes yeux. Je te connais. Tu ne souhaites pas quitter Madina. Tu ne crois pas que Dieu veuille cette décision. Alors pourquoi partir ? Reste.

Il se figea, sonda mon regard. Sa tristesse s'accrut. Il baisa mes mains :

— Que ne me l'as-tu dit plus tôt ? Celui qui a revêtu sa cuirasse de combat ne l'ôte pas avant que le sang n'ait coulé.

Les larmes gonflèrent mes paupières. Impossible de les retenir. Je criai :

— S'il en est ainsi, ne me laisse pas ici ! Tu sais à quoi je puis être utile. Souviens-toi de Badr.

Il se décida juste avant de franchir le seuil pour retrouver mon père et Omar, qui l'attendaient déjà dans la masdjid, au pied de l'escalier du prêche.

— Viens. Viens, et qu'Allah se montre à toi dans Sa miséricorde.

3.

Ô, toi qui lis ces lignes, ne compte pas sur moi pour te raconter la bataille par le menu. La force et les faiblesses de la stratégie. Tu en trouveras les récits ici et là. Depuis ce jour funeste, elle a été contée par des dizaines de voix habiles, et toutes te diront, avec bien des preuves, qu'Aïcha, Mère des Croyants, n'a jamais été savante dans l'art de la guerre. Elle ne possédait rien des qualités de combattante de Fatima, la fille de Muhammad le Messager, elle qui était apte à lui sauver la vie. Moi, j'étais la mémoire d'Allah, non son bras armé.

C'est vrai.

Ce qui causa ma perte, comme tu le comprendras plus tard.

Mais au moins, lis mes souvenirs. J'étais là. J'ai vu. Rien ne s'est effacé de mes yeux. Rien. Tu ne peux pas imaginer ma peine à tracer les mots qui suivent.

Ô le sang ! Ô les cris, la douleur !

Ô la peur, ô l'odeur de mort, ô le massacre !

Ô la pitié qui ne vient pas ! Ô la honte des vaincus !

Voici comment les événements revivent sous mon calame : nous avançons vers la montagne. Nous n'apercevons pas les Mekkois. De nouveau une dispute divise les compagnons de mon époux. Furieux, 'Abdallâh ibn Obbayy quitte les lieux avec ses trois cents guerriers. Rien ne le retient, pas même la honte que lui infligent ceux qui restent autour de Muhammad.

Mon époux descend de son cheval pour la prière de l'après-midi. Il dit :

— Demain à l'aube, Allah jugera s'Il nous veut victorieux. Abu Sofyan a attaché une poupée de bois, qu'il appelle son dieu Hobal, à la selle de son chameau. Le paradis sera vaste pour ceux qui réduiront en miettes cette idole.

Au soir, sous la tente, il me dit :

— Nous ne sommes pas sept cents, ils sont trois mille. Allah sera seul juge.

Il me demande de le recouvrir de son manteau et appelle Djibril. Mais l'ange ne vient pas. Alors Muhammad me dit :

— Cette fois, nous irons dans la bataille sans l'aide de Dieu.

Je pose la main sur la poitrine de mon très-aimé et sens son cœur frapper ma paume comme un fouet.

Avant le jour nous fûmes tous sur la montagne.

Nous les vîmes : ils étaient des milliers, avec des esclaves qui portaient leurs armes. Nous vîmes des chevaux par deux ou trois centaines, des femmes, des cuirasses, des lances... Jamais je n'avais contemplé autant de combattants à la fois.

Ils poussèrent un cri terrible en nous découvrant. La montagne trembla. Les pierres, les arbres, la poussière, le ciel.

Tout trembla, et moi aussi.

L'Envoyé désigna la place de ma tente. Un replat de la haute pente, loin au-dessus de la courte vallée occupée par les païens. On ne pouvait trouver meilleur poste d'observation.

— N'en bouge pas, m'ordonna-t-il. Je reviendrai près de toi, Inch Allah !

Il me baisa la bouche et s'en alla.

Et voici la suite : ils vont se battre, eux qui sont si peu nombreux.

Mon époux règle leur allure. Lentement ils descendent la montagne derrière son étendard vert. Le cheval de l'Envoyé ne fait pas un pas sans que le cheval de sa fille Fatima n'emboîte le sien.

Zayd, Ali, Talha ne sont pas loin. Omar non plus. Ni les sept cents autres.

Sept cents seulement...

Soudain, je vois un bon tiers des guerriers d'Allah partir à gauche vers un ravin.

Que font-ils ? Mais que font-ils ? Nous sommes déjà si peu !

J'ai l'impression de crier tant l'attente de ce qu'il va advenir me déchire de la tête aux pieds.

Sur le côté, les femmes des Mekkois agitent des fanions. Elles sont des centaines. Elles dansent, hurlent. Si fort que je les entends de là où je me trouve.

Puis, le combat ayant commencé, je n'entends plus rien que le bruit des fers.

Le sifflement des flèches. Le crissement des lames. Le chuintement des lances.

Les bruits de ceux qui meurent et de ceux qui tuent.

Je repère la cuirasse de mon époux parmi les milliers de cuirasses. Je ne veux plus la quitter des yeux.

Cela dure longtemps. Comment comprendre ? Partout les lames montent et frappent. Les flèches tuent, les montures tombent.

Le rouge s'étend sur tout. Sur la terre, sur les arbres, sur les hommes, sur les bêtes : le sang.

Plus tard, il a été dit que, au début, l'Envoyé a repoussé les Mekkois. La paume d'Allah était sur lui. Les païens l'ont senti. Ils se souvenaient de la bataille de Badr. Ils ont commencé à se replier. Les guerriers que l'Envoyé avait placés pour protéger ses arrières ont cru à la victoire. Le butin était proche. Ils ne pensaient qu'à cela. Alors ils ont abandonné leur poste. Malheur à nous ! C'en était fini de notre victoire.

L'image que j'ai encore devant les yeux est celle des hommes couchés dans le sang. Où que je regarde, je ne vois que des morts, des blessés. Angoisse : je ne vois plus mon époux.

Au-dessus de cette scène morbide, s'élèvent soudain les voix des femmes idolâtres. Elles chantent :

— Nous sommes les filles du matin
Si vous avancez, nous vous baiserons,
Nos cheveux sont parfumés de musc
Et les perles coulent entre nos seins !
Combattez, combattez,
Nous étendrons les coussins
Et nous serons les coussins.
Reculez, reculez
Et vous serez seuls.
Reculez et on vous crachera dessus...

Je vois les étendards de Mekka. Le vert de celui de mon époux a disparu.

Un cri jaillit de toutes parts :

— L'Envoyé est mort, l'Envoyé est mort !

Je cours dans la pente jusqu'au champ de bataille. Je marche sur des cadavres. Les cris des femmes de Mekka me percent la poitrine. J'aperçois Hind bint Otba, l'épouse d'Abu Sofyan. Elle a un couteau à la main. Elle tranche les oreilles, les nez, les sexes des blessés et les éparpille autour d'elle en riant. Soudain je la vois se pencher sur un corps. Je reconnais Abu Hamza, l'oncle de mon époux bien-aimé.

— Abu Hamza ! Abu Hamza, tu es mort ! crie-t-elle.

Je la vois ouvrir sa cuirasse, lui plonger le couteau dans le ventre, lui couper le foie.

Ô Seigneur tout-puissant ! Je la vois porter le foie d'Abu Hamza à ses dents ! C'est alors qu'elle m'aperçoit. Elle secoue la tête comme une hyène. Elle rit. Le foie d'Abu Hamza lui frappe les joues, le sang ruisselle sur son cou et nappe sa poitrine.

Je m'enfuis devant cette horreur. Je cours parmi les corps. Le sang monte de partout comme la crue d'un oued au printemps. Omar se dresse devant moi :

— L'Envoyé de Dieu est vivant !

C'est vrai. Omar soutient mon époux, sa tête sans casque couverte de sang.

Ici et là, quelques hommes continuent le combat. Parmi eux, Fatima toute recouverte de sang. Aucun guerrier ne peut savoir qu'elle est une femme. Ali hurle. Talha tombe. Il a fait un bouclier de son corps pour protéger mon époux. Il n'est plus que blessures.

Les événements qui suivent n'ont aucune explication : les Mekkois d'Abu Sofyan se mirent soudain à reculer, à déserter le champ des morts. Je les vis s'éparpiller sur le flanc de la montagne.

Omar leur cria :

— Muhammad est vivant. Il vous voit ! Il vous entend !

Du haut de la pente, Abu Sofyan répondit :

— Jour pour jour nous reviendrons !

Mon époux essuya le sang qui coulait sur ses paupières.

— Allah n'en a pas fini avec nous, souffla-t-il. Abu Sofyan peut prendre ce jour. Rien n'est clos. Allah lui tend son destin.

Uhud ne fut pas une défaite. Ce fut une épreuve. Allah n'avait pas abandonné Son Messager.

Et moi qui vis la bataille, je me souviens d'elle comme si c'était hier, et de la voix de Muhammad qui me disait : « Viens. Viens, et qu'Allah se montre à toi dans Sa miséricorde. »

Troisième rouleau

Les épouses

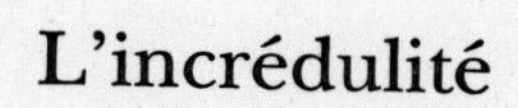

L'incrédulité

1.

Madina après la bataille. Je m'en souviens comme on se souvient du pire.

Dans chaque maison résonnaient des lamentations. Les mères, les épouses, les filles couraient vers nous à travers l'oasis, bras levés et yeux écarquillés, en espérant ne pas avoir perdu un proche. Les questions fusaient :

— Où est mon époux ? Est-il vivant ou mort ?

— Mon fils ? Est-il blessé ? Est-il mutilé ?

Tel ou tel avait quitté Madina sur un cheval frémissant et dansant. Ils revenaient sur des chamelles au cou et à la croupe noircis par le sang du combat. Ceux qui les découvraient ainsi se précipitaient pour baiser leurs mains et essuyer la poussière de leurs bottes.

Les survivants leur disaient :

— Ne vous lamentez pas ! Allah ne nous a pas abandonnés, Son Messager est vivant !

Muhammad, lui, confirmait d'un hochement de tête. De temps à autre, il se redressait sur sa selle pour laisser croire que ses blessures étaient bénignes, bien que sa longue chevelure fut noyée sous les pansements et sa barbe durcie par les croûtes de sang. J'avais lavé ses plaies superficiellement. Nous avions à peine assez d'eau pour les ablutions, et il y avait tant de plaies à nettoyer... À Ali et Omar, qui s'en étaient inquiété, mon époux avait répondu :

— Allah sait que nous, les vaincus, sommes impurs. Il veut éprouver notre courage.

Fatima, comme d'ordinaire, se tenait à sa gauche. Le sang des idolâtres durcissait sa cuirasse et ses joues. Son allure faisait peur. Pour venger la mort d'Abu Hamza, elle avait ouvert les gorges, tranché les doigts et les oreilles d'une foule d'idolâtres. Elle ne s'était retirée du chaos qu'après que les archers d'Abu Sofyan eurent fait éclater son bouclier. Je l'enviais. Pourquoi Allah ne m'avait-Il pas donné son courage et sa force pour protéger mon époux tant aimé ?

Tous, épuisés et ensanglantés, entouraient Muhammad. Ali avait les yeux vides. À Uhud, c'était un démon crachant la mort. On comptait des blessures partout sur son corps. Omar avait la cuisse ouverte et le visage transparent de ceux qui ont perdu trop de sang. Une lance avait déchiré le flanc de mon père. Zayd avait reçu tant de flèches contre sa cuirasse qu'elle s'ouvrait comme un fruit mûr. 'Othmân se tenait plié sur sa selle pour maintenir fermée la plaie d'épée qui lui entaillait le ventre.

Et les autres ? Une infinité de mutilés. Un chœur de complaintes. Une procession de civières où gisaient des mourants.

Talha était couché sur le dos d'un cheval, inconscient. Il avait transformé son corps en bouclier pour protéger mon bien-aimé. Les Mekkois l'avaient frappé. Il avait résisté. Les lames le tranchaient, les lances le trouaient, les flèches se plantaient dans sa cuirasse, mais lui restait debout, hurlant et maniant sa nimcha. Il ne s'écroula qu'après avoir vu Abu Sofyan se retirer, écœuré de savoir le Prophète d'Allah encore vivant.

Quand Muhammad découvrit le corps de Talha qui se balançait sur la croupe du cheval, il s'écria :

— Ne le laissez pas mourir ! Talha ibn Ubayd Allah doit vivre ! Dieu lui a déjà accordé la splendeur du martyr. Il n'a nul besoin de sa mort.

Les ombres s'allongeaient quand nous arrivâmes en vue de notre maison. Entourée des servantes, Hafsa nous attendait. Comme les autres, elle croyait que notre époux était mort.

Quand elle le découvrit droit sur sa chamelle, elle poussa un hurlement si aigu qu'il nous figea tous :

— Ô, mon époux, mon époux ! Ô, Dieu tout-puissant ! Je le savais ! Seuls les fous et les mauvais pouvaient croire qu'Allah le Clément et Miséricordieux répudiait Son Prophète. Ô mon époux !

Je dus descendre de ma monture pour la soutenir. Le bonheur et l'effroi de retrouver Muhammad dans cet état terrible la faisaient défaillir. Notre époux, lui aussi, fit plier les genoux de sa chamelle et serra Hafsa dans ses bras afin qu'elle s'apaise.

En cet instant, nous devînmes amies. De ce moment, et pour toutes les années de vie d'Hafsa bint Omar.

Allah est grand ! Il a joint notre amour commun pour Son Envoyé en une tresse jamais dénouée. L'amour de l'une a renforcé l'amour de l'autre, la vie de l'une a renforcé la vie de l'autre. Le serpent de la jalousie n'a jamais pu y planter ses crocs.

2.

Nous prîmes du temps pour soigner notre époux. Ses cuisses et son torse étaient bleus de coups. Sa chair rougissait et suppurait. Son sang perlait sous les pommades et les linges. Quand enfin je pus lui laver les cheveux, il demeura immobile et silencieux. Je voulus qu'il s'allonge. La tête lui tournait et il dut s'appuyer sur mon épaule pour traverser la chambre. Sur ma nuque, son souffle était plus brûlant que le vent du Nefoud.

Nous atteignîmes la couche mais il préféra s'asseoir sur son tabouret. Je crus qu'il allait s'écrouler sous l'effet de la fatigue et de la douleur. Je baisai son front. Il était moite. Ses yeux brillaient étrangement. Ses lèvres étaient chaudes et gonflées. Son corps était parcouru de frissons. Je compris que sa rencontre avec l'ange approchait !

Je lançai à Hafsa :

— Va chercher le manteau de notre époux !

— Il est déchiré et puant de sang, fit-elle, toujours en pleurs. Laisse-moi le laver d'abord et apporter une couverture pour que notre époux ne prenne pas froid.

— Non, non ! Dépêche-toi ! répétai-je, impatiente. Apporte vite son manteau et laisse-nous.

Hafsa ouvrit la bouche pour protester. Mais quand elle vit le regard de Muhammad, elle comprit que quelque chose d'important allait se produire. Elle pâlit et obéit.

Je saisis le manteau et dis :

— Ô Apôtre de Dieu, mon époux très aimé, ce combat contre les idolâtres, tu savais avant de quitter Madina qu'il ne serait pas celui de la victoire. Tu me l'as confié. Tu n'y es allé que pour te soumettre au jugement d'Allah. Maintenant, l'ange du Tout-Puissant s'approche de toi. Je le sens.

Muhammad leva les yeux, mais il ne vit rien de moi. Pas plus qu'il ne voyait les choses de ce monde que nous, toi qui lis et moi qui écris, nous voyons. Il se détourna, trembla et gémit :

— Oh, frère Djibril, as-tu assisté à notre débâcle ? Je t'ai appelé, je t'ai appelé, sans réponse ! Le Seigneur des mondes se détournerait-Il de nous ?

Il leva la tête et tendit les bras. Un nouveau frisson l'ébranla tout entier. Je jetai sur lui son grand manteau lourd de sang. La voix de Djibril devint sienne. Elle emplit tout l'espace comme si elle voulait s'inscrire sur les murs de la chambre.

Je me souviens encore de ses paroles :

— Quand Allah vous secourt, nul ne peut vous atteindre. D'autre appui que Lui, vous n'en avez pas besoin !

« Aujourd'hui défaite. C'est la volonté d'Allah. Ainsi se reconnaissent les Croyants véritables et ceux qui se tiennent dans l'apparence.

« Aux hypocrites, il a été dit : Montez sur le chemin d'Allah et combattez.

« Ils ont répondu : Aujourd'hui on ne sait pas combattre.

« Paroles d'incroyants et de faussaires. Allah sait ce qu'ils cachent. Quand ils Le louangent, le souffle de leurs mots ne vient pas de leur cœur.

« Dis-leur : "Le croyant sincère n'écarte pas la mort, car sur le sentier d'Allah les tués sont vivants auprès de leur Seigneur et gratifiés des mille grâces du Paradis !"

« Que les incrédules ne t'attristent pas. Ils ne blessent pas Allah. Le tourment infernal, c'est eux qui le connaîtront dans la vie dernière. Pour les autres, la peur des combats à venir est inutile. Sur le chemin droit, la Grâce d'Allah est immense[1]. »

---

1. Coran 3, 160-177.

3.

De ce jour, plus rien ne fut pareil.

Le lendemain, avant la prière du soir, Muhammad, qui avait récupéré ses forces, monta à l'escalier du prêche et répéta les mots de l'ange de Dieu. Ce fut comme si le Tout-Puissant tranchait le monde entre les hypocrites et les véritables Croyants.

Au matin suivant, 'Abdallâh ibn Obbayy se présenta dans notre cour. Lui, le seigneur des Ansars qui avait abandonné l'Envoyé et ses combattants avant la bataille.

Il se comporta comme s'il venait mesurer les pertes dans nos rangs. Sous le tamaris et contre les murs de la masdjid, les plus vaillants enduisaient eux-mêmes leurs plaies d'onguents et de potions. Les servantes, les sœurs, les filles et les épouses, courant de droite et de gauche, soignaient les plus atteints. Les feux des cuisines étaient poussés à leur comble. On y faisait rougir les fers à cicatriser. Les plaintes et les prières se mêlaient à l'odeur des chairs brûlées et des herbes bouillies dans la graisse de mouton.

Muhammad se tenait là. Il s'agenouillait devant les blessés et les estropiés, leur donnait à boire et aidait les femmes à tendre les bandages.

Moi aussi, j'étais présente, prodiguant mes soins ici et là.

Ibn Obbayy déambulait parmi les blessés, le menton haut, une moue d'arrogance dessinant sa bouche. Un cri de douleur lui fit tourner la tête. Il reconnut son fils. Une femme appliquait un fer sur sa cuisse pour purifier la plaie d'une lance. Le jeune homme mordait de toutes ses forces dans un nœud de cuir pour étouffer ses hurlements.

Ibn Obbayy s'approcha. Il attendit que la femme lave le visage de son fils à l'eau fraîche. Quand le jeune homme rouvrit les yeux et sembla capable d'écouter, son père déclara :

— Voilà où cela t'a conduit, mon fils, de ne pas suivre mon conseil ! Tu brûles et tu gémis parmi les vaincus.

'Abdallâh ibn Obbayy parlait fort. Il voulait que chacun entende ses paroles. Son fils protesta dans un souffle :

— Ô mon père, ne parle pas ainsi ! Je suis allé là où je le devais : droit sur le chemin d'Allah au côté de Son Messager.

— Les vaincus sont les vaincus. Qui pourra croire qu'Allah marche avec eux ? Le païen Abu Sofyan portait le bois du faux dieu Hobal accroché à sa selle. Aucun d'entre vous ne l'a réduit en miettes. Aujourd'hui, à Mekka, on se réjouit en dansant parmi les idoles, tandis qu'ici on respire les plaies et la mort. Seuls des hommes stupides et ignorants pouvaient vous entraîner en si petit nombre contre les trois mille guerriers de Mekka. J'avais conseillé : « Restez dans Madina. Nos fortins sont imprenables. » Les Mekkois le savent. Ils ne s'y seraient pas frottés. Quand il s'agit de guerre, dans cette oasis, s'il en est un qu'il faut écouter, c'est moi. Mais vous avez préféré courir derrière la fille de l'Envoyé.

L'insulte était dite. Elle leva un grondement parmi les blessés.

Muhammad observait ibn Obbayy en silence. Son ami juif, Ubadia ben Shalom, apparut à son côté. Il connaissait l'art de traiter les plaies. À l'aube, notre époux l'avait fait appeler pour qu'il soigne Talha, qui n'avait pas encore repris connaissance.

Ben Shalom leva les paumes en direction d'ibn Obbayy :

— N'insulte pas ceux qui croient assez en Dieu pour ne pas marchander leur vie. Retourne chez toi, cela vaut mieux pour toi comme pour moi.

— Une bataille est une bataille ! se défendit ibn Obbayy avec une grimace de dédain. Elle est perdue ou gagnée. En quoi les morts d'Uhud seraient-ils bons pour Allah ?

Son ton débordait d'insolence. Il parlait sans regarder ben Shalom, mais en fixant Muhammad. La colère s'empara des blessés. Ceux qui le pouvaient se levèrent. Ils agrippèrent le manteau d''Abdallâh ibn Obbayy :

— Ennemi d'Allah ! Tu n'es pas digne de parler dans cette cour !

— Ibn Obbayy, tais-toi ! L'Envoyé te réclamait à son côté et tu as fui... !

Ibn Obbayy se débattit en grondant :

— Tenez votre langue ! Je n'ai rien dit de mal ! Quand vous avez gagné à Badr, vous avez déclaré : « Les anges d'Allah étaient avec nous, sans quoi, à trois cents contre mille, jamais nous n'aurions vaincu les Mekkois. » Aujourd'hui, les anges d'Allah n'étaient pas avec vous. Pourquoi ? Allah ne vous soutient-Il plus ?

Quelqu'un hurla :

— Hypocrite ! N'as-tu pas entendu le prêche de l'Envoyé hier soir ? Par sa bouche, Djibril a répondu à ta question ! Honte sur toi. Allah sépare les vrais Croyants des menteurs de ton espèce !

Pour toute réponse, un drôle de sourire s'étira sous la barbe d''Abdallâh ibn Obbayy. La rage des blessés enflait. Devinant que la dispute risquait de mal tourner, Muhammad s'approcha d'ibn Obbayy et d'un geste fit cesser les protestations.

— 'Abdallâh ibn Obbayy ibn Seloul, dit-il avec calme en montrant la civière où reposait Talha, gémissant et inconscient. Regarde celui-ci. C'est Talha ibn Ubayd Allah. Il n'a rien épargné de sa vie au moment de l'offrir au Clément et Miséricordieux. En retour, Dieu lui accordera bonté et justice. Regarde-le. Il est comme mort. Depuis sa tête jusqu'à ses pieds, Ubadia ben Shalom a compté soixante-sept blessures. Mais Allah rendra cette vie que Talha a donnée. Tu le verras de tes yeux, comme tous ceux de Madina. Tu es un douteur, 'Abdallâh ibn Obbayy. Tu es un douteur. Je le sais depuis la première fois où tu as prononcé le nom du Tout-Puissant devant moi. Allah le sait aussi. Il te jugera au moment venu.

Le front d'ibn Obbayy devint couleur de lait. Les mots de l'Envoyé creusèrent le silence.

Ben Shalom montra la porte de l'autre côté de la cour :

— Rentre chez toi, ibn Obbayy. Que l'Envoyé et Dieu te pardonnent.

Ibn Obbayy ouvrit la bouche pour protester. Le désir de cracher une nouvelle insulte incendia ses yeux. Il hésita devant les visages tournés vers lui. L'orgueil et la morgue l'emportèrent.

— Par Allah ! lança-t-il avant de se détourner. Qu'ai-je à faire du pardon de Muhammad ibn 'Abdallâh ?

Le soir, dans ma chambre, à la lueur des lampes, mon époux sut lire mon regard. Sa paume vint sur ma nuque et ses lèvres sur mes paupières. Son baiser et sa caresse furent doux comme une ombre de printemps. Il saisit mes mains pour les poser sur son bandage :

— Mon miel, ôte mon pansement.

— Très-aimé, Hafsa l'a refait il y a peu.

— Ôte-le et dis-moi comment est la plaie.

Je restai d'abord sans voix en la découvrant.

— Ce n'est plus une plaie. Seulement une cicatrice.

— N'aie aucune crainte, Aïcha. Avant le prêche de vendredi prochain, les plaies de Talha seront aussi closes et ses yeux bien ouverts. Il n'a pas fini de servir Dieu à nos côtés. Ce que tu as vu aujourd'hui ne cessera pas avant longtemps. La vraie guerre que réclame Allah ne fait que commencer.

Il en fut ainsi.

Les plaies de Talha cessèrent de suppurer. Trois journées suffirent pour qu'elles sèchent sous les pommades. En une seule nuit, elles se refermèrent. Il ne resta que des bourrelets rose tendre et lisses comme la nacre des coquillages. Les Mekkois avaient tranché deux doigts de sa main gauche en pulvérisant son bouclier. Il ne fut pas nécessaire de les passer au fer pour éviter le pourrissement des chairs.

Lorsque Talha reprit conscience, il pleura de joie en se voyant en vie.

— Je me suis endormi en croyant me rendre au jugement d'Allah ! dit-il, riant et sanglotant tout à la fois.

Zayd lui répondit :

— Tu t'y es rendu. Dieu a prononcé Son verdict : te voilà un *chahid*[1] vivant.

— Ne blasphème pas !

— Ma bouche est pure. L'Envoyé te le dira lui-même. C'est lui qui nous a appris le jugement du Tout-Puissant.

Talha en fut si bouleversé qu'il manqua de défaillir à nouveau.

— Je voulais me faire pardonner de n'avoir pas défendu Allah et Son Messager à Badr !

— Tu les as défendus, et au-delà, à Uhud ! lui répondit mon époux.

À moi, quand je le revis pour la première fois, Talha dit :

— Merci, ô bien-aimée du Prophète.

Ces mots me firent rougir et je ne sus que répondre à ce remerciement. Aujourd'hui encore, je n'en comprends pas la raison. Mais le bien dont Talha ibn Ubayd Allah fut capable pour moi durant sa vie de chahid, toi qui lis ces lignes, tu le découvriras bientôt.

1. Chahid : martyr.

4.

La guérison de Talha fit grand bruit parmi les Médinois et jusqu'à Mekka. Elle s'était déroulée en tous points comme mon époux l'avait annoncé. N'était-ce pas la preuve que Dieu n'avait pas abandonné Son Prophète ? 'Abdallâh ibn Obbayy l'hypocrite et tous les douteurs avec lui ne pouvaient plus l'ignorer. Après une preuve pareille, on aurait pu croire qu'ils seraient réduits au silence. Mais non ! Ibn Obbayy s'obstina. Pis encore, il sema ses insinuations d'un bout à l'autre de l'oasis. Pas un jour sans qu'il ne se rendît dans les cours des Banu Nadir, Banu Qurayza, Banu Aschraf, Banu Waqif. Autant de fois que ceux-ci le voulaient, il répétait ses mensonges :

— Un blessé guérit, et alors ? Ce qui était vrai hier doit l'être aujourd'hui. Muhammad a dit : « Les anges de Dieu ont volé à Badr. » Peut-être. Mais une chose est certaine : ils n'ont pas volé à Uhud. Ce sont les flèches des Mekkois qui ont volé. Et Dieu ne les a pas détournées de leur but. On pleure les morts et les blessés d'Uhud dans toutes les maisons de Madina qui n'ont pas suivi mon conseil. Que vaut un prophète sans victoire ? Si Dieu a mis des mots justes dans la bouche d'un homme avant la bataille, ce fut dans la mienne.

Les hypocrites jubilaient. Certains rabbis aussi. Ceux-là avaient cru, à notre arrivée à Madina, que le Messager les suivrait. Ne voulait-il pas, comme eux, combattre les idoles ? La défaite d'Uhud libéra leur amertume. Aux fidèles ils rabâchaient leurs reproches :

— Comment peut-il prétendre être un frère de Moïse tant qu'il ne respecte pas le shabbat, le quatrième commandement gravé sur le mont Sinaï ?

La parole est parfois plus blessante qu'une nimcha. Plus mortelle qu'une morsure de serpent. Les rumeurs propagées par les Ansars faisaient mal. Les Chrétiens et les Juifs accusaient le Prophète de s'éloigner de la Torah et des Évangiles, d'introduire des mœurs malsaines chez les femmes, de les laisser parler et se comporter comme des hommes jusque dans leur couche.

— Un Messager véritable saurait respecter la *qibla*[1], glapissaient-ils. Il n'y a de parole vers Dieu que la face tournée vers Jérusalem. Telle est la loi depuis le temps d'Abraham et des vrais prophètes. Muhammad l'a fait au début. Mais, depuis sa victoire à Badr, il a changé d'avis. Il a ordonné aux Croyants d'Allah de prier la face vers Mekka... Et voilà le résultat !

— Le mal, disaient-ils, vient de l'ignorance de Muhammad ibn 'Abdallâh. Un Envoyé de Dieu qui ne sait ni lire ni écrire !

Ces accusations mettaient Hafsa hors d'elle. Elle qui connaissait les textes.

— Tu ne peux pas laisser passer ces calomnies sans réagir ! déclara-t-elle un jour devant moi à notre époux. Les vieux de la synagogue oublient que Dieu a puni leurs ancêtres plus d'une fois, parce qu'ils ne suivaient pas Sa justice. C'est écrit dans les rouleaux anciens.

D'ordinaire, en temps de paix, Ali, Talha ou Zayd lisait chaque jour les textes des fils d'Abraham et de Moïse à mon époux. Et aussi les textes où se déployait la sagesse des prophètes. Mais, à ce moment-là, tous trois soignaient leurs blessures. D'autres compagnons se proposèrent de lui faire la lecture, mais Muhammad s'ennuya.

Un soir, notre époux nous convia toutes les deux, Hafsa et moi, dans le fond de la mosquée :

---

1. Position du corps durant la prière.

— Hafsa dit que les rouleaux du passé contiennent de quoi répondre à nos détracteurs. Puisqu'ils m'accusent de laisser nos femmes se comporter comme des hommes, peut-être pourriez-vous leur montrer, vous, que c'est justice ?

Cela prit plus d'un mois. La chaleur de l'été pesait déjà de tout son poids sur l'oasis. Hafsa et moi passions nos journées à lire les écritures. Barrayara et les servantes, sans doute envieuses de la confiance du Messager, nous reprochaient de négliger les tâches domestiques.

J'avoue, ô lecteur, qu'Hafsa lisait plus vite que moi et savait mieux discerner l'utile de l'inutile. En vérité, je ne lui fus pas d'une grande aide, et c'est elle qui m'apprit beaucoup.

Enfin arriva le jour où notre époux annonça à tous ceux qui l'écoutaient sous le tamaris qu'ils ne devaient plus prêter attention aux protestations venant des Ansars, des Juifs et des Chrétiens.

— Que les Croyants d'Allah prient en se tournant vers la Ka'bâ, chacun en connaît la raison depuis longtemps, dit-il. La Pierre Noire de Mekka est tout aussi sacrée que la terre de Jérusalem. Depuis des siècles, aucun hanif d'Arabie ne l'ignore. Les Juifs, eux, feignent de l'oublier. Il est écrit qu'Abraham-Ibrahim lui-même a désigné cette place. Il est arrivé là avec Agar, sa servante, la mère de son fils Ismaël. En vérité, la bataille d'Uhud l'a prouvé : il n'y a pas de devoir plus important pour les Croyants d'Allah que de détruire les idoles païennes qui se trouvent autour de la Ka'bâ, ainsi qu'Abraham lui-même le fit avec celles de son père dans les montagnes d'Harran.

Les paroles de mon époux, claires et limpides, se déposèrent tel un baume dans le cœur des fidèles.

5.

Ô lecteur de ces lignes, sache que les temps que je décris furent fort difficiles pour les Croyants.

Il avait suffi d'une seule bataille perdue, celle d'Uhud, pour que l'alliance entre les adeptes d'Allah, les Juifs, les Chrétiens et les Ansars se fissure. Or la réponse de l'Envoyé d'Allah aux allégations des douteurs mirent ceux-là encore plus en colère. De nouvelles chansons insultantes résonnèrent sur la place du marché et dans les champs. Et, comme si Dieu voulait augmenter le poids de l'épreuve qu'Il nous imposait, l'été cette année-là fut particulièrement torride. Le ciel en feu pesait sur nos épaules et nous, exténués, attendions, impatients, le crépuscule pour pouvoir enfin respirer.

Une fin d'après-midi, alors que je me préparais à sortir en me cachant sous des voiles pour me protéger du soleil encore brûlant, j'entendis dans la mosquée la voix enragée d'Omar :

— Ô Apôtre de Dieu, je te le dis, ça suffit ! Nous ne voulons plus supporter les insultes des faussaires ! Terminons-en avec ces malfaisants ! Nous ne sommes plus faibles. Les blessés d'Uhud ont recouvré leurs forces. Madina doit huiler ses cuirasses et se tenir prête pour l'automne. L'humiliation a assez duré.

Je n'en saisis pas davantage. Barrayara et Hafsa s'impatientaient près des mules déjà sanglées avec les jarres vides. En cette saison, on conservait l'eau des puits pour les jardins. Celle qu'il fallait à la maisonnée pour vivre, nous allions la puiser dans le wadi presque à sec. Cela exigeait un temps infini.

Au retour, dans l'ombre lente du crépuscule, nous guettions le chant puissant de Bilâl annonçant l'heure de la prière. Nous nous précipitions alors dans une masdjid toute neuve entourée de pierres blanches que Muhammad avait fait construire au pied des pentes du Jabal Sal à notre arrivée dans l'oasis. Y prier était un bonheur sans pareil. Hafsa s'en trouvait émue tout autant que moi.

Loin devant nous, dans la direction de Mekka, se dressaient les murs de Madina. Tandis que nous récitions les premières paroles des lois d'Allah, la nuit nous enveloppait peu à peu. Elle descendait sur l'oasis, étouffant les sons et les teintes. Plus d'une fois, il me sembla que la paume de Dieu se posait sur nous, caressant et emportant la lumière afin que rien ne nous distraie.

Jamais je n'ai prié avec plus grand bonheur qu'en ce lieu. Lorsque nous remontions sur nos mules, nous ne prononcions pas un mot. Le pas des bêtes et le clapotis de l'eau dans les jarres nous berçaient tels des enfants dans les bras de leurs mères. Il semblait que, sur le dos de nos mules, nous ne pesions pas plus lourd que ces nouveau-nés.

Le soir, quand je retrouvai ma chambre et allumai les lampes, la discussion entre mon époux et Omar résonnait encore. Muhammad, cette nuit-là, devait rejoindre Hafsa. Je me couchai sans attendre. Dans la paix de ma chambre, l'écho des voix dans la mosquée me parut plus proche. Celle d'Omar, surtout. Je crus percevoir dans son ton une insistance et une colère dénuées du respect dû à l'Envoyé. Encore emplie de la douceur de ma prière dans la masdjid du Jabal Sal, je me reprochai aussitôt cette pensée.

Comme je ne pouvais m'empêcher de tendre l'oreille, j'entendis Omar prononcer le nom d'Hafsa. J'en conçus un mauvais pressentiment.

Lorsque le silence revint enfin derrière la porte, je restai éveillée avec mes questions et ma curiosité. Je me raisonnai : il était bien naturel qu'Omar parle de sa fille devenue l'épouse de l'Envoyé. Mon père en faisait tout autant...

Un demi-sommeil m'emporta. Il se brisa bien avant l'aube sur un bruit inattendu. Je me dressai sur ma couche. Un homme entrait chez moi, tenant une lampe à la mèche minuscule. Son ombre dansait étrangement sur les murs. Avec soulagement, je reconnus Muhammad. Il accrocha la lampe à la poutre puis lança son manteau sur ma couche. C'est seulement quand il se tourna vers moi que je vis ses yeux. Je sus. Je fus tout de suite debout et saisis ses mains quand il s'agenouilla.

Le lendemain, dès avant la prière de l'aube, l'Envoyé monta l'escalier du prêche et annonça :

— J'entends le roulement qui bat dans vos cœurs depuis notre retour d'Uhud. Cette nuit, mon frère Djibril est venu me visiter. Dieu a entendu vos questions. Voici Sa réponse : « C'est le temps des *monâfiqoun*[1]. Ne défaillez pas, ne vous attristez pas. C'est vous qui avez le dessus en toute occasion, puisque vous êtes croyants. Allah fait alterner les jours bons et les jours mauvais. Il voit et Il juge. Il est informé de tout. Il fait briller et Il pousse dans l'ombre. Sa justice est intransigeante. Telle est Sa bonne nouvelle[2]. »

Plus tard, sous le tamaris, à tous ceux qui vinrent le consulter, la mine inquiète, et le soir, à nous, ses épouses, quand nous l'accueillîmes dans nos chambres, il répéta :

— Restez sur vos gardes, mais vivez comme si les monâfiqoun n'avaient pas de bouches pour vous insulter ni d'yeux pour vous regarder. Dieu, Lui, voit tout et Il entend tout. Il sait que les Mekkois préparent un autre mauvais coup contre nous. Tenez-vous sur vos gardes, n'oubliez pas qu'Abu Sofyan est un

1. Douteurs, hypocrites.
2. Coran 3, 133-135.

serpent. Sa langue fourche d'une part vers les idolâtres et d'autre part vers les hypocrites. Le venin jaillira des deux côtés.

Pour Omar et ceux des compagnons qui s'irritaient, il eut encore d'autres mots :

— Pas d'impatience ! Dieu entend le mensonge des douteurs. Cette épreuve, Il veut nous voir l'affronter. Ne vous laissez pas abuser par les insultes d''Abdallâh ibn Obbayy. Où est la grande victoire des Mekkois à Uhud ? Ils ont épuisé trois mille guerriers pour rien. Dieu n'a pas laissé ces mécréants repartir les couffins chargés de butin, et leur idole de bois ne les a pas rendus plus riches d'une seule datte ! Abu Sofyan sait que, la prochaine fois, il lui faudra plus de trois mille cuirasses pour nous affronter. Ce n'est pas demain qu'il les tiendra sous sa selle ! Mais on le connaît. D'ici là, il voudra nous frapper selon ses vieilles manières : en rampant dans la poussière et dans les coins fangeux. Dieu ne vous demande pas encore de sortir les nimcha des fourreaux, mais de prendre garde à chaque ombre sur vos chemins. C'est le degré de votre confiance en Sa sagesse qu'Il veut mesurer.

Le poids d'être femme

1.

Voici la suite.

Nous fîmes ce que Muhammad exigeait. Nous vécûmes comme si les ricanements et les insultes ne résonnaient pas sur nos talons dès que nous nous éloignions de nos maisons. En vérité, l'effort était trop grand pour qu'il soit sincère. Notre indifférence n'était qu'une grimace. La colère crispait nos ventres. Telle une maladie, elle corrompait notre jugement et nos émotions.

Un jour, Hafsa ne me rejoignit pas comme d'ordinaire après la prière du matin. Je m'en inquiétai. J'attendis un moment avant de questionner Barrayara. Elle non plus ne l'avait pas vue depuis l'aube.

— Ton époux n'aurait pas dû sortir de *ta* chambre ce matin, me reprocha-t-elle.

Muhammad avait passé les trois dernières nuits avec moi. C'en était une de trop. Selon nos accords, il aurait dû rejoindre Hafsa la veille. Ces irrégularités arrivaient rarement, et presque jamais sans que notre époux ne les excuse par avance. Mais parfois, lorsque les affaires de Madina le tourmentaient jusqu'à lui ôter le désir de dormir, il débattait sans fin avec ses compagnons, puis se faisait faire d'interminables lectures, écoutait ensuite les uns et les autres et, après les avoir tous épuisés, il priait et priait, espérant que la clémence de Dieu guide ses choix. Et enfin seulement, terrassé de fatigue, il poussait ma porte toute proche pour s'écrouler sur ma couche sans même une parole.

Tout cela, Hafsa le savait. Mais je connaissais son caractère changeant, parfois brutal. Je me décidai à aller pousser la tenture de sa chambre pour subir ses reproches et lui présenter mes excuses. Elles auraient été sincères. Plus le temps passait, plus je l'aimais comme une sœur. Contre ma jalousie première se dressait notre amour commun pour notre époux. Il nous rapprochait. Aucune mauvaise pensée ne devait souiller cette tendresse si rare entre épouses.

— Hafsa...

Elle était recroquevillée sur sa couche comme un animal. Elle portait sa tunique de nuit. Son col était trempé de larmes et de mauvaise sueur. Elle crispait les mâchoires comme si on venait de la battre.

— Hafsa ! Hafsa ! Que se passe-t-il ? Es-tu malade ?

Il me fallut un long moment pour l'apaiser et parvenir à comprendre la source de son malheur. Quand enfin elle put desserrer les dents, ce fut pour me dire que son père, Omar, était venu la visiter à la pointe de l'aube. Elle s'apprêtait à rejoindre la prière des femmes. Il l'en avait empêchée avec des mots terribles.

Hafsa était une fille pleine de ressource et d'esprit. Son caractère, comme je l'ai déjà dit, beaucoup le redoutaient. Parfois, pour une bonne ou une mauvaise raison, elle tenait tête même à notre époux. Le seul être capable d'en faire une fille peureuse et soumise était son père.

En vérité, toute sa vie elle le redouta. Je l'ai vu de mes yeux. Son père l'effrayait autant qu'un fauve imprévisible. Cela ne venait pas de sa force peu commune, bien que longtemps il fût assez puissant pour broyer quiconque entre ses mains. Depuis son plus jeune âge, Hafsa subissait la détestation d'Omar envers les femmes. Dieu saura me juger si je dis le faux.

Toi qui me lis, sache qu'Omar ne me fut pas toujours opposé. Mon opinion ne dissimule pas une rancœur secrète. Qu'Allah le tienne près de Lui pour l'éternité ! De toute son existence, Omar ibn al Khattâb n'œuvra qu'à Sa gloire. Et malgré sa détestation des femmes, il m'a respectée et m'a même soutenue quand d'autres ne voulaient que ma chute.

Ce matin-là, Omar avait accablé sa fille de ce mépris profond, proche de la folie, qu'il éprouvait pour nous, les femmes, mères, filles, épouses, sœurs, tantes, cousines, esclaves et servantes.

Sans doute avait-il appris que Muhammad n'avait pas partagé la couche d'Hafsa. Il en avait tiré l'occasion de ses reproches :

— Déjà tu lasses tant l'Envoyé qu'il délaisse ta couche ! avait-il hurlé. Je m'en doutais. Qui peut supporter ton caractère ? Tu ne sais pas tenir ta place. Il faut toujours que tu l'irrites avec tes discours et ton arrogance de femelle ! Si au moins on pouvait te coudre la bouche, voilà qui enchanterait Allah !

Longuement, et avec des mots que je préfère ne pas répéter, Omar avait reproché à sa fille de tout ignorer du plaisir des hommes. Une pure calomnie quand on sait le bonheur et l'habileté d'Hafsa aux jeux de l'amour.

Omar cherchait à ébranler sa fierté de femme. Il voulait nous punir d'avoir été chargées par notre époux de trouver des arguments dans sa dispute avec les rabbis.

— Mon père prétend que les femelles ne doivent servir qu'au lit et aux cuisines, gémit Hafsa, sanglotant encore. Il m'a dit : « Dieu n'a pas accordé la parole à Abraham et à Moïse pour que les textes sacrés deviennent un bavardage de femmes. Vos pensées sont néfastes ! Vos mots stupides ! Les conseils des épouses ou des mères ont toujours conduit les hommes au désastre. Et maintenant l'Envoyé est entre vos mains ! Celles de Fatima, les tiennes et celles d'Aïcha. Rien de pire ne pouvait lui arriver ! Seul un homme faible peut se comporter ainsi... »

Hafsa était bouleversée. Elle avait compris que, si son père ne l'avait pas frappée, c'était seulement par crainte que notre époux en voie les marques et se juge en droit de le châtier.

Il me fallut la masser, la caresser et lui faire boire une mixture d'herbes apaisantes pour qu'elle recouvre toute sa conscience. Alors ses mains agrippèrent mon bras comme pour le tordre et me nouer à elle. Collant ses lèvres à mon oreille, elle murmura dans un souffle ardent :

— Aïcha ! Mon père doute !

— Hafsa, ton père est qui il est. Il ne nous aime pas. Mais il aime Dieu plus que sa propre vie. Tu le sais.

— Écoute-moi ! Il n'y a qu'à toi que je peux le dire. Mon père ne doute pas d'Allah. Il doute de notre époux...

— Hafsa, es-tu folle ? Douter du Messager, c'est douter du Tout-Puissant !

— Tais-toi, laisse-moi parler. Quand mon père m'a accusée de mal conseiller notre époux, j'ai voulu me défendre. J'ai dit : « Qui sait mieux que l'Envoyé ce qui est bien ou mal ? Qui possède un meilleur jugement que celui qui est visité par l'ange Djibril ? » Mon père a crié encore plus fort. Il s'est déchaîné et m'a répondu : « Tu ne sais pas voir, pauvre sotte ! » Oh, Aïcha ! Mon père croit que notre époux ne sait plus discerner le bon chemin. Il dit : « 'Abdallâh ibn Obbayy est un fourbe immonde, mais même un fourbe immonde peut proférer une vérité sans le savoir. À Uhud, il ne fallait pas aller devant les Mekkois. Seulement voilà, l'Envoyé a écouté les exhortations de sa fille. On connaît le résultat. Depuis la défaite, il suit vos conseils au lieu de nous consulter, nous, ses vieux compagnons. Cela prouve qu'il a perdu sa clairvoyance. Et maintenant le voilà qui s'obstine à ne pas tirer le glaive ! Jusqu'où cela ira-t-il ? Est-il si sûr qu'Allah, qu'Il soit tout-puissant dans l'éternité, exige de nous tant de peine ? »

Comment dire le poids qui soudain écrasa nos nuques ? Que devions-nous faire ? Nous taire ou prévenir notre époux ?

Dire le vrai et risquer la *fitna*[1] entre ceux qui jusque-là étaient unis comme les doigts de la main, et depuis si longtemps ?

Nous taire, n'était-ce pas laisser le venin des mots et des doutes détruire notre époux et attirer la colère d'Allah ?

Je dis :

— Aux autres, à toutes les autres, et même à Barrayara, pas un mot ! Nous ne devons rien faire ni rien montrer tant que Dieu ne nous aura pas indiqué la voie. Hafsa, tu ne dois pas même parler de la colère de ton père. Sinon, on te posera des questions. Tu expliqueras ton absence en disant que ton ventre s'est brouillé ou que des djinns ont visité ton sommeil. On te laissera en paix le temps que tu te purifies et implores la clémence d'Allah.

— Mais Lui verra que je mens !

— Dieu sait tout, Il voit tout. Il connaît tes raisons. Il jugera.

En un éclair je pensai à ma propre histoire, pas si vieille, et comment le Tout-Puissant m'avait guidée hors de mes mensonges.

— Mais à notre époux, je dois dire ce que pense mon père ! insista Hafsa. Je ne peux pas le laisser dans l'ignorance.

À cela, je ne sus pas répondre. Par bonheur, Hafsa reprenait tous ses esprits :

— Nous pourrions nous tourner vers Abu Bakr, proposa-t-elle. Depuis toujours il sait adoucir les humeurs de mon père.

C'était vrai. Mais avais-je assez la confiance de mon père pour lui demander conseil ? Hafsa sonda mon regard, devina mon hésitation :

— Rien ne presse, dit-elle. Laissons passer le jour et venir la nuit. De montrer sa rage apaise toujours un peu mon père.

Pour ne pas lui donner l'impression que je laissais cette décision peser tout entière sur elle, j'acquiesçai :

— Nous devons prier ensemble. Allah saura nous conseiller s'Il le veut.

---

1. Discorde.

Hafsa raconta à qui voulait l'entendre que des djinns malfaisants l'avaient visitée durant la nuit. Elle devait se purifier avant que notre époux ne la rejoigne. J'ai proposé de l'accompagner dans la petite masdjid sur les pentes du Jabal Sal. Après une journée entière de prières, de silence, de paisible beauté déposée devant nous, lorsque l'ombre du soir apparut, la conviction nous était venue qu'Allah approuvait notre silence et appréciait le soutien que nous apportions à Son Envoyé. Nous devions seulement taire les doutes d'Omar et surveiller l'humeur des compagnons.

Alors que nous nous serrions toutes les deux sur l'âne qui nous ramenait à la maison, je dis à Hafsa :

— Allah nous a entendues. Sois tranquille.

En vérité, je m'étonnai de mes propres mots et m'en sentis même un peu honteuse. D'où me venait tant d'assurance ? Le Tout-Puissant m'était témoin que ce n'était ni vanité, ni parole en l'air. Mon âge et mon ignorance auraient dû me conduire à plus de modestie.

2.

Les grandes chaleurs cessèrent, sans pour autant apaiser les disputes dans Madina. Des rumeurs menaçantes arrivèrent de Mekka. Après la mort d'Abu Hamza à Uhud, l'Envoyé avait perdu le lien avec ceux qui l'informaient des manigances d'Abu Sofyan. Il nous fallait redoubler de vigilance. Les alentours de l'oasis étaient désormais incertains. Notre époux ordonna que les femmes soient accompagnées par des hommes en armes lorsqu'elles allaient chercher de l'eau dans les puits éloignés.

Enfin, un jour de grand vent, Muhammad décida de se rendre en personne aux fortins des Banu Nadir afin de régler une importante affaire. Leurs bastions étaient dignes de leur richesse et de leur puissance. Leurs terres, vastes et prospères, se trouvaient séparées du cœur de Madina par des plantations de dattiers. Depuis que le grand menteur et insulteur Ka'b ibn Aschraf avait été décapité, le Choisi d'Allah n'était pas le bienvenu dans cette tribu, dont les membres étaient sans doute les monâfiqoun les plus acharnés de l'oasis.

Dès qu'il apprit la décision de notre époux de se rendre chez ses ennemis, mon père protesta :

— Impossible ! Autant tenter les démons.

— Peut-être n'oseront-ils pas s'en prendre à moi, répondit Muhammad.

— Quand tu connaîtras leur décision, il sera trop tard, s'agaça Omar.

— Qui sait ? dit Muhammad par plaisanterie.

Omar, piqué dans son orgueil, insista :

— Laisse-moi y aller à ta place.

— Et leur laisser croire que l'Envoyé d'Allah les craint ? Hors de question. Mais tu ne te trompes pas : on sait qui ils sont. La traîtrise et la soif de vengeance leur rongent les sangs. Les scorpions fourmillent sous les pierres de leurs fortins. Raison de plus pour les approcher. Accompagnez-moi.

Puis voici ce qu'il advint :

Mon époux et nos pères, Omar et Abu Bakr, prennent le chemin des Banu Nadir, nos adversaires. Chacun sur sa mule, ils traversent les plantations de dattiers. Les Banu Nadir, ayant appris leur venue par quelques émissaires, leur ouvrent la porte de leurs fortins.

— Entre, disent-ils à Muhammad après l'avoir poliment salué. Nous serons mieux à l'intérieur pour parler.

L'Envoyé refuse. Il descend de sa mule et s'accroupit à l'ombre d'un haut mur.

— Voici une place qui me convient.

Et, d'une voix forte, il dit ce qu'il a à dire. Ceux des Banu Nadir, qui, debout devant lui, l'écoutent, se montrent complaisants :

— Nous ne pouvons toutefois te donner une réponse solide sans en discuter avec les nôtres, disent-ils. Entre dans notre cour, accepte au moins que nous t'offrions de quoi étancher ta soif en attendant notre retour.

Muhammad et nos pères pénètrent à l'intérieur du fortin. Une servante apporte à boire et à manger. Méfiants, Omar et mon père lui demandent de goûter les boissons et la nourriture. Assis à l'ombre du mur, notre époux observe. La servante boit une gorgée de lait caillé et mord à pleines dents dans une galette de pain azyme préparée par les Juifs pour la Pâque proche. Tout se passe pour le mieux. La servante pose devant l'Envoyé une corbeille de dattes. Mais, au moment d'en prendre une, notre époux se lève brusquement et quitte l'ombre du mur. Omar et mon père s'en étonnent. Muhammad tourne vers eux un visage livide :

— Dieu me dit de ne pas rester là !

À peine a-t-il prononcé ces mots qu'une roche plus grande qu'un homme tombe du haut du mur et se fracasse à l'emplacement où il se trouvait. Omar et mon père roulent sur le sol sous les éclats de pierre.

— Par Allah ! Ces démons ont voulu te tuer ! crie Omar.

— Qui pourrait en être surpris ? dit l'Envoyé qui, sans perdre son calme, rassemble les mules. Allons-nous-en. Ce qui était à faire ici est fait.

Le soir même, Muhammad ordonna à Omar d'encercler les fortins des Banu Nadir avec trois cents hommes, nimcha au clair.

'Abdallâh ibn Obbayy œuvra de son mieux pour soulever tous les monâfiqoun de Madina contre l'Envoyé. Il n'y parvint pas. Ils avaient trop peur. Omar avait répandu la nouvelle :

— Sachez-le : nul ne saura atteindre le Messager ! Je lui ai dit : « Ne va pas chez les Banu Nadir, ils veulent ta mort. » Il m'a souri : « Sois sans crainte. Dieu saura me prévenir. » Je ne l'ai pas cru. Qu'Allah me compte mon doute au jour du jugement ! C'est exactement ce qu'il s'est passé. Les anges de Dieu veillent étroitement sur Son Messager !

En entendant ce discours, les Banu Nadir ricanèrent. Ils tentèrent de résister une poignée de jours. Sans hésiter, Omar fit brûler une grande quantité de dattiers et resserra le siège autour des fortins. Aucune autre tribu juive de Madina ne se porta à leur secours. Les rabbis prièrent le Tout-Puissant au plus profond de la synagogue. Les Banu Nadir ne reçurent qu'un seul signe de Dieu : l'Envoyé vint faire le tour de leurs murs sur sa chamelle blanche sans même avoir revêtu sa cuirasse. Il était à la limite des portées de leurs flèches. Pas un archer juif n'osa bander son arc sur lui. Les Banu Nadir comprirent alors qu'ils ne sortiraient pas vivants d'une résistance acharnée. Ils quittèrent leurs fortins comme les avaient quittés les Banu Qaynuqâ avant eux, trop heureux de ce qu'ils pouvaient emporter et que leurs femmes ne soient pas réduites en esclavage.

Je ne l'ai pas vu de mes yeux, mais Fatima s'en vanta sous le tamaris de son père et on me le raconta plus d'une fois : le jour de l'exil des Banu Nadir, elle s'empara d'un de leurs étendards. Puis elle galopa droit sur la maison d'ibn Obbayy. Là, elle tournoya sous les murs en hurlant :

— 'Abdallâh ibn Obbayy, toi qui croyais tes murs imprenables, prends ta leçon ! Quand Allah le décide, rien ne résiste à Son Messager ! Tu peux en informer les hypocrites qui se cachent dans ta cour !

Fatima ne repartit qu'après avoir laissé son cheval réduire en charpie l'étendard des Banu Nadir sans même qu'une lance ne cherche à l'atteindre.

Ce soir-là, alors que la joie revenait sous le tamaris de notre cour, Hafsa me prit par la main pour me faire danser devant les cuisines.

— Regarde le collier que mon père m'a offert ! Et j'ai dix tuniques nouvelles dans ma chambre ! Je t'en donnerai une. Elles sont toutes en soie du Grand Est. Les Banu Nadir étaient plus riches qu'on ne pouvait l'imaginer. Mon père a fait déposer dans ma chambre une magnifique couche faite de fines fibres de dattier et de laine de chamelles tout juste sevrées. Il m'a dit : « Aucune couche ne saurait mieux te convenir pour accueillir l'Envoyé, ma fille. Chacun sait que tu t'y comportes comme il le faut pour son plus grand plaisir. »

Hafsa riait à travers ses larmes.

— Dieu nous a entendues, Dieu nous a entendues ! me répétait-elle, secouée de joie et m'embrassant jusqu'à ce que je me coule dans son bonheur. Mon père ne doute plus de notre époux !

3.

Oui. Encore une fois Allah gratifiait les vrais Croyants d'une victoire et d'un butin magnifiques. La confiance revint et nos épaules furent soulagées du poids de la crainte. Les plis des fronts s'effacèrent et les rires résonnèrent. Plus d'humiliation ni de sarcasmes dans notre dos : les hypocrites et les douteurs retournaient dans le silence.

Quiconque ayant plus d'expérience qu'Hafsa et moi aurait deviné que ce n'était qu'un répit avant les prochaines épreuves. La jeunesse gonflait nos poitrines, et la jeunesse veut aimer la vie comme elle aime d'avance le paradis du Tout-Puissant.

L'Envoyé lui-même se montrait revigoré et plein d'énergie. Et très heureux de notre légèreté. Deux mois durant, peut-être trois, nous vécûmes dans la paix et l'insouciance. Mon époux se préoccupa de nouveau de nos études. Je retrouvai Talha devant les rouleaux d'écriture en compagnie d'Hafsa et d'Ali. Cette fois, Omar n'en tira aucun ombrage.

De temps à autre, Fatima venait nous faire admirer son fils Hassan. Muhammad prit goût à le poser sur ses genoux tandis qu'il écoutait les doléances des uns et des autres. Mon père s'en amusait. Il poussait quelquefois la plaisanterie jusqu'à faire semblant de quérir l'avis de ce petit-fils qui n'avait pas deux ans et bredouillait à peine.

Enfin, comme si Allah cherchait à nous réconforter et à nous rassurer, des voyageurs en provenance du Sud commencèrent à raconter que les affaires de commerce étaient très mauvaises à Mekka. Les récoltes de l'automne avaient été calamiteuses et les pluies ruineuses. Les Bédouins avaient perdu quantité de petit bétail. En outre, les puissants de la mâla n'osaient toujours pas former de grandes caravanes pour le Nord, craignant trop les razzias des Croyants d'Allah.

— Telle est bien la preuve des mensonges des monâfiqoun ! affirmèrent d'une même voix mon père Abu Bakr et Omar. La victoire des Mekkois à Uhud n'était qu'une illusion ! Ils ont si peu confiance en leur dieu de bois qu'ils n'osent pas même lancer une trentaine de chameaux jusqu'à Tabouk !

Les orages et le déluge s'étaient abattus sur Mekka, mais la pluie fut clémente et bienvenue sur Madina. Chez nous, pas de colère du ciel. Les puits se remplirent et la terre des jardins se couvrit de promesses de vie.

Notre époux partageait ses nuits entre ma couche et celle d'Hafsa avec une régularité sans faille. Il s'y montrait plein d'attentions, d'une douceur et d'une passion que son âge, celui d'un homme sur la seconde pente de sa vie, n'amoindrissait en rien. Au contraire, ses rires et ses désirs nous enchantaient. C'était un amusement que nous partagions, Hafsa et moi, de comparer les bonheurs et les plaisirs qu'il nous accordait.

Muhammad surveillait de près ce qu'il appelait notre « devenir dans la clémence de Dieu ». Il n'était pas de nuit dans la couche d'Hafsa sans qu'il mesure ses progrès dans la connaissance des rouleaux d'écriture et son agilité à les recopier. Sans cesse il s'assurait que ma mémoire retenait les dits et les faits les plus lointains. Il me questionnait sur ce qu'il m'avait enseigné et raconté, sur chacune des paroles de l'ange Djibril, anciennes ou nouvelles, ainsi que sur les faits et les circonstances qui avaient provoqué leur nécessité et la venue de Djibril. C'est alors que je compris la supériorité de ce texte sur les Écritures plus anciennes : le nôtre, celui de l'Envoyé, était en arabe.

Pour dire le vrai, j'étais un peu déçue que notre époux se soucie moins de connaître mes progrès dans la lecture et l'écriture, réservant cette attention à Hafsa. Je décidai d'apprendre auprès d'elle à mieux me servir du calame. Hafsa se soumit à mon désir sans hésitation, faisant preuve d'une patience que Talha lui-même ne possédait pas.

Mon rêve d'alors était de surprendre un jour notre époux en lui présentant un texte tout entier écrit de ma main et d'une calligraphie qui enchanterait son cœur. C'était là le bonheur et l'ambition d'une jeune épouse débordant d'amour pour son bien-aimé. Et la faute d'une fille encore trop ignorante des bassesses des hommes avides d'un pouvoir qu'ils se croient les seuls à détenir.

Ô lecteur, tu verras plus loin pourquoi, et en quelles vicieuses circonstances, notre époux ne put jamais goûter au plus beau présent que j'aurais pu lui offrir.

Que craindrais-je, aujourd'hui, à dire aux milliers de Croyants d'Allah toute la vérité de ce temps-là ? Les jours qui me séparent du jugement éternel peuvent se compter comme les nuages dans le ciel d'automne.

4.

Un de ces jours d'hiver où je tissais dans ma chambre avec elle, Barrayara m'adressa des regards sombres. Je crus qu'une fois de plus elle allait s'amuser de ma maladresse. Jamais je ne fus habile aux travaux de tissage. Barrayara ne manquait aucune occasion de me faire savoir que je me servais mieux d'un calame que d'une navette. Aussi, entre rire et lassitude, je l'interrogeai sur les défauts de mon ouvrage.

— Ton travail est correct, grogna-t-elle. Si l'on n'est pas trop exigeant...

— Alors pourquoi ces regards ?

— Tu ne le devines pas ?

— Que dois-je deviner ?

Elle soupira, reposa sa navette sur ses genoux.

— Décidément, tu ne grandiras jamais, ma fille ! Si je ne t'en informe pas, tu ne sais rien de ce qui se dit hors de ta chambre ou de la mosquée.

— C'est déjà beaucoup, lui répliquai-je, moqueuse. Tu oublies que je sais aussi ce qui se dit sous le tamaris.

— Sauf que l'important se dit toujours ailleurs.

C'était là une vérité, je devais le reconnaître. Je cessai mon travail.

— Que dois-je savoir que j'ignore ?

— Que ton époux possédera bientôt une nouvelle couche dans sa maison. Inch Allah !

Qu'Allah me pardonne, la jalousie me pétrifia dans l'instant même. Barrayara laissa ses mots tracer leur chemin jusqu'à mon cœur. Peut-être pas sans plaisir.

— Encore une ? parvins-je à souffler bêtement.

— Encore une. Et pas la moindre.

— Qui ?

Le visage de Barrayara se referma, soucieux et sévère.

— Omm Salama bint Abi Oumaya.

— Oh !

— Elle est veuve depuis vingt jours.

Je savais que son époux, Abu Salama Abdullah ibn Abdul Assad, avait eu la jambe coupée et la poitrine enfoncée à Uhud. Il avait survécu presque trois saisons en supportant des souffrances terribles. La fièvre l'emportait parfois droit vers la mort, puis il en revenait, tel un homme qui interrompt un voyage. Certains disaient que c'était là le signe qu'Allah voulait le purifier de son vivant afin de le recevoir en parfait martyr près de Lui.

Muhammad visitait Abu Salama, son frère de lait qu'il connaissait depuis toujours, chaque midi. Ils joignaient leurs prières. Quand Abu Salama avait toute sa conscience, il chantait les louanges de Dieu et celles des prières de l'Envoyé, qui le soulageaient. Il l'avait suivi dans la Loi d'Allah sans hésiter.

Allah l'avait voulu : la longue agonie de son frère de lait permit à notre époux d'apprendre à connaître Omm Salama. Moi, je ne l'avais jamais vue. Je ne savais d'elle que le jugement que ma mère Omm Roumane en avait fait un jour dans un claquement de langue :

— S'il est une femme dans Madina que tu dois admirer, c'est elle.

Conseil que, bien sûr, je m'étais empressée de ne pas suivre, tant il est bon que les filles, pour leur plus grand bien, ne partagent pas toujours les admirations de leurs mères.

Lorsque je lui appris la nouvelle, Hafsa s'écria à son tour :

— Qu'est-ce que tu dis ? Omm Salama ! Par Allah ! Rien de pire pour nous ! Muhammad nous trouve-t-il donc si jeunes et si ridicules qu'il lui faut celle-ci en plus ? Qu'Allah m'emporte tout de suite ! Jamais nous ne soutiendrons la comparaison.

La brutalité de cette réaction acheva de me tordre le ventre. Je comptais sur Hafsa pour décider de notre conduite envers notre époux. Et la voilà qui gémissait à grands cris, défaite avant même la bataille !

La journée qui suivit, Hafsa fut intarissable sur Omm Salama. Elle l'avait connue de près durant son précédent mariage. Son défunt mari était un proche compagnon d'Abu Salama depuis leur plus jeune âge. Ils avaient accompli en commun leur installation dans Madina.

— Omm Salama est vieille, soupira Hafsa. Elle pourrait être notre mère. Peut-être a-t-elle quarante ans. On pourrait croire que ça suffirait à détourner le regard des hommes. Tout au contraire ! Auprès d'elle, ils bourdonnent telles des mouches autour du miel. C'est qu'elle sait parler, choisir, lire, écrire et mener une maisonnée mieux qu'aucune de leurs mères. Ô Allah tout-puissant, pourquoi m'as-tu laissée m'aveugler comme une fouine du désert ? J'aurais dû me douter de ce qui allait advenir quand nous avons appris que l'Envoyé allait visiter chaque jour Abu Salama. Tant pis si c'est de la mauvaiseté de pensée : je suis certaine que notre époux n'y allait pas seulement pour respirer les plaies du mourant. Omm Salama l'aura ensorcelé, comme elle a subjugué tous les autres. Maintenant, je comprends mieux. Ces derniers temps, j'ai senti que notre époux n'était plus si attentionné dans la couche. Folle que je suis, je n'ai pensé qu'à ses soucis et à sa fatigue ! Oh Aïcha, ma sœur, ne t'illusionne pas. C'en est fini de notre bonheur. Cette femme... Cette femme...

Hafsa ne sut conclure autrement que d'un geste qui se passait de mots.

Aujourd'hui, je sais qu'elle disait une bonne part de vérité. Les si beaux jours partagés avec notre époux après l'exil des Banu Nadir s'achevaient, et avec eux un bonheur dont jamais ne revint la légèreté. Allah nous les avait accordés. Il les reprenait avant que l'insouciance ne nous pervertisse.

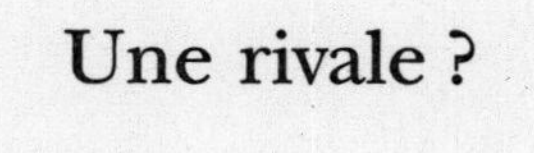

Une rivale ?

1.

Comme je craignais que la colère d'Hafsa n'envenime les choses, ce fut moi qui posai la question à Muhammad. Alors que je déposais ses galettes du soir devant lui, dans ce moment de la nuit où la lumière des lampes vacillait à peine et où les mots venaient doucement, je dis :

— Très-aimé, la rumeur prétend que tu vas prendre la veuve d'Abu Salama pour épouse. Est-ce vrai ?

Comme il aimait toujours le faire lorsqu'on lui adressait une question délicate, Muhammad prit le temps de bien réfléchir avant de répondre :

— Oui, si Allah le veut. Et si Omm Salama le veut elle aussi. À ce jour, rien n'est certain. À moi de te poser une question, mon miel. Craindrais-tu la présence d'une nouvelle épouse ?

— Oui. Et Omm Salama plus qu'une autre.

— Pourquoi ? La connais-tu ?

— Je ne l'ai jamais vue. Hafsa la connaît. Ma mère Omm Roumane, ainsi que Barrayara et vingt autres que j'ai entendues la connaissent. Toutes prononcent les mêmes mots au sujet d'Omm Salama.

— Ah ? Elles trouvent qu'Omm Salama ne ferait pas une bonne épouse ?

— Si, bien sûr, la meilleure, même. Aucune autre femme de Madina n'est aussi digne d'ouvrir sa couche à l'Envoyé.

— Et c'est cela qui t'inquiète ?

— Elles disent qu'Omm Salama pourrait être ma mère, mais qu'aucune femme ne peut soutenir la comparaison avec son intelligence. Et que, pour certains hommes, c'est un charme plus sûr que des yeux de braise ou une poitrine d'innocente.

Allah m'en fut témoin : le rire de mon époux me déchira jusqu'aux larmes.

— Yeux de braise et poitrine d'innocente ! Si c'est de toi que tu parles, ma bien-aimée, tu ne te rends pas justice. Tes yeux me sont un lac de douceur infinie et non de braise, ce que je préfère grandement. Quant à ta poitrine, elle est suave et tendre, et contient désormais bien trop de ruse et de savoir pour être encore innocente. Pour ce qui est d'Omm Salama, j'ajouterai au jugement de celles qui te l'ont décrite que sa beauté vaut tout autant que son intelligence, ce qui n'est pas rien.

Pas un mot ou une pensée ne parvint à percer la honte qui s'empara de moi.

Mon époux m'observa patiemment, le temps que je retrouve la parole. Comme rien ne venait entre mes lèvres et que je ne parvenais pas à faire un mouvement, il acheva paisiblement son repas. Après s'être lavé les mains, rincé et essuyé la bouche, il posa de nouveau les yeux sur moi.

— Miel de ma vie, sais-tu ce qu'Omm Salama m'a répondu quand je lui ai dit mon désir de rompre son veuvage et de l'accueillir au sein de notre maisonnée ?

Je trouvai la force de secouer la tête.

— Elle m'a dit : « Ô Apôtre, quel besoin de m'avoir comme épouse quand ton cœur est déjà tout entier pris par Aïcha ? Chacun dans Madina envie la beauté et l'intelligence que Dieu a déposées en elle alors qu'elle n'a pas vingt ans. Que feras-tu de moi, qui suis usée du double et qui ai enfanté plus d'une fois ? Dieu te fait regarder le temps qui vient et qui sera celui de Sa gloire. Ce temps-là, tu l'approches chaque nuit que tu passes auprès d'Aïcha et chaque fois que tu la vois, et encore chaque fois que tu entends sa voix. Avec moi, que découvriras-tu que tu ignores encore ? »

L'Envoyé se tut pour observer l'effet de ces mots sur mon visage. Enfin, il ajouta :

— Vous avez la même opinion l'une de l'autre. Abu Salama est mort en héros de Dieu. Qu'il soit reçu au paradis d'Allah ! Il était mon frère de lait et un Croyant des premiers jours. Mon devoir est d'accueillir sa veuve et ses enfants dans ma maison. Mon désir l'est aussi, car Omm Salama est celle qu'elle est. Il n'est pas un homme sensé et soumis au regard d'Allah qui ne désirerait l'avoir pour épouse. Mais rien ne peut se faire de bon et de juste dans un foyer sans un accord entre les femmes. Voici ce que je propose : tu vas aller devant Omm Salama. Vous parlerez de ce qui vous rassemble et vous désaccorde sous le regard de Dieu. Vous déciderez de ce qu'il doit en être de ces épousailles. Je suivrai votre conseil.

Ainsi savait manœuvrer notre époux, conduisant chacun et chacune à tenir sa place sous le regard d'Allah, Celui qui pardonne, châtie et juge. Nul n'y trouvait à redire, autant pour le gouvernement de sa maison que pour la vie de Madina et la guerre contre les douteurs et les hypocrites.

2.

J'allai donc devant Omm Salama.

Au premier regard, je vis que tout ce que j'avais entendu la concernant était véridique. À l'exception de sa beauté. Jamais je n'avais contemplé plus grande beauté, et beauté faite cependant de plus de simplicité.

Elle ne portait pas le moindre bijou. Le khôl cernait à peine ses yeux. Le noir de ses sourcils était plus parfait qu'aucun trait de calame ne le sera jamais. Elle n'avait besoin d'aucune pâte pour humidifier ses lèvres pleines qui donnaient même aux femmes le désir de les frôler. Ses mains étaient celles d'une femme qui n'ignore pas les tâches. Sa tunique ordinaire, d'un bleu de ciel d'avant la nuit, flottait loin de sa silhouette sans pourtant l'effacer. Allah y avait combiné la perfection des lignes, la souplesse et la fermeté.

Pour tout le reste de son corps, que la décence masquait, femme ou homme, nul ne pouvait se retenir d'éprouver le désir violent de le découvrir.

Après avoir déposé sa dernière-née dans les mains d'une servante, d'un signe de tête Omm Salama me proposa de m'asseoir face à elle. Déjà, je savais qu'il serait impossible qu'elle ne vînt pas rejoindre notre époux dans notre maison. Le Clément et Miséricordieux n'aurait pas voulu que pareille femme se détourne de Son nâbi.

Elle me dit :

— Je suis très heureuse de te voir, Aïcha bint Abi Bakr.

Je lui répondis que moi aussi, j'étais heureuse de faire sa connaissance.

— Beaucoup, et souvent, j'ai entendu parler de toi, ajouta-t-elle.

Je lui répondis que moi aussi.

— Tu es plus mûre d'apparence qu'on ne me l'a laissé croire.

Je lui répondis que je la trouvais infiniment plus belle qu'on ne me l'avait laissé entendre.

— Notre beauté ne nous concerne pas, fit-elle avec dédain. Dieu l'a placée sur nous comme nous plaçons une couverture sur le dos d'une mule. Celui qui monte la mule peut s'en réjouir et se montrer fier de sa couverture. La mule reste mule. La belle couverture ne nous épargne ni les tâches ni le poids des jarres. Heureusement, toutes les femmes ne sont pas des mules, et même les plus laides peuvent se montrer intelligentes. N'es-tu pas de cet avis ?

— Je le suis. Mais il est impossible pour autant que Dieu ait créé la beauté des femmes sans aucun but.

— Alors c'est un but qu'Il n'a pas encore révélé à Son Envoyé, objecta-t-elle. Ni à aucun autre homme.

Je lui répondis que je ne pouvais rien dire du savoir des autres hommes quant à la beauté des femmes. En ce qui concernait l'Envoyé, tout au contraire, j'avais pu mesurer l'usage que Dieu lui en avait donné. Le but en était évident : que mon époux goûte un peu du paradis qui attendait les justes et les sincères après le jugement.

— La beauté des femmes, des lieux et des choses, ou même du ciel en certaines heures, n'est-elle pas une promesse, de celles que l'on éprouve parfois en priant ? Si tu rejoins notre maisonnée, Omm Salama, tous ceux qui la fréquentent pourront contempler la beauté promise par Allah à Son Envoyé comme aux Croyants dont le cœur est pur.

— Tu le penses sincèrement ? me demanda-t-elle.

Je lui répondis que oui.

— Y a-t-il des cœurs purs chez les hommes ? insista-t-elle.

— Le Tout-Puissant, dans Sa clémence et Sa miséricorde, éduque les Croyants pas à pas, dis-je. L'un des enseignements les plus difficiles est celui des lois entre les hommes et les femmes, les maris et les épouses. Hélas, Hafsa et moi-même sommes trop jeunes pour que l'Envoyé nous érige en exemples. Ta présence dans notre cour, ton âge, ton expérience et ta réputation seront pour lui un atout de grande valeur.

— Tu es bien la fille que l'on m'avait décrite, dit-elle. Beaucoup plus rusée que ta jeune beauté ne pourrait le laisser soupçonner.

Je lui répondis que mon époux m'avait demandé de venir la voir pour que je me fasse une opinion sur elle. Je le connaissais désormais assez pour avoir compris qu'en vérité il souhaitait sans oser l'avouer que je la convainque d'accepter les épousailles qu'il proposait.

— Mais celles-ci te déchirent le cœur ? murmura Omm Salama.

— Je l'ignore.

— Moi, je le sais, dit-elle en soupirant. Nous nous ressemblons sur ce point. Nous ne serons jamais heureuses de partager notre époux. Je suis de celles qui n'ont nul besoin de voir ce qui se passe derrière les murs pour se le représenter. Je n'aime pas cela. Je n'aime pas non plus que des mots prononcés dans ma couche puissent se répéter dans une autre couche. N'as-tu jamais eu cette pensée que c'était comme si nos cuisses ne nous appartenaient pas et n'étaient pour l'époux qu'un divertissement à l'ennui de la répétition ?

— Dans la couche, il y a aussi nos têtes. L'Envoyé est un homme qui s'intéresse à nos paroles.

— Aux tiennes, car tu es jeune et que, depuis que tu es enfant, il te modèle comme une pâte de glaise. Moi, je suis trop vieille pour ces jeux-là. L'Envoyé ne me modèlera pas et je l'agacerai avant le prochain hiver.

Je baissai la tête sans répliquer.

— Ne t'offusque pas, dit-elle en souriant. À quoi bon parler, si ce n'est pas pour dire la vérité ? Tout ce que je te confie là, je l'ai confié à Muhammad ibn 'Abdallâh. Il m'a répondu : « Ta jalousie, Dieu l'apaisera. » Je lui ai dit : « J'ai déjà des enfants et ma jeunesse est terminée. » Il m'a répondu : « Je suis moi-même bien assez vieux pour toi. » Deux réponses pas très convaincantes, tu ne trouves pas ?

Dans le regard d'Omm Salama, je lisais ce qu'elle pensait. Et je compris ce que, très vite, nous constaterions tous : jamais Omm Salama ne dissimulerait ses pensées. Jamais elle ne serait de celles qui apaisent les disputes.

— Est-ce vrai ce que l'on dit de toi ? me demanda-t-elle. Que tu n'as pas le sang des femmes et que tu n'auras pas d'enfants ?

Je sentis mes joues s'enflammer.

— Pas de honte, ma fille, pas de honte ! Sois-en heureuse. Pour te faire un pareil cadeau, sois sûre qu'Allah t'aime plus que nous autres. Et pour ce qui est des épouses, voilà un sujet de dispute en moins : savoir quels sont les enfants préférés de l'époux. C'est ainsi que cela se passe, n'est-ce pas ?

J'hésitai. Puis, avec un peu de colère dans la voix, je rétorquai :

— Une telle dispute est exclue de notre maison. L'Envoyé a décidé de sa descendance : il a choisi les enfants de Fatima et d'Ali.

Je me levai pour mettre fin à ma visite.

C'est alors qu'Omm Salama m'agrippa les mains avec une chaleur et un empressement qui me surprirent :

— Ne sois pas blessée par mes paroles, Aïcha, ma fille. Si Dieu lit dans nos cœurs, pourquoi devrions-nous cacher nos vérités ? Et je n'ai pas ta jeunesse pour que le désir de danser me vienne à la seule pensée d'une caresse de l'Envoyé.

3.

Toi qui me lis, ne te trompe pas.

Omm Salama bint Abi Oumaya a toujours été franche, qu'elle s'adresse à Allah, à Son Prophète ou à nous, les épouses. Mais de ma vie, je n'ai vu ni entendu femme plus accomplie. Selon mon jugement, de toutes les Mères des Croyants, pas une n'égala son intelligence, son courage et sa sagesse.

Ô vous, les Croyantes d'Allah, je vous le dis : jamais vous n'avez eu plus puissante protectrice auprès du Clément et Miséricordieux.

Alors que je trace ces lignes, Omm Salama approche de sa centième année. Le Seigneur croit assez à sa sagesse et à son exemple pour la laisser respirer encore en ce monde. Aucun doute, j'affronterai le jugement éternel avant elle.

Il y a peu, lorsque mes yeux étaient encore bons, j'aimais monter à l'aube sur la terrasse de ma maison. J'y voyais la sienne à une portée de flèche et à l'ombre de quatre palmiers. Quand le muezzin chantait l'appel du matin, elle apparaissait à côté des linges que ses servantes venaient de mettre à sécher. Nous levions le bras pour nous encourager dans le jour naissant. Cela suffisait à nous rappeler bien des choses.

En vérité, si mes jambes pouvaient encore me porter et si mon souffle ne raclait pas si fort ma gorge, ces derniers temps, je serais allée m'asseoir près d'elle. À nous deux, nous aurions pu rassembler nos souvenirs pour ces écrits, des plus magnifiques aux plus terribles. Cela occuperait une belle longueur de rouleau d'écriture. Dieu veut qu'ils ne se perdent pas et permettent que le nom d'Omm Salama ne soit pas effacé par le temps !

Moi dont les jours sont comptés et la main à chaque heure plus engourdie, je dis ceci :

Nous étions dans la quatrième année de notre vie à Madina. Omm Salama réfléchit encore durant deux lunes avant d'accepter les épousailles avec le Messager d'Allah. Elles furent simples, sans faste ni orgueil excessifs. L'un et l'autre aimaient que les choses soient ainsi. L'Envoyé reçut la dot de sa nouvelle épouse de la main de son fils aîné. Il l'accepta sans hésiter, bien qu'elle ne fût pas d'argent. Ce n'était que des meubles, vêtements et objets du passé qui prirent place autour de la couche de la nouvelle choisie.

Hafsa et moi lui présentâmes bon visage. Nous ne fûmes pas longues à nous accorder sur les nuits que notre époux devait passer chez l'une et chez l'autre. Je prévins Omm Salama que Muhammad aimait parfois se reposer dans ma chambre en certaines occasions extraordinaires, s'il ressentait le besoin de rencontrer l'ange Djibril ou quand ses prières dans la mosquée se prolongeaient tard dans la nuit. Elle n'en montra aucune jalousie.

Elle s'installa chez nous avec quatre esclaves qui la servaient depuis longtemps. Barrayara connaissait deux d'entre elles : leurs mères avaient été capturées en même temps qu'elle dans les pays du Sud. Elle les aida à prendre leur place parmi les servantes de la maisonnée.

Quant à la joie de notre époux, qui ne la vit pas ?

Comme il ne pouvait la masquer même dans ma couche, je lui en fis la remarque. Il me répondit :

— Mon miel, n'aie ni doute ni crainte ! Jusqu'au jugement d'Allah tu seras la première dans mon cœur. Nul besoin de preuve pour en avoir la certitude ! Ce qu'Omm Salama soulève en moi, tu ne peux le comprendre. Il te faudrait plus d'années. Cela me rappelle un temps qui a précédé le tien de beaucoup. Ton père Abu Bakr et ta mère Omm Roumane ne t'avaient pas encore enfantée. J'étais marié à Khadija, ma première épouse. Beaucoup l'ont oubliée. Pas moi. Jamais. Je lui dois trop. Peut-être Dieu m'a-t-Il désigné comme Son Messager uniquement grâce à cette femme extraordinaire. Omm Salama me la rappelle. Aussi bien par son corps que par ses goûts, ainsi que par la sagesse de ses conseils. Toi qui n'oublies rien, plus tard tu pourras le dire à tous : Khadija et Omm Salama ont fait le bonheur de l'Apôtre d'Allah en le rendant meilleur parmi les hommes.

Les larmes me coulent d'écrire ces mots, comme elles coulèrent tout le jour suivant cet aveu. Mon époux pouvait-il faire plus beau compliment à une femme ?

Malgré ses recommandations je fus jalouse, rongée d'envie et de regrets.

Comme le disait Omm Salama, à quoi bon cacher les vérités de son cœur alors que Dieu les a en pleine vue ? L'Envoyé n'était plus si jeune. Jamais le temps ne me serait accordé de vieillir et d'acquérir assez de sagesse pour lui apporter ce qu'il trouvait auprès d'Omm Salama.

Hafsa fut plus sage que moi.

— À quoi bon gémir et s'emplir la poitrine du poison de la jalousie ? me disait-elle. Jamais cela n'a rendu un homme plus aimant. Notre époux a le cœur grand et, Inch Allah, le goût de l'amour ne lui passe pas. N'exige rien de plus et demain la nouveauté d'Omm Salama n'en sera plus une.

Hafsa sut toujours deviner mieux que moi la vérité des hommes. Même si les choses ne se passèrent pas comme elle s'y attendait. Mais cela est pour plus tard.

Donc chacune et chacun virent que la compagnie d'Omm Salama comblait notre époux de bonheur. Et un jour, d'un geste simple qui stupéfia tout le monde, il la fit asseoir à son côté sous le tamaris. Dans la plus grande discrétion, il avait même acheté pour elle un tabouret recouvert de cuir vert, sa couleur préférée.

À mon père Abu Bakr qui ne pouvait cacher son étonnement, il répéta ce qu'il m'avait dit :

— Omm Salama me rappelle le temps de Khadija. À toi aussi, la sagesse d'Omm Salama rappellera ce temps où tu m'es devenu aussi proche qu'un doigt de ma main.

Mon père approuva, embarrassé. Omar était là, lui aussi. Son regard sur Omm Salama était très différent. Comme tous les hommes présents, il s'aveuglait à sa beauté, mais redoutait ses paroles, comme si elles pouvaient briser son plaisir ainsi qu'un coup de pied fracasse une jarre fragile.

C'est ce qui arriva.

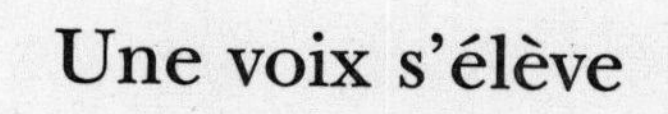

Une voix s'élève

1.

L'été de leurs épousailles n'était pas achevé que notre époux prit l'habitude de réclamer l'opinion d'Omm Salama lorsque les Croyants de Madina venaient le consulter.

En ce temps-là, il n'était pas un jour sans que les uns et les autres exigent de lui conseils et justice pour l'ordre et la vie dans leurs maisons. Après un mois ou deux, chacun remarqua que les avis d'Omm Salama pesaient lourd dans les réponses de l'Envoyé. La surprise passée, chacun s'en félicita. L'éloge de l'esprit et de la finesse d'Omm Salama courut sur toutes les lèvres. Omar lui-même chanta haut ses louanges :

— Allah a béni deux fois la nouvelle épouse de notre nâbi ! Elle ne s'en laisse pas compter. Elle sait discerner la fausseté sous la queue d'un scorpion. En voilà enfin une qui n'est pas sensible aux chamailleries qui occupent tant les femmes !

Notre époux affichait le plaisir que lui procuraient ces jugements. La réputation d'Omm Salama fila plus vite que les criquets de printemps. Dès qu'il s'agissait d'héritage entre époux, de divorce et de répudiation, de la bonne justice entre les parents et les enfants, les quémandeurs se tournaient vers Omm Salama, qu'ils fussent anciens Croyants ou ansars, aws et khazraj de Madina. Jamais nul ne contestait ses avis.

Avant l'hiver nouveau, les épouses, mères, sœurs, filles s'adressaient directement à elle.

— À quoi bon déranger le nâbi ? disaient-elles. Ne se tournera-t-il pas vers toi pour connaître ton jugement ? Il a bien d'autres choses à faire que de régler nos histoires de maisonnée.

Notre époux en fut enchanté, et ses compagnons ne protestèrent pas. Plus d'un afficha même sa satisfaction. Les heures passées sous le tamaris à trancher des disputes qui se ressemblaient toutes les lassaient depuis longtemps.

Puis un jour, après que l'Envoyé eut parlé du haut de l'escalier sacré de la masdjid, Omm Salama demanda :

— Bien-aimé Apôtre, pourquoi, dans tes Écrits, Dieu s'adresse-t-Il toujours aux hommes et jamais aux femmes ?

Notre époux, surpris, haussa les sourcils. Il ne répondit pas. Autour de lui se répandirent des sourires et des regards entendus. Pour une fois, Omm Salama ne se montrait pas aussi avisée ni aussi pertinente que d'habitude...

Plus tard, alors qu'Hafsa et moi étudiions, lisant et recopiant les textes anciens, Omm Salama nous rejoignit. Après un moment de silence et cherchant mon regard, elle demanda :

— Aïcha, toi qui te souviens de chacun des mots de l'ange Djibril à notre époux, te rappelles-tu s'Il parle des femmes comme Il parle des hommes ?

— Non, admis-je après un moment d'embarras.

— Pourquoi ? insista Omm Salama, comme si je connaissais la réponse à sa question. Ne valons-nous pas autant qu'un homme aux yeux d'Allah ?

Hafsa se mit à rire.

— Sûrement pas ! On le sait depuis longtemps. Sinon, pourquoi trois, quatre ou dix épouses pèsent-elles du même poids qu'un époux ?

Omm Salama acquiesça sans sourire à la plaisanterie.

— Oui, c'est un fait, dit-elle. Mais, aux yeux de Dieu, Sa clémence et Sa miséricorde sont-elles réparties à égalité ?

— Comment veux-tu que je le sache ? répliquai-je avec un peu d'humeur.

Omm Salama opina encore.

— Non, tu ne peux pas le savoir, admit-elle. Mais si Dieu entend tout de nous, qui sait si Djibril ne répondra pas à notre époux ?

Comme toujours, elle avait raison.

Cela se passa la troisième des nuits suivantes. Au matin, du haut de l'escalier de la mosquée, l'Envoyé prononça ces mots qui consternèrent tous les présents :

— Ô nâbi, remets-t'en à Allah selon les mots de Son ange,
Ne te détourne en rien de Sa sagesse et de Sa révélation.
Hommes soumis, femmes soumises,
Hommes croyants, femmes croyantes,
Hommes pieux, femmes pieuses,
Hommes sincères, femmes sincères,
Persévérants et persévérantes,
Jeûneurs, jeûneuses,
Louangeurs et louangeuses d'Allah,
Pour vous sans distinction Dieu prépare la clémence,
La récompense grandiose[1].

Oh ces mots... !

Beaucoup avaient affiché un sourire moqueur en entendant la question d'Omm Salama. Un sourire qui disparut comme un nuage sans promesse de pluie. Les mots de Muhammad ruinèrent leurs espoirs.

Aux femmes de Madina qui venaient lui demander conseil, Omm Salama commença à dire :

— Vous avez entendu les paroles de l'Envoyé et la sagesse d'Allah. Un homme vaut une femme, une femme vaut un homme. Tirez-en les conséquences. Partage, héritage, mariage, divorce, bienfaits, chez les Croyants d'Allah, ce qui vaut pour l'homme vaut pour la femme...

La fureur s'empara de notre cour. Des maris hors d'eux accouraient devant l'Envoyé, et l'Envoyé leur disait :

1. Coran 33, 35.

— Omm Salama a entendu la parole d'Allah comme vous. Vos épouses l'ont entendue comme vous. Elles savent ce qu'elle signifie.

— Apôtre d'Allah, quelle folie ! Comment les femmes pourraient-elles avoir les mêmes droits que les hommes ?

— Parce que Dieu le veut dans Sa justice et Sa clémence. Croyez-vous donc qu'Il ne décide que pour vous plaire ?

Ceux-là repartaient, leur colère intacte. D'autres observaient l'Envoyé comme s'ils ne le reconnaissaient plus.

Le lendemain, du haut de l'escalier de la masdjid, tombèrent de nouveaux mots attisant la dispute. Les hommes ne pouvaient plus hériter de femmes comme ils héritaient de palmiers et de chamelles.

Le surlendemain, l'Envoyé ordonna l'égalité dans le partage des héritages, quels qu'ils soient, entre époux et épouse.

Aux femmes qui s'attroupaient devant elle et n'en croyaient pas leurs oreilles de bonheur, Omm Salama disait à son tour :

— Allah est grand, clément et miséricordieux ! Qui mieux que Lui sait le juste et l'injuste ? Chez les païens, pour chaque héritage, les hommes réclament une part double. Si cela devait perdurer chez les Croyants d'Allah, cela signifierait qu'au jour du jugement, la part des péchés des hommes compterait double, elle aussi. Est-ce cela qu'ils veulent ?

Les cris et les protestations reprirent jusqu'à l'insupportable. Notre époux ne pouvait plus faire un pas dans Madina sans qu'une meute irrespectueuse l'accable de plaintes. Du haut de son âne, il fronçait les sourcils et répétait bien fort :

— Honte à vous qui doutez de la sagesse d'Allah parce qu'elle ne convient pas à votre cupidité !

Pourtant, et pour la première fois, on assista à cet événement extraordinaire : la parole du Messager ne faisait pas céder l'entêtement des hommes. Au contraire, leur colère enflait autant qu'une cuisse mordue par une vipère.

Comme Muhammad restait ferme et ne diminuait en rien son soutien à Omm Salama, notre cour devint soudain aussi silencieuse qu'aux jours de deuil.

Puis l'orage éclata enfin.

Sans surprise, l'attaque vint d'Omar. Au sortir d'un prêche que chacune et chacun avaient écouté tête basse, alors qu'Omm Salama passait à portée de sa voix, il lança :

— Allah est grand, Lui qui doit se demander quelle doléance de femelle il va encore devoir satisfaire aujourd'hui !

Son ton était celui de la plaisanterie mauvaise et querelleuse. Omm Salama répliqua sans attendre et sans rien céder sur le ton :

— Ah, tu as raison, Omar ibn al Khattâb ! La grandeur d'Allah est infinie, autant que Sa justice. Aujourd'hui, je songeais qu'Il pourrait nous accorder de justes droits sur les butins de guerre. Pendant les batailles, nous chantons et vous soutenons, au risque de nos vies et de notre pureté. Cela vaut une part des victoires. Qu'en penses-tu ?

La fureur empourpra Omar, lui ôtant le souffle.

— Comment oses-tu !

— Omar, ne sois pas si rapide dans ton raisonnement. Considère le bon et le juste. Chevaucher un cheval, tirer l'arc et lever la nimcha, abattre l'ennemi te donnent des droits. Qui s'en plaindrait ? Si tu es capturé, tes frères, oncles et fils paieront ta rançon. Mais que l'ennemi puisse la chevaucher et en faire son esclave si tu es vaincu, voilà qui devrait donner des droits à ton épouse. Le risque n'est pas moins grand d'un côté que de l'autre. Nous, femmes, nous payons la défaite des hommes au combat par les fruits pourris de nos ventres. Cela ne mériterait-il pas un butin ?

Omar en resta muet. Le vent de la colère l'emporta sans une réplique, et à sa suite tous ceux qui partageaient sa rage. Omm Salama pâlit. Hafsa saisit ma main. Les paroles étaient inutiles : chacune d'entre nous devinait qu'Omm Salama venait de franchir une limite. Et que cela ne lui serait pas pardonné.

Elle chercha mon regard et mon soutien. Je lâchai la main d'Hafsa et me détournai sans un mot pour rejoindre ma chambre. J'en refermai la porte.

Plus tard, je comprendrais que j'avais commis là une faute tout aussi impardonnable qu'Omm Salama un moment plus tôt. Il est vrai que j'étais furieuse contre elle. Les disputes et les conflits n'ont jamais été dans ma nature. J'admirais et redoutais d'autant plus l'intransigeance d'Omm Salama.

Allah m'est témoin que j'approuvais en entier sa volonté de justice, mais en cet instant-là je lui en voulais déjà de ce qu'il allait advenir. Je connaissais assez le père d'Hafsa. Il n'aurait de cesse que notre époux ne nous punisse de l'affront qu'il venait de recevoir. Et cela, même Omm Salama ne pourrait l'empêcher.

2.

Il ne fallut pas attendre longtemps.

Cette nuit-là, notre époux ne partagea la couche d'aucune d'entre nous. Sa voix, celle de mon père, celles d'Omar et de quelques autres résonnèrent dans la mosquée bien après le milieu de la nuit.

À l'aube, quand Bilâl chanta et que je poussai ma porte, je trouvai Talha devant moi. Sa tristesse et sa pâleur m'inquiétèrent tant que je lui demandai si ses blessures le faisaient souffrir.

— Oh non, qu'Allah soit mille fois béni ! Et heureusement, car je vais bientôt avoir besoin de tout mon corps pour défendre l'Envoyé !

Ces mots me firent sursauter d'effroi. Talha me pressa dans l'ombre de la masdjid où les uns et les autres arrivaient.

— Aïcha, chuchota-t-il, je n'ai pas beaucoup de temps. Je voulais te voir une dernière fois, car bientôt cela ne sera plus possible.

— Talha, de quoi parles-tu ?

— De la guerre contre les mécréants et de la *fitna*[1] des Croyants qui rôdent autour de nous et vont nous abattre si nous n'y prenons pas garde !

---

1. La discorde et la division.

En quelques mots durs, Talha m'annonça ce qui nous attendait.

Alors que nous nous disputions autour des idées d'Omm Salama, les Juifs de Khaybar avaient donné asile aux Banu Nadir exilés de Madina par Muhammad. L'assassinat de leur chef, Sallàm ibn Ab' al Hoqaïq, deux ans plus tôt, n'était pas oublié. Ensemble, ils s'étaient juré de se venger des Croyants d'Allah. Ils avaient même contacté les Mekkois.

— Cela leur a pris huit saisons pour s'entendre sans que nous nous en apercevions. C'est chose faite, soupira Talha. Abu Sofyan a réuni tous les mécréants du Sud qui veulent rouvrir la route du Nord pour leurs caravanes. Ensemble, ils seront dix ou quinze mille pour nous combattre.

— Quand ? fis-je en laissant échapper un cri.

— Deux lunes, trois lunes... Dès que la saison sera bonne pour eux. Je ne sais pas si nous arriverons à réunir autant de guerriers qu'eux. Une fois de plus, sans les anges d'Allah, nous serons vaincus.

J'avais du mal à trouver mon souffle. J'avais connu Badr. J'avais connu Uhud. Je savais ce qui nous attendait.

— Ce n'est pas tout, dit Talha, baissant un peu plus la voix et se retournant pour s'assurer qu'il pouvait encore me parler. Omar est venu devant l'Envoyé hier soir. Il a dit : « Nâbi, crois-tu qu'il soit bon à Allah que tes épouses aillent et viennent aux yeux de tous comme elles le font ? Qu'elles soient soumises aux regards des uns et des autres sans la considération qu'on leur doit ? Qu'elles s'adressent et même se disputent avec les hommes de Madina qui traînent dans ta cour sans que ton respect en soit entaché ? Ne peux-tu mettre de l'ordre dans ta maisonnée pour qu'elle redevienne un exemple ? »

Un frisson glacé me parcourut.

— L'Envoyé a pâli, poursuivit Talha. Il savait où voulait en venir Omar. Avec douceur, il lui a répliqué : « Les paroles d'Allah ne se retirent pas de ma bouche, Omar, même quand elles ne te plaisent pas. – Ô Apôtre, cela, je le sais. Tout autant que je sais que des milliers de combattants se massent chez les

Mekkois pour nous abattre. Si les paroles d'Allah ne peuvent se retirer, moi je peux me retirer d'une bataille où je ne me sentirais pas soutenu. »

Ainsi, je ne m'étais pas trompée ! Omar n'hésitait pas à laver l'affront d'Omm Salama en menaçant notre époux.

— Qu'a répondu l'Envoyé ? demandai-je à Talha.

Il ne put me le dire : Muhammad s'approchait de l'escalier.

Je courus à ma place parmi les épouses et les servantes. Avec elles, j'entendis le *hidjab* tomber sur nous.

— Ô vous qui croyez, lança le Messager d'Allah,
N'entrez plus dans les appartements du Prophète
Quand il ne vous y invite pas.
Il ne sera fait aucun reproche aux femmes du Prophète
De se tenir derrière un hidjab
Si vous n'êtes ni père, frère, fils de leurs frères ni femmes de tous ceux-là.
Et quand vous vous adressez aux épouses derrière les cloisons,
Nul besoin de longues discussions,
Allah est informé de vos curiosités inutiles,
Elles blessent Son Prophète[1].

1. Coran 33, 53-55.

Quatrième rouleau

Ruses et trahisons

Sous les voiles

1.

Il y a trois jours, comme chaque matin, je me levai à l'heure du muezzin. Comme chaque matin, je songeais aux mots qui attendaient à la pointe de mon calame. Aussitôt, un vertige me prit. Je vacillai et retombai sur ma couche. Étrangement, la nuit était revenue sur moi.

Du moins le crus-je un court instant. Avant de me rendre compte que mes yeux étaient bien ouverts. Ouverts... et aveugles.

La peur me saisit à la gorge. Je criai. Un hurlement de sauvage. Comme s'il pouvait faire fuir l'ennemi : la mort.

Peut-être ce cri fut-il utile. Le souffle revint soudain dans ma poitrine. Un souffle sec et dur, comme celui qui réduit les rochers en poussière.

Les servantes accoururent.

— Mère des Croyants ! Mère des Croyants ! Qu'as-tu ? Es-tu malade ?

Je les repoussai sans ménagement. Leurs herbes et leurs potions ne pouvaient rien contre ce qui me mettait à genoux. Qu'elles me pardonnent si je les ai blessées par ma colère. J'avais besoin de cette colère. Je connais mon mal mieux que personne : c'est le poids du passé. Il me pèse tant qu'il brise mon trop vieux corps.

Allah le sait, Lui qui l'a voulu.

Ô Toi, Seigneur clément, quel fardeau as-Tu posé sur mes épaules ! Combien de fois n'ai-je espéré tout oublier et avoir une tête vide, comme tant d'autres ?

Et mon cœur, aussi ! Sans le souvenir des douleurs, des fautes et des épreuves que nos faiblesses et nos âmes petites nous ont infligées.

Ô Allah, Maître de l'invisible et du visible[1], n'est-ce pas assez d'avoir à affronter, jour après jour dans l'aujourd'hui, de nouvelles fautes, de nouvelles malfaisances, les mille preuves de nos ruses, de nos trahisons et de notre goût pour le mal ? Faut-il que, de surcroît, la mémoire de nos errements vienne surcharger ces malheurs ?

Mais je sais.

Tu as déjà répondu. Je m'en souviens.

C'était à Madina, il y a cinquante-deux années. Dans ma chambre, la voix de l'ange Djibril disait : « Oyez, adhérents d'Allah, personne ne subit de malheur en dehors de la volonté d'Allah. Il est au courant de tout et dirige les cœurs comme Il dirige la droiture de Son Prophète. Ô vous, les Croyants, ne gémissez pas de trouver des concurrents sans limite ni respect jusqu'au cœur de vos maisons. Sachez pardonner et être indulgents comme Allah peut l'être, Lui le Miséricordieux[2]. »

Oui, Dieu sait ce qu'Il veut.

Je priai toute la journée pour que la nuit de mes yeux se lève. Sans résultat. Au milieu du jour, alors que le soleil inondait le monde de sa lumière sans que je puisse la contempler, ce fut le vieux passé qui revint contre mes paupières.

Je revis le visage de mon époux comme je ne l'avais pas revu depuis des années. Avec tant de justesse, avec tant de désir

1. Coran 64, 18.
2. Coran 64, 11-14.

de caresser ses lèvres et ses sourcils que je crus revivre ma jeunesse et ses folles exigences.

Je vis aussi devant mes yeux aveugles Hafsa, Omm Salama, Barrayara, mon père Abu Bakr... tous ceux qui m'étaient chers. Et eux aussi avec tant de détails et une telle précision que le soir, en m'endormant, je pensais que mon sommeil me conduirait devant le Tout-Puissant et qu'enfin Il prononcerait Son jugement sur moi.

Mais non ! Je me réveillai à l'appel du muezzin. Et, comme la veille, j'étais aveugle. Et, comme la veille, les servantes s'écrièrent :

— Mère des Croyants ! Nous t'en supplions, bois cette tisane ! Bien-aimée Mère des Croyants, bois cette tisane ! Nous avons besoin que tu poses encore le regard sur nous !

Qui sait d'où vint le prodige ? Des tisanes des servantes ou de la tendre clémence d'Allah ?

Le voile noir devant mes yeux se déchira. Je revis le crépuscule. Puis les étoiles et la lune. Et l'aube aussi, quoique nimbée d'une brume semblable à celle qui monte de la terre après une ondée miraculeuse.

Et ce jour d'aujourd'hui, je le vois aussi. Que le Seigneur des mondes en soit remercié dans l'éternité et que Sa volonté s'accomplisse !

Car Sa volonté, je la sens dans mes os tout autant que cette brume nouvelle qui m'enveloppe.

Car Sa volonté, je la sens dans ma main qui ne tremble pas en saisissant de nouveau le calame, devant ce rouleau assoiffé de l'encre et des mots du passé.

2.

Il y a cinquante-deux années, j'étais en larmes dans ma chambre d'épouse. C'en était fini pour de bon de l'harmonie de notre maisonnée ! Tout était crainte et désastre.

Du jour au lendemain, nos murs et nos portes furent doublés de voiles et de tentures. Une prison pour nous, les épouses de l'Envoyé !

Nous subîmes bien des rites ridicules.

Impossible de nous rendre aux cuisines : il fallait des cloisons de palmes pour nous protéger des regards étrangers.

Impossible d'aller chercher de l'eau ou d'apporter le repas à Muhammad sous le tamaris.

Impossible de rire et de plaisanter avec les servantes et les autres femmes de la maison.

Dans la mosquée, des tapis furent suspendus aux poutres, formant un petit enclos près de la porte qui donnait sur ma chambre. Nous y fûmes confinées, nous, les épouses, comme du bétail.

Par peur de déplaire à Omar en contrevenant à ces nouvelles lois, chacun tissa des cuirasses de silence tout autour de nous.

Ce silence pesa sur nos nuques et nos paupières jusqu'à nous enlaidir. Les regards comme les mots nous fuyaient. Muhammad lui-même, jusque-là si tendre, si rieur et si confiant dans nos opinions, ne sut plus quel visage nous montrer. Il redoutait notre colère autant que notre peine...

Il ne voulut rien changer à nos nuits. Mais tout le reste changeait. Et lui qui, au contraire de tant d'autres, ne s'était jamais complu dans la défiance des femmes, comment pouvait-il approuver ces changements ?

Il entrait dans ma chambre le plus tard possible et montrait plus d'embarras que de bonheur à nos retrouvailles. L'insatiable curiosité que je lui connaissais depuis toujours avait disparu. Il ne posait plus de questions, ne commentait plus avec gaieté ou gravité les événements du jour. Même la naissance de son deuxième petit-fils, Hossayn ibn Ali, le fils de Fatima, ne l'égaya pas. Je notai avec un peu d'aigreur qu'il ne me convia pas sous le tamaris au moment de lui donner un nom, ainsi qu'il l'avait fait pour Hassan. Il se contenta de la présence de mon père. Je ne vis Hossayn pour la première fois que bien plus tard.

Comme pour passer le temps et empêcher qu'un silence sinistre ne nous sépare davantage encore, il me réclamait le récit de souvenirs anciens. Ce qu'avait fait ou dit celui-ci ou celui-là en telle occasion... Les interrogations d'untel et les réponses que lui-même avait apportées... En quelle circonstance l'ange Djibril était venu le voir et l'avait réconforté... Des souvenirs qui ne parlaient jamais de nous et m'empêchaient d'accomplir le désir que j'avais de baiser ses paupières.

Pendant que je contais, mon époux semblait percevoir dans ces vieilles histoires je ne sais quoi d'utile aux affaires qui le préoccupaient. Il s'enfermait plus encore dans ses pensées et ses soucis secrets.

En vérité, c'était le plus sûr moyen de passer le temps qui nous rapprochait de la couche sans que rien n'apparaisse de ce qui nous déchirait le cœur. Après quoi, la fatigue lui fermait les paupières plutôt que la tendresse. Une fatigue tout aussi sincère que l'affection qui, de temps à autre, revenait un peu dans ses paumes, même brève et d'une maladresse qui n'était pas dans sa nature.

Allah connaît mon cœur et en sait toutes les vérités. Ce n'est pas aujourd'hui que je vais Lui mentir. Pour la première fois, dans ces jours terribles, je sentis mon bien-aimé devenir vieux. Le soupçon s'empara de moi. Mon époux se comportait-il pareillement avec Omm Salama et Hafsa ? Je n'osai pas le leur demander.

Une pareille épreuve aurait dû nous rapprocher, nous, ses épouses. Ce fut tout le contraire qui advint. L'aigreur à la bouche, nous nous détournâmes les unes des autres.

Que cela soit écrit et lu : j'y contribuai. Allah, je le sais, le pèsera dans la balance de mon Jugement.

J'en voulais à Omm Salama. À peine avait-elle rejoint notre maisonnée qu'elle en avait défait la bonne entente. Les causes qu'elle défendait étaient justes et son courage ne faiblissait pas. Cela, je l'admirais. Mais n'avait-elle pas le double de notre âge ? N'avait-elle pas fait étalage, devant moi, de sa sagesse de mère ? Elle prétendait connaître l'arrogance et le mépris des hommes mieux que nous. Mais n'avait-elle pas affronté Omar ibn al Khattâb avec la rage et l'insolence d'une fille sans cervelle ?

Quelle maladresse impardonnable !

Et Hafsa était si craintive et si honteuse du visage mauvais que révélait son père qu'elle se terrait dans sa chambre. J'aurais pu aller la prendre dans mes bras comme la sœur précieuse qu'elle m'était devenue. L'envie ne m'en vint pas. Dieu qui sait tout sait pourquoi.

Je suis trop vieille pour ne pas reconnaître les poisons qui m'ont infectée. Durant les nuits que notre époux passait dans la couche de la fille d'Omar, je ne pouvais pas m'empêcher de tendre l'oreille et de guetter les signes du plaisir qu'il lui donnait. Une pensée noire, une crainte folle m'étaient venues, fruits pourris de la peine et de la colère : l'Envoyé gardait-il pour Hafsa ce désir qu'il ne montrait plus dans ma couche ? Voulait-il plaire aussi de cette manière à Omar, dont il avait tant besoin pour combattre les Mekkois ?

Car la guerre qui approchait faisait trembler tous les Croyants de Madina.

Ainsi va l'injustice qui coule en permanence dans notre sang si Allah n'y met bon ordre. Je ne pouvais m'empêcher de maudire chez la fille la faute du père. Et il fallut presque une demi-lune pour que la raison me revienne et que je me soucie autant de ce qui se passait hors de nos murs que dans mon cœur et dans ma couche.

Que Barrayara siège parmi les anges jusqu'à la fin des temps ! Une fois encore, ce fut elle qui me sauva.

3.

Un matin, peu avant le repas, Barrayara poussa la tenture de ma chambre. Elle prit place sur le tabouret où mon époux avait l'habitude de s'asseoir et saisit mes mains. Elle parla à voix si basse que nos fronts se touchaient.

— Cela suffit ! Je suis allée devant ton père Abu Bakr. Je lui ai dit : « Tu ne peux pas laisser ta fille dans l'ignorance. L'Envoyé n'ose plus ouvrir la bouche devant elle de crainte de déplaire à Omar. Chez nous, dans le quartier des épouses, on ne rencontre que des regards baissés et des nuques courbées. Hors de nos murs, Madina claque des dents en pensant à la venue des Mekkois. Le jour est proche où l'Envoyé aura besoin de ta fille pour entendre Djibril. Cela ne se pourra pas si elle demeure la dernière des ignares. » Ton père a pris le temps de réfléchir. Mais il savait que j'avais raison. Aïcha, ouvre grand tes oreilles. Voici ce que tu dois savoir.

Ma vieille servante me répéta, avec plus de détails, ce que Talha m'avait déjà appris. De partout dans le Hedjaz arrivaient les mêmes mises en garde : Abu Sofyan avait réuni une armée comme jamais encore un Mekkois n'avait pu en rassembler une. Cela avait exigé presque deux années depuis la bataille d'Uhud, mais c'était désormais chose faite. Des Juifs de Khaybar aux païens de Taïf, des hypocrites nichés tout au long de la route de Mekka à Madina aux mécréants des plaines du Gadir Khum, il avait regroupé autour de lui des milliers de combattants.

— Certains disent quinze mille, d'autres dix mille, d'autres vingt mille ! chuchota Barrayara en roulant les yeux. Pour réussir cela, les promesses d'Abu Sofyan et de ceux de Khaybar ont volé comme des sauterelles ! Si nous sommes vaincus, les Mekkois donneront le tiers de leurs caravanes du Nord aux tribus des plaines. Et ceux de Khaybar donneront pendant deux ans la moitié de leurs récoltes de dattes aux Juifs des montagnes. Voilà comment sont ces chiens de mécréants : ils croient que la victoire est déjà sous leurs semelles et dansent sur nos cadavres.

Ces nouvelles avaient beau n'être pas neuves pour moi, à les entendre je fus saisie de honte et de terreur. Cette folie de silence, de défiance et de jalousie m'avait fait oublier la menace qui pesait sur nous ! Soudain, dans la bouche de Barrayara, par ces nombres terribles, elle devenait réalité ! L'avertissement de Talha me revint à l'esprit : « Une fois de plus, sans les anges d'Allah, nous serons vaincus. »

Devinant l'effroi qui m'écarquillait les yeux, Barrayara ajouta vivement :

— La peur m'a cassé les reins comme aux autres quand j'ai appris le nombre de nos ennemis. Ton père m'a rabrouée : « Ne sois pas sotte, vieille femme ! Cinq mille, dix mille, vingt mille, quelle importance ? Dans Madina, les hypocrites sont plus nombreux que les sincères. Et nous pouvons compter sur trois ou quatre mille guerriers : ceux d'Uhud et quelques autres qui, depuis, nous ont ralliés. Qu'Allah pose Sa main sur nous ! »

Je ne pus m'empêcher de crier :

— Trois mille ! C'en sera fini de nous !

Qu'au jour du jugement Allah me pardonne mon peu de foi !

— C'est exactement ce que j'ai lancé à ton père, me répondit Barrayara. Il m'a dit : « Ne blasphème pas ! Se fier au nombre, c'est penser comme les païens et les hypocrites d'Abu

Sofyan. Rien ne se fera sans qu'Allah l'ait voulu. Crois-tu que c'est le dieu de bois des Mekkois qui va décider du vainqueur et du vaincu ? Allons ! La vérité, la voici : les anges d'Allah seront avec nous ou ne le seront pas. Le jugement de Dieu commence maintenant. Si nous méritons la victoire, il en est Un seul qui le sait. »

Comme j'avais envie de croire les mots de mon père !

— Inch Allah, murmurai-je. Mais notre maison a changé. L'ange Djibril voudra-t-il s'y présenter ?

Barrayara m'adressa un regard lourd de reproches :

— Aie confiance en ton époux ! Alors que chacun est pétrifié de terreur, jamais il ne s'est montré aussi calme et sûr de lui. Ne doute pas : il va avoir besoin de toi.

Barrayara s'interrompit avec une grimace de mépris :

— Le vrai, c'est que, dans Madina, beaucoup ne croient pas à la venue des anges. Ils préféreraient voir des cuirasses, des casques et des épées. Omar est très bon pour cela. Il s'agite d'un bout à l'autre de l'oasis. Il paraît qu'il a déjà plus de mille chevaux sous ses ordres et trois fois plus d'archers. Aux yeux de la jeunesse de Madina, il est un héros. C'est pour cela que l'Envoyé s'appuie sur lui. Omar ibn al Khattâb est le seul à pouvoir rassurer ces têtes molles.

Une servante appela depuis l'autre côté de la tenture : elle nous apportait à boire et à manger. Barrayara se leva pour la laisser entrer. Quand l'esclave fut repartie, Barrayara se moqua :

— Te voilà traitée comme une princesse, maintenant ! Omar a réussi cela : faire des épouses de l'Envoyé des petites reines qu'il faut servir comme si Dieu les avait déposées sur une couche de soie.

Elle claqua la langue avec une moue éloquente, mais ne me laissa pas le temps de protester :

— Il y a autre chose que tu dois savoir, ma fille. Puisqu'on ne parle que d'épées, de cuirasses, d'arcs et de flèches, Fatima se tient de nouveau à la gauche de son père.

— Mais elle vient tout juste d'enfanter !

— Elle fait tout ce qu'il faut pour que son ventre passe sous le corset de cuir. Elle y arrivera, Inch Allah. Mais la leçon d'Uhud a porté. Elle se montre moins arrogante et ne donne pas des ordres à tout un chacun. Talha lui-même assure qu'elle devient un exemple pour tous. Son arc et ses flèches imposent le respect.

— Mais son fils... Hossayn... le petit-fils de Muhammad, elle devrait...

Barrayara leva la main pour me faire taire. Ce que j'allais dire, elle le connaissait d'avance. Elle posa sa paume tiède sur ma joue et approcha mon visage de sa bouche :

— Fatima est Fatima, murmura-t-elle. Allah et l'Envoyé le veulent ainsi. Accepte ce qui est.

Elle s'écarta avec un grand sourire railleur.

— Ne t'inquiète pas pour le petit Hossayn, dit-elle. Il est entre de bonnes mains. Sa mère s'est beaucoup rapprochée de la nouvelle épouse...

— Omm Salama ?

— Qui mieux qu'elle saurait élever le petit-fils de l'Envoyé ? Ali et Fatima sont très occupés par la guerre qui s'annonce, et Omm Salama a eu plus d'enfants qu'il ne lui en faut. Elle sait s'y prendre. C'est un bon arrangement. Tu ne vas pas le leur reprocher ? Ton époux, qui est plus sage que nous en toute chose, s'en montre très heureux.

L'ironie de Barrayara compensait tout ce qu'elle ne disait pas. Ainsi, Omm Salama avait trouvé le moyen de répliquer à Omar tout en plaisant à notre époux. Chacun savait combien Omar s'exaspérait de la place de Fatima auprès de l'Envoyé et combien Fatima détestait les épouses de son père. Omm Salama s'offrait le plaisir de provoquer Omar une fois de plus, tout en offrant son amitié à Fatima, si solitaire. Barrayara, qui n'ignorait aucune des ruses de la maisonnée, ne pouvait qu'applaudir.

— Omm Salama n'est pas née d'hier, fit-elle avec un signe d'approbation. Il est de son devoir de protéger sa place et son bien. Tant mieux pour elle. Mais toi, tu dois cesser de faire ta tête de mule. Tu aimes Hafsa comme une sœur. À quoi bon vous punir en ajoutant du silence au silence ? Réconciliez-vous. Allah sera content, et vous aussi, quand il vous faudra trouver des bras pour pleurer.

4.

Comme toujours, Barrayara avait raison. Je ne fus pas longue à me retrouver dans les bras d'Hafsa et à essuyer ses larmes autant que les miennes. Elle qui ne bénéficiait ni de l'amour inconditionnel de ma vieille servante, ni de la bienveillance nouvelle d'Omm Salama pour Fatima, était la plus isolée et la plus désolée des épouses. J'eus honte de moi, de ma jalousie égoïste. Pourquoi Dieu nous laisse-t-Il nous fâcher contre ceux que nous aimons ? Pour que nous puissions mesurer ce que nous perdons en les négligeant ?

Le bonheur de nous retrouver fut si grand que nous prîmes une décision un peu folle. Plus tard, elle devait me coûter beaucoup. Hafsa me dit :

— Les nuits sans l'Envoyé dans ma couche sont trop nombreuses, maintenant que nous sommes trois épouses. Seule, je ne dors plus. J'ai peur de tout. Un bruit, et je crois que les Mekkois sont déjà à nos portes. Et personne pour parler ! J'ai besoin de parler. Je ne peux pas rester comme ça, des jours et des nuits cachée derrière ces voiles et ces tentures qui me séparent de tout.

Je comprenais trop bien sa plainte.

— Hafsa, quand l'Envoyé est chez Omm Salama, dormons ensemble. Il n'y a aucun mal à cela.

Barrayara s'y opposa dès qu'elle le sut :

— Tu ne peux pas dormir avec Hafsa dans ta chambre ! Elle n'est pas semblable à toutes les chambres. Ta porte donne sur la mosquée. Ta couche est celle de l'Envoyé.

— La couche d'Hafsa est tout autant celle de notre époux. Ne fais pas cette grimace. J'y ai pensé. Hafsa ne viendra pas chez moi, c'est moi qui irai dormir chez elle. Je n'ai que dix pas à faire. Je la rejoindrai à la nuit. Personne ne s'en apercevra, pas même les servantes.

— Ce n'est pas une bonne idée...

— Nous mettre à l'écart de tous ne l'est pas non plus.

L'angoisse qui nous serrait la gorge à chaque réveil dénoua son étau. Bon gré mal gré, Barrayara l'admit. Elle prit ses précautions. Avant même l'appel à la prière de Bilâl, elle levait la portière de la chambre d'Hafsa. Dans l'obscurité, et avant de me raccompagner dans ma chambre, elle nous racontait les rumeurs de la veille. Celles-ci serpentaient dans les cuisines autant que des fumées.

Un jour, Barrayara dit :

— Des paysans sont accourus de la montagne pour annoncer qu'Abu Sofyan et ses troupes approchent. Ils seraient à deux jours de chameau dans la montagne du Sud. Omar conseille à l'Envoyé d'aller à leur rencontre. Il dit : « Ô Apôtre, tu dois montrer aux Mekkois que rien ne t'impressionne, et surtout pas leur nombre. »

— Mon père est fou ! s'exclama Hafsa en agrippant mon poignet.

— Non, non, protesta Barrayara. Ton père a la tête bien solide. Il connaît les ruses de guerre mieux que nous. Jamais il ne mettrait en danger la vie de l'Envoyé.

Avant la mi-journée, Muhammad quitta Madina à la tête d'une troupe de mille hommes en cuirasse. La nouvelle règle du hidjab nous interdisait à nous, ses épouses, de lui faire nos adieux en public.

Pendant les cinq jours et les cinq nuits qui suivirent, ce fut comme si nous ne pouvions plus respirer. Des nuits à chuchoter nos peurs en nous tenant la main dans le noir. Sans relâche, nous guettions le retour de notre époux. Un bruit de bête et nous imaginions qu'un messager apportait des nouvelles de la montagne.

Enfin, cela arriva un matin. Nous avions convaincu Barrayara de nous accompagner à l'oued pour laver du linge. Et aussi, je voulais prier dans la petite masdjid du Jabal Sal.

Nous étions les pieds dans l'eau quand des appels d'enfant nous firent lever la tête. Nous entendîmes le nom de l'Envoyé :

— Muhammad ! Muhammad le nâbi !

Deux longs voiles nous séparaient des autres femmes en train de laver. Barrayara se précipita pour les écarter et passer de l'autre côté. Elle revint, la bouche grande ouverte d'excitation :

— Votre époux est de retour ! Il est allé jusque du côté du Djoumat-Djandal. Si le grand Mekkois y a montré le bout de sa babouche, il l'a retirée dès qu'il a appris l'approche des Croyants d'Allah ! Des milliers de guerriers qui devaient nous effrayer, il ne reste que du crottin pour preuve de leur courage.

D'un côté comme de l'autre des voiles qui nous séparaient, des rires et des cris de joie retentirent. Des filles se jetèrent dans l'oued en chantant. Hafsa m'y entraîna. Un moment, nous oubliâmes la guerre et la rigueur du hidjab.

5.

Notre époux passa la première nuit après son retour de la montagne dans la couche d'Omm Salama, ainsi qu'il le devait. Hafsa et moi restâmes ensemble comme les nuits précédentes. Barrayara nous rejoignit à l'aube.

— Réveillez-vous, ne traînez pas ! nous lança-t-elle d'un ton sévère.

— Pas de mauvaise nouvelle ce matin ! protesta Hafsa en bâillant.

— Bonne ou mauvaise, c'est selon.

— Selon quoi ? demandai-je.

— Votre sagesse, si jamais vous en avez.

— Barrayara, grogna Hafsa, pas de reproche et pas d'énigme ! Il est trop tôt. Parle pour de bon ou je me rendors sur-le-champ.

— Alors, ouvrez vos oreilles. Avant de compter le crottin des chevaux d'Abu Sofyan, votre époux a réglé une autre affaire sur le chemin du Djoumat-Djandal. Si Dieu le veut, vous aurez une nouvelle épouse à vos côtés avant la fin de cette lune.

Hafsa se tendit comme un arc. Sa voix sonna, sèche et dure :

— Qui, cette fois ?

— Zaïnab bint Dah'sh.

— Ah non ! Pas elle ! Elle est trop belle !

Je m'écriai :

— Pas possible ! On t'a menti, Barrayara. Zaïnab est l'épouse de Zayd ibn Hârita. L'Envoyé lui-même les a mariés il y a trois ans. Juste avant la bataille de Badr, ici, dans notre cour. Je le sais, j'étais là.

— Si tu te tais et me laisses dire, soupira Barrayara, tu sauras ce qu'il en est. Ce soir, Zaïnab bint Dah'sh ne sera plus l'épouse de Zayd. Il l'a répudiée selon les lois d'Allah.

Barrayara avait obtenu notre silence sidéré. Nous connaissions la beauté de Zaïnab. Tous, dans Madina, avaient entendu un homme parler d'elle en roulant des yeux de singe :

— Il n'est de Dieu que Dieu. Un jour, l'envie lui est venue de créer la perfection dans un corps de femme. Des orteils aux oreilles, des sourcils aux paumes, sans parler du reste, il l'a faite, et il l'a appelée Zaïnab bint Dah'sh !

Évidemment, Barrayara en savait plus :

— Depuis toujours, Zaïnab est dévorée de passion pour l'Envoyé. Et lui le sait. C'est pourquoi il a demandé à Zayd de la prendre pour épouse. Il espérait faire ainsi le bonheur de son fils adoptif et apaiser l'ardeur de Zaïnab. Et peut-être sa propre tentation, qui sait ? Mais la passion d'une femme est comme une crue d'automne. Les petites pierres des chemins ordinaires ne la détourneront jamais. Un jour de l'été dernier, le Messager a visité la maison de son fils adoptif, croyant y trouver Zayd. Seule la belle Zaïnab était là. Au premier regard échangé entre l'Envoyé et Zaïnab, l'incendie du désir est monté jusqu'au ciel. Attention, ne vous méprenez pas ! Zaïnab et Zayd sont d'honnêtes personnes. Ils ne mentent ni ne font semblant. Zayd est venu devant l'Envoyé. Il a dit : « Ô mon Père, Apôtre de Dieu, Zaïnab fond d'amour pour toi, et moi je n'éprouve rien pour elle. C'est un signe d'Allah. Je vais la répudier et tu la prendras pour épouse. » L'Envoyé a tergiversé. À mon avis, votre époux a beaucoup pensé à vous. La honte des pensées des hommes, on la connaît, surtout quand elle leur cloue la bouche. Finalement, le Messager a répondu à Zayd : « Fils, garde ton épouse et vis bien. » Zayd a insisté. L'Envoyé n'a pas varié : « Zayd, garde ta femme et crains Dieu. » Et puis, sur le chemin de la montagne où ils allaient côte à côte combattre Abu Sofyan, Zayd a annoncé qu'il avait répudié son épouse. « Pourquoi ? » a demandé l'Envoyé. « Pour que tu puisses la prendre pour femme, même si les Mekkois n'en font pas une veuve », a répondu Zayd.

— Par Allah, gémit Hafsa, en larmes. Quand cette femme aura sa couche chez nous, notre époux désertera la nôtre, c'est certain.

Barrayara fit de son mieux pour nous réconforter :

— Apprenez la patience et la sagesse. Il est temps. Ainsi vont les choses dans toutes les maisons. Toutes les femmes passent par ce chemin. Allah offre une récréation à Son Prophète. Qui êtes-vous pour vous y opposer ?

Ces paroles me firent tant horreur que je ne voulus plus rien entendre de Barrayara pendant un moment.

Deux nuits plus tard, Muhammad vint dans ma chambre, car c'était mon tour. J'étais immensément heureuse de le retrouver, mais tout autant pleine d'une colère que je ne sus cacher. Muhammad me connaissait trop bien pour ne pas la deviner sous mes gestes ordinaires. Il feignit de croire que je craignais autre chose que la vérité qu'il taisait :

— Ô, bien-aimée Aïcha ! Toi, tu ne dois pas t'effrayer de la venue des Mekkois. Allah sait où Il nous conduit.

— Je ne crains pas les Mekkois, Apôtre de Dieu.

— Je sais que le hidjab te serre le cœur. J'aurais voulu ne pas avoir à poser la question d'Omar à Allah. Cette nouvelle règle ne me met pas plus à l'aise que vous. Mais la vérité, c'est que Dieu ne cherche pas toujours à nous plaire.

— C'est pourquoi Il veut que Zaïnab bint Dah'sh se cache bientôt ici, comme nous, tes épouses ?

Muhammad se tut, hocha la tête, prit le temps de mesurer ses paroles :

— Tu dis vrai. Allah m'a dit : « Puisque Zayd a résolu de la répudier, nous la marions avec toi[1]. »

— Il se peut. Je ne L'ai pas entendu.

— Comment aurais-tu pu L'entendre ? Nous étions sur la route du Djoumat-Djandal.

Muhammad me considéra un moment, puis baissa les paupières. Ses doigts cherchèrent une datte. Enfin, il ajouta négligemment :

— Zaïnab ne le sait pas encore.

J'eus un petit grognement ironique. Mon époux se moquait de moi ! Bien sûr que Zaïnab connaissait la merveilleuse nouvelle ! Tout Madina l'avait apprise ! Sans doute même les milliers de païens d'Abu Sofyan la connaissaient-ils aussi !

— Peut-être aimerais-tu que je la lui apprenne, ô mon époux, dis-je sur un ton fielleux.

— Oui, cela serait bien.

J'en eus les jambes coupées. La rage m'emporta, si bien que je ne sus pas me retenir :

— Ça, jamais ! Jamais ! Tu peux faire de moi ce que tu veux.

— Ô Aïcha, mon miel, à quoi bon te mettre en colère ? Voudrais-tu t'opposer au choix de Dieu ?

J'aurais honte d'écrire les mots de ma réponse. Allah les connaît, c'est bien suffisant. Muhammad eut au moins la sagesse de ne pas m'interrompre. Mais ensuite, il voulut m'apaiser en prétendant que tout cela était raisonnable :

— Ne t'abandonne pas à la jalousie, ma bien-aimée. Réfléchis. Allah me conduit en toute chose. Il est le Très-Informé. Il voit tout et comprend tout. Dans mon cœur, Il a vu l'embarras créé par la beauté de Zaïnab. Une beauté qu'Il a voulue et accomplie comme nulle autre. Dieu voit ma honte. Moi qui, en ce moment, ne devrais me soucier que des fourbes, des mécréants et de la guerre ! Dieu dit à Son Prophète : « Règle

1. Coran 23, 37.

ton cœur et purifie ton esprit. » À toi, mon épouse la plus aimée, Il dit : « Ta clémence, ô Aïcha, sera la mienne. »

À quoi bon poursuivre la dispute ? Muhammad aurait toujours des mots pour retourner les miens.

Mais je ne pus cacher la distance envers l'Envoyé qui me saisit ce soir-là. Je fus incapable d'imiter la clémence de Dieu. Il ne m'en fit pas le reproche. La leçon vint d'ailleurs.

Et ce n'est ni moi, ni Hafsa, ni Omm Salama qui allâmes porter la bonne nouvelle à Zaïnab. Barrayara désigna une femme de la maison.

Quand Zaïnab entendit les mots que l'Envoyé avait mis dans la bouche de la servante, elle s'exclama bien haut :

— Ah, voilà ! Le Prophète s'est marié avec ses autres épouses. Moi, c'est Allah qui me marie avec lui.

Une arrogance dont la belle Zaïnab éprouva bien assez tôt le poids.

La bataille du fossé

1.

Cette affaire fut comme un signe. La menace des Mekkois et des Juifs de Khaybar s'aggrava.

Livide, Barrayara annonça :

— Omar a payé un marchand pour lui rapporter les rumeurs qui courent au grand marché de Mekka. Les Juifs de Khaybar y répètent leurs mensonges pour attirer les païens. Ils disent : « Chaque jour que Dieu fait, nous souffrons à cause du faux nâbi de Madina. Si nous marchons ensemble, il ne tiendra pas trois jours. Madina s'ouvrira à nous comme une figue mûre. » Abu Sofyan se montre si sûr de lui qu'il a choisi la date de son entrée dans Madina : à la prochaine lune, au mois de ramadan. Le dieu de bois d'Abu Sofyan aurait exigé cette date anniversaire de la bataille de Badr. Les païens chantent et dansent autour de la Pierre Noire pour que les morts de Mekka soutiennent les vivants au moment d'affronter nos guerriers.

La nouvelle alarma toute l'oasis. Même les hypocrites comme 'Abdallâh ibn Obbayy vinrent dans notre cour pour tenter d'en apprendre davantage. L'Envoyé les attendait sous le tamaris. Selon la règle du hidjab, nous, les épouses, ne pouvions nous y montrer, mais Barrayara rapporta si bien ses paroles que nous crûmes les avoir nous-mêmes entendues :

— Ô vous qui m'écoutez, dit le Messager d'Allah, ne vous laissez pas infester par les mensonges des infidèles ! Les Mekkois ne s'empareront pas de vos maisons ! Et je vivrai assez longtemps pour entrer dans la sainte Ka'bâ et la purifier de cette engeance qui l'infeste. Allah m'a envoyé un rêve ! Les païens se masseront devant nous, leurs chevaux et leurs arcs piétineront la poussière et leurs flèches s'élèveront. Mais, malgré leur nombre, vous les verrez aussi impuissants que s'ils étaient sans bras ni jambes. Ceux qui ne craignent pas l'épreuve qu'exige Allah seront récompensés. Les autres, le Tout-Puissant soldera leurs comptes au moment venu.

Barrayara baissa la tête, pleine d'embarras.

— Le Messager n'a parlé que d'un rêve. Chacun a compris ce que cela signifiait : Allah n'a pas promis d'envoyer Ses anges contre les païens. Aujourd'hui, la peur dans Madina est si forte que les mots de l'Envoyé sont une semence stérile. Les gens disent : « Les rêves ne sont que du vent. Qui peut croire que les dix mille combattants d'Abu Sofyan nous épargneront ? » Ils disent : « Muhammad ibn 'Abdallâh a perdu son Dieu. Il parle pour ne rien dire. Restons chez nous, les coalisés d'Abu Sofyan ne s'en prendront qu'à ceux qui suivent le faux nâbi. » Maintenant, le doute rampe même parmi nos guerriers.

Toutes ces paroles terrifièrent Hafsa. Elle se tordait les mains en répétant :

— Ce n'est pas possible, ce n'est pas possible ! Pourquoi notre époux ne demande-t-il pas l'aide de Djibril comme il l'a fait à Badr ?

Pour dire le vrai, je pensais la même chose. Notre époux serait-il entré dans ma chambre que je l'aurais supplié de le faire. Mais je ne le voyais plus : il passait ses nuits dans la couche rembourrée de Zaïnab. Lorsqu'il me croisait dans la mosquée, il protestait contre le mauvais accueil que je réservais à sa nouvelle épouse. En punition, il ne me visitait plus selon la règle ordinaire.

Il ne me restait plus qu'à compter les jours qui nous séparaient encore de l'anniversaire de la bataille de Badr.

Vingt jours... Je me préparais à rejoindre Hafsa après la prière du soir quand Muhammad poussa ma porte. Il ne me laissa pas le temps d'exprimer ma joie. Il jeta son manteau sur les coussins. Je vis ses yeux. Je sus...

Quel bonheur de savoir l'ange Djibril revenu !

Malheureusement, mon visage radieux se ternit vite. Ce ne furent pas les mots tant espérés que j'entendis... Mon bien-aimé s'assura que j'avais mémorisé sans la moindre faute les paroles de l'ange et rejoignit aussitôt la chambre de Zaïnab.

Dans le matin suivant, du haut de l'escalier du prêche, il annonça :

— Le Clément et Miséricordieux m'a envoyé Son ange. Il vous dit : « Ils arriveront du haut et du bas, vous n'en croirez pas vos yeux, votre peur sera si grande que votre cœur jaillira dans votre bouche et vous douterez, vous êtes de cette engeance, vous douterez ! Mais fuir ne vous servira à rien. Votre jouissance de vie sera courte. Ne criez pas : "Nos maisons sont sans défense." Elles sont sous le regard de Dieu. Il sait. Vos désirs de fuite sont inutiles. Vous n'avez de place qu'au combat. Aucun de vous ne pourra se mettre à l'abri du Seigneur des mondes, qu'Il vous choie de Sa clémence ou vous châtie de Sa colère. Il est informé en tout, et d'abord des faiblesses de Ses ennemis. Sous Sa paume, ils ne sont rien[1]. »

À nouveau, Hafsa me regarda avec terreur. Ces mots ne la réconfortaient aucunement. Ils ne parlaient ni d'anges, ni de cuirasses, ni de lames par milliers.

Je me mis en colère :

— Hafsa, tu n'as pas le droit de douter, Dieu ne te le pardonnerait pas ! Ne te laisse pas aller comme les hypocrites. Allah sait agir comme l'éclair !

Je lui racontai la bataille de Badr et comment Djibril avait conduit les anges d'Allah par milliers auprès de nos guerriers.

---

1. Coran 33, 10-13.

— Et le combat avait vraiment commencé ? demanda Hafsa.

— Oui, et il aurait été perdu si les anges n'avaient pas fondu sur les Mekkois.

Hafsa se mordit les lèvres pour ne pas dire sa pensée. C'était inutile. Allah n'avait nul besoin de l'entendre pour savoir.

C'est le moment qu'Il choisit pour répondre à notre terreur.

2.

Fatima vint devant Muhammad alors qu'il sortait de la masdjid. Omar, mon père Abu Bakr et tous les autres le suivaient. C'était le moment où l'Envoyé et Omar donnaient les ordres du jour.

Un affranchi perse du nom de Selman se tenait au côté de Fatima. C'était un vieil homme bien connu de tous. Abdonaï, l'homme de confiance de Khadija, la première épouse du Prophète, l'avait lui-même choisi parmi bien d'autres esclaves au temps où nous vivions encore à Mekka.

Fatima interrompit la discussion autour de Muhammad :

— Père, Selman a quelque chose à te dire.

Chacun savait combien l'Envoyé chérissait les opinions de sa fille. Tous se turent et attendirent avec curiosité.

Selman expliqua qu'en Perse, lorsqu'une armée en grand nombre assiégeait une ville, l'art de la guerre voulait qu'on se protège des assauts par un très vaste fossé.

— Si le fossé est suffisamment profond et large, dit-il, ni les chevaux ni les chameaux ne pourront le franchir. Et encore moins les hommes à pied. Les assaillants devront alors renoncer à mener la charge. S'ils s'obstinent, il sera facile de les châtier, aussi puissants et nombreux soient-ils : on les éliminera d'une pluie de flèches et ils s'effondreront dans le fossé comme du bois mort. Grâce à un tel fossé, les assaillants se trouvent comme enfermés hors de la ville qu'ils veulent conquérir. Cette tactique est si efficace que, chez nous, en Perse, on a renoncé au siège des cités.

Quand Selman se tut, le contentement irradiait le visage de l'Envoyé. Il se tourna vers Omar pour s'assurer de son appui. Pour une fois, Omar se trouva convaincu sur-le-champ par une idée qui ne venait pas de lui.

Muhammad posa cent questions à Selman : Où devait-on creuser ce fossé ? À quelle distance des murs des fortins ? Quelles devaient être sa forme et sa profondeur ? Combien de temps cela nécessitait-il ?

Selman répondit avec précision à chaque demande :

— Pour la profondeur et la largeur, vingt coudées chacune, un demi-jet d'arc au moins. L'emplacement, je n'en vois ici qu'un d'acceptable : au nord, face à la grande plaine de l'oasis. Il faut creuser depuis les pentes de l'Ash-Gharbiyya jusqu'à celles de l'Ash-Shabiyya.

Cette fois, Muhammad fronça les sourcils.

— C'est une distance considérable ! Sept mille arpents de longueur ! C'est l'équivalent d'une marche d'un tiers de jour.

— Pas d'autre solution, ô Apôtre d'Allah, répliqua Selman. Au sud, à l'est et à l'ouest, Madina est bien protégée. Les routes qui débouchent dans l'oasis en sortant des vallées sont si étroites que dix chameaux de front se gêneraient. En outre, des roches de basalte encombrent les chemins : impossible de galoper sans risque. Il te suffira de cent archers pour clore chacune de ces issues. Pas un mécréant n'osera s'y montrer. Les Mekkois ruissellent d'orgueil à cause de leur nombre. Ils s'imaginent nous affronter en une ligne de front de mille combattants. Pour cela, il leur faut une vaste plaine. Il n'y en a qu'une, au nord. Allah est grand. Il l'a voulu ainsi depuis la naissance du monde.

Omar applaudit, comme tous ceux qui portaient cuirasse autour de lui.

Selman ajouta :

— Il reste une chose. Ne laissez pas la moindre datte ni la moindre fève dans la plaine. Les Mekkois ne doivent rien trouver, pas même une paille, qui puisse les alimenter, eux et leurs bêtes. Dix mille combattants, cela constitue à la fois une force et une faiblesse. Ce sont autant de bouches et de ventres qu'il faut nourrir et abreuver matin et soir. Hommes ou animaux, nul ne va au combat le ventre vide et la bouche sèche.

Quand le Perse se tut, le sourire était sur tous les visages.

Avant le soir, les ordres furent répandus dans les maisons des Croyants :

— Les hommes creuseront le fossé. Les femmes s'occuperont des récoltes dans les champs que fouleront les Mekkois. Tout doit disparaître ! Qu'ils mâchent de la poussière !

La langue claquante de plaisir, Barrayara ajouta :

— L'Envoyé m'a dit lui-même : « Va vers mes épouses. Dis-leur que j'ai besoin d'elles toutes. La règle du hidjab est levée aussi longtemps que nécessaire. »

Chacun le comprit : un ange d'Allah veillait désormais sur Madina. Il n'y eut que les hypocrites d'‘Abdallâh ibn Obbayy et les Banu Qurayza, le puissant clan juif de l'oasis, pour en douter. Ceux-ci étaient si convaincus de l'issue de la bataille à venir qu'ils laissèrent leur haine éclater. Ils installèrent même une tente près du fossé que creusaient nos hommes pour mieux se moquer d'eux. Omar voulut les chasser. L'Envoyé le retint :

— Chaque chose en son temps, compagnon. Endurons leurs moqueries comme Allah s'en régale. Chacune est une braise ajoutée au châtiment qui viendra en son heure.

Les Croyants prirent si bien l'habitude d'ignorer les sarcasmes tandis qu'ils creusaient la terre que les douteurs et les hypocrites finirent par se taire.

Notre labeur au creusement du fossé et au nettoyage des champs dura dix-neuf journées et presque autant de nuits. Le compte exact du temps qui nous séparait de l'anniversaire de la bataille de Badr. À peine les charrues et les pelles furent-elles remisées et les cuirasses enfilées que la nuée des coalisés s'aligna devant nous.

Allah le sait. Bien que la confiance nous fût revenue devant le travail accompli, nos cheveux se hérissèrent sur nos nuques et nos ventres se tordirent d'effroi devant ces milliers de guerriers qui hurlaient en nous promettant la plus terrible des morts.

Pas pour longtemps.

Quand cette coalition de païens, de Juifs et de mécréants approcha, ses étendards colorés claquant au vent, l'on entendit le rire de l'ange de Dieu résonner dans le ciel de Madina.

Et ce qui arriva fut si étrange que mon souvenir est pareil à un rêve.

Je vois Abu Sofyan qui s'approche de Madina à la tête de ses guerriers. Comme le Perse Selman l'a prévu, il a tout misé sur la grande plaine du nord. Depuis le haut de nos murs crénelés, nous apercevons la multitude de nos ennemis qui avance, armes et cuirasses lançant des éclats sous le soleil à son zénith. Eux aussi nous voient. Ce qu'ils ignorent encore, c'est l'existence du fossé.

Dans la chaleur, la poussière se soulève aussi bien que du vent. Abu Sofyan est impatient. Il ordonne à ses milliers de cavaliers de former une ligne. Cela prend du temps. Il en profite pour envoyer des éclaireurs mesurer nos forces et la disposition de nos guerriers sous nos murs. Les éclaireurs n'entrevoient que trois cents ou quatre cents archers. Enhardis, ils s'approchent encore.

Et ils découvrent le fossé.

Ils n'en croient pas leurs yeux. Ils le longent. Une pluie de flèches siffle dans le ciel, tirée depuis nos murs.

Ils courent annoncer la nouvelle aux Mekkois.

Abu Sofyan, les Juifs de Khaybar et cinq cents cavaliers galopent jusqu'au fossé, hurlant tels des démons. Sur l'autre rive, l'Envoyé apparaît, brandissant un rouleau du Coran. Furieux, les hommes d'Abu Sofyan n'y résistent pas : ils jettent leurs chevaux dans le fossé. Les bêtes s'y brisent jambes et nuques. Nos archers les achèvent.

L'Envoyé crie :

— Allah vous a laissés essayer Sa fosse ! La prochaine fois, Il vous y enterrera.

Les païens ont le plus grand mal à remonter la pente, deux fois haute comme eux. Les rires et les moqueries pleuvent depuis les murs de notre ville.

Abu Sofyan ordonne à ses archers de tirer. Leurs flèches s'élèvent dans le ciel. Pour rien : l'Envoyé et Omar font reculer tous leurs combattants de vingt pas, et cela suffit.

Abu Sofyan ordonne à ses hommes de projeter leurs lances. Elles ne franchissent pas la moitié du fossé.

Il ordonne aux chamelles de courir à l'assaut. Elles roulent elles aussi dans le fossé et blatèrent de douleur. Elles savent que jamais elles ne remonteront.

Le soleil est encore haut quand les païens comprennent enfin qu'ils ne prendront pas Madina, que leur dieu de bois est impuissant et qu'ils ne trouveront rien autour d'eux pour se rassasier.

Plus tard, je sus que les hommes des tribus du Sud amenés là par Abu Sofyan grâce à de belles promesses de butin n'attendirent pas que le soleil rougeoie à l'horizon pour questionner les Mekkois et les Juifs de Khaybar :

— Pourquoi nous avoir fait venir ici ? Aucun d'entre nous ne pénétrera dans la cité d'Allah si des ailes ne lui poussent pas !

Au crépuscule, l'Envoyé dit :

— Tant que les infidèles seront de l'autre côté du fossé, nous ferons la prière du soir sous leurs yeux. Qu'ils nous entendent et qu'ils connaissent la voix joyeuse d'Allah qui régit le monde.

Les hypocrites ne savaient plus s'ils devaient rester avec nous ou s'enfermer à double tour dans leurs maisons, comme le faisaient déjà les Banu Qurayza.

3.

Il avait fallu dix-neuf jours pour creuser le fossé. Il fallut vingt autres jours pour qu'Abu Sofyan, ceux de Khaybar et leurs milliers de combattants repartent le ventre vide et l'humiliation au front.

Durant tout ce temps, dans ce combat connu sous le nom de « bataille du fossé », il n'y eut pas cinq morts d'un côté comme de l'autre. Le fossé d'Allah agissait telle une magie qui empêchait les combats. Et cette curieuse paix qui n'en était pas une aurait pu durer si la haine d'Allah qui pourrissait l'âme des Banu Qurayza n'avait pas causé leur perte.

La quatorzième nuit du siège, un homme fut surpris alors qu'il allait franchir le fossé à l'aide de pieux et de cordes. On reconnut le fils de Ka'b ibn Assad, le chef des Banu Qurayza. Il portait sur lui un rouleau adressé à Abu Sofyan et proposant d'organiser une attaque depuis l'intérieur de Madina : « Nous attaquerons demain, deux heures après le lever du soleil, était-il écrit. Venez aussi par l'ouest, nous vous ouvrirons le passage. Muhammad ne pourra pas combattre sur deux fronts. »

L'Envoyé dit :

— Les rires et les moqueries de ces chiens devant l'œuvre d'Allah les ont menés à la trahison. Ils n'ont plus rien à espérer.

Il ordonna à Ali de trancher la tête du fils de Ka'b et de la jeter par-dessus les murs des Banu Qurayza. Il n'en fit pas plus avant le départ des Mekkois. Mais, alors que Madina s'apprêtait à danser la victoire, il vint encercler les fortins des Juifs. Devant leur porte, il hurla :

— Ô vous, singes et porcs, comment avez-vous osé trahir la volonté de Dieu en vous glissant dans l'infamie des infidèles ? La punition d'Allah, vous la connaissez. Elle sera sans pitié.

Les Banu Qurayza prirent encore vingt jours avant de se résoudre à ouvrir leurs portes.

Ce qui fut, je n'ai nul besoin de l'écrire : chacun sait ce qu'est un massacre.

Les femmes et les enfants impubères furent témoins de la colère du Tout-Puissant. Eux seuls furent épargnés. Ils devinrent tous esclaves.

Le temps du partage

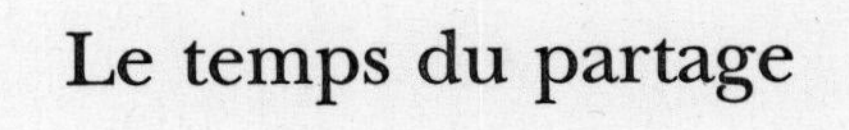

1.

Dans tout le Hedjaz se propagea la nouvelle de la puissance d'Allah. Nul ne put ignorer qu'il valait mieux ne pas provoquer Sa colère.

Désormais, la peur hantait les demeures des douteurs. Lorsque l'Envoyé sortait de Madina et se promenait sur les chemins de l'oasis, les hypocrites tremblaient. Ceux qui l'avaient calomnié le fuyaient. Ils craignaient jusqu'à son regard.

— Surtout, qu'il ne nous reconnaisse pas ! s'exclamaient-ils. Allah voit par ses yeux. Il nous jugera !

Terrifiés à l'idée de subir la vengeance d'Allah et de Son Prophète, ils se barricadaient dans leurs maisons tels des lézards sous les pierres. L'Envoyé laissait faire. C'était le mois du jeûne. Chacun savait que le sang ne devait pas couler avant la prochaine lune.

Quand la fin du jeûne approcha, Omar répandit la rumeur qu'Allah et Son Messager se satisferaient de seulement faire rouler la tête d'ibn Obbayy. Depuis Uhud, il n'avait cessé de se moquer de Dieu, même quand les Croyants sincères creusaient le fossé qui avait sauvé Madina des guerriers d'Abu Sofyan.

La veille de la rupture du jeûne, dans la lumière du crépuscule, le fils d'ibn Obbayy se présenta dans notre cour. Il alla sans hésiter sous le tamaris s'incliner devant Muhammad.

— Ô, Apôtre d'Allah, tu me connais. Tu lis dans mon cœur, et Allah aussi. Je Lui appartiens par toutes les parcelles de mon corps et de ma pensée. Le fils ne ressemble pas toujours au père. Mon père t'a donné plus de raisons de colère qu'il n'en faut. Hypocrite, il l'est. Et jaloux. Avant ton arrivée dans l'oasis, les habitants de Madina voulaient en faire leur prince. Ta venue a ôté la couronne de sa tête et l'honneur qui va avec.

— S'il avait été sincère, Dieu l'aurait pourvu des deux en abondance, répliqua Muhammad. Mais le doute et l'hypocrisie souillent sa bouche.

Le fils d'ibn Obbayy approuva ces mots avec sincérité.

— Je le sais, dit-il. Comme je sais que son cœur ne sera jamais purifié de son incrédulité. Omar ibn al Khattâb le répète partout : mon père doit mourir.

— Omar dit vrai, mais je ne tuerai pas ton père. Les infidèles en profiteraient pour clamer partout que je tue même mes propres compagnons.

— Alors, permets à ma main de s'en charger, Apôtre de Dieu ! Ce serait le geste d'un fils juste envers un père impie. En outre, si une autre main que la mienne l'abattait, notre loi m'ordonnerait de tuer son meurtrier. L'injustice se poursuivrait : un Croyant d'Allah mourrait pour un hypocrite.

L'Envoyé s'étonna de ces mots. Il se leva et embrassa le fils d'ibn Obbayy.

— Ton père ne mourra pas par ma volonté, lui dit-il. Je lui pardonne, et Allah avec moi. Cela grâce à ta droiture. Viens, allons prier ensemble.

Plus tard, Barrayara apprit par mon père que Muhammad avait dit à Omar que, s'il avait tué cet hypocrite d'ibn Obbayy selon son vœu, nous aurions aujourd'hui honte face à son fils. Ce qu'Omar avait approuvé.

Ils ignoraient tous que, si la vermine d'un cœur de père ne passe pas dans le cœur de son fils, le père n'en demeure pas moins pourri tant qu'il est debout. Et moi, Aïcha, Mère des croyants, je fus la première à en subir la souillure.

2.

Ô, toi qui me lis, femme ou homme, je te dois une vérité. Allah la connaît depuis longtemps déjà.

Dès le premier matin où j'ai serré le calame entre mes doigts pour couvrir de mes souvenirs ces rouleaux de mémoire, il n'est pas de jour où je n'ai pensé à ce que je vais te raconter maintenant. Peut-être même ne me suis-je assise devant la planche à écrire que pour me purifier de cette pestilence qui a marqué mes jours ?

Cela s'est passé il y a tant d'années. La plaie, mille et mille fois, aurait pu se refermer. Mais non. La colère me serre la gorge comme au premier instant. En un clin d'œil, elle fait de moi celle que j'étais. Plus de vieux muscles, plus de vieille peau, plus de douleurs de l'âge, de maladies de vieille ! Plus d'yeux qui transforment les jours en brouillard et se refusent à voir la transparence du ciel ! Tout redevient aussi neuf en moi qu'en ces jours où je n'avais pas encore vingt ans. Je ressens une fois encore la rage d'un fauve devant l'injustice.

Ma main reste noueuse et craintive devant ce qu'elle va inscrire avant que le Tout-Puissant ne décide de me juger.

Mais à quoi bon tergiverser ?

3.

Les temps qui suivirent la bataille du fossé ne ressemblèrent à aucun de ceux que nous avions connus. Sous le tamaris comme du haut de l'escalier de la masdjid, l'Envoyé répétait :

— Allah a repoussé les dix mille mécréants, car Il nous veut plus de dix mille devant Mekka. Cela doit arriver avant que Son Prophète ne soit plus en âge de chevaucher en brandissant la lame des Croyants. L'heure est venue pour nous de sortir de Madina et de nous coaliser à notre tour !

Afin de convaincre les tribus indécises, Muhammad partait de plus en plus souvent à leur rencontre, loin sur les routes du désert et des montagnes. Bientôt, il fallut multiplier les chambres dans le quartier des épouses : des femmes y affluaient après chaque victoire...

— Qu'allons-nous devenir ? s'écria un jour Hafsa. Notre époux n'aura jamais la force de nous aimer toutes, si grand soit son cœur.

Cela commença par Ri'hâna, une Juive des Banu Qurayza, qui était d'une telle beauté que celle de Zaïnab en pâlit. Une nuit qu'enfin il était dans ma couche, mon époux me dit :

— Prends soin d'elle. La faute des siens et leur mort lui troublent l'esprit. Elle refuse de reconnaître la douceur de Dieu, et la mienne encore plus.

— Ô mon bien-aimé ! lui répondis-je. Je ne te vois plus et tu entres chez moi pour me recommander une nouvelle épouse ! Qui va prendre soin de moi quand tu en auras dix ou mille ?

Avec une tendresse que je ne lui avais pas connue depuis très longtemps, Muhammad m'enlaça.

— Je te le promets, je n'en aurai jamais mille comme le roi Salomon, s'écria-t-il en riant.

Il baisa mes lèvres et mes paupières avant de redevenir sérieux :

— Miel de mes jours, dit-il. Tu es Aïcha, et jamais aucune épouse ne te supplantera. Celles qui logent dans le quartier des femmes scellent simplement l'accord avec les tribus que j'ai soumises. Ces tribus, Dieu les accumule dans la cour de Son nâbi afin que nous soyons nombreux et puissants au moment de marcher sur Mekka et de purifier la Ka'bâ. Toi, tu es celle qu'Allah m'a adressée pour emplir mon cœur. Crois-tu qu'une autre pourrait l'emplir comme tu le fais ?

— Bien-aimé, je vois ton plaisir quand tu contemples d'autres visages que le mien. Je l'imagine quand tu caresses des ventres plus féconds que le mien. Qui t'en voudrait, si tu te lassais d'Aïcha, mère de personne ?

— Ô Aïcha, mon épouse ! N'as-tu pas conscience de la place que tu occupes aux yeux du Tout-Puissant ?

Muhammad quitta notre couche et alla jusqu'à la porte donnant sur la mosquée. Il l'ouvrit en grand.

— Ne sais-tu pas ce que signifie cette porte, bien-aimée ? Comment peux-tu dire que tu n'es la mère de personne quand tu es, et seras jusqu'à ton dernier souffle, la Mère des Croyants ?

Le lendemain de cette nuit, je me sentais aussi heureuse et pleine de l'amour de l'Envoyé qu'autrefois. La jeunesse me gouvernait encore tout entière. Mon bonheur était de boire chaque parole de mon très-aimé.

Mais nous étions bel et bien plusieurs épouses et il me fallait compter le temps qui s'écoulait avant que Muhammad ne revienne dans ma couche. Après qu'il eut prodigué ses caresses à d'autres que moi. Qu'il eut ri avec d'autres, eut fait preuve de légèreté et promis une chose ou une autre à d'autres que moi. Même si elles n'étaient pas, elles, le « miel de ses jours ».

En vérité, Hafsa, Omm Salama, Zaïnab..., le mécontentement, les tourments du manque et de la jalousie n'épargnaient aucune d'entre nous. Depuis la bataille du fossé, Omm Salama avait su se faire une alliée de Fatima pour convaincre l'Envoyé d'adoucir la dure règle du hidjab. Mais cela ne suffisait pas.

Zaïnab dit :

— Époux choyé, maintenant que tu quittes Madina presque à chaque lune, comment contenteras-tu tes épouses ? Demanderas-tu à chacune de nous de t'accompagner ?

Notre époux, comme chaque fois qu'il reconnaissait la justesse d'une plainte, chercha conseil auprès de mon père et d'Omar.

L'un et l'autre répondirent :

— Impossible de partir en campagne avec tant d'épouses et de servantes. Tu devras choisir, Envoyé.

— Et comment choisiras-tu sans injustice ? demanda Omm Salama.

Ce fut mon père Abu Bakr qui trouva la solution :

— Muhammad, jamais tu ne pourras choisir l'une ou l'autre sans provoquer des protestations. Laisse Dieu s'en charger. Fais fabriquer des boules de bois d'olivier et graver sur chacune d'entre elles les noms de tes épouses. Quand tu devras quitter Madina, tu mélangeras les boules dans une outre. Il te suffira d'y plonger la main en aveugle pour tirer le nom de celle qui t'accompagnera.

C'est ainsi que je fus choisie pour accompagner notre époux quand il marcha sur les Benî-Moçtaliq. Et arriva ce qui arriva : la calomnie.

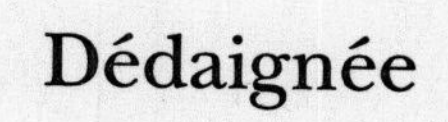

Dédaignée

1.

La nouvelle rumeur atteignit notre cour après la prière du matin : des païens se réunissaient en grand nombre aux puits des Benî-Moçtaliq, à cinq jours de marche de Madina. Omar et Ali convainquirent l'Envoyé d'aller à leur rencontre sans tarder. Nous quittâmes Madina à l'aube suivante. Ibn Obbayy qui, depuis la discussion entre son fils et l'Envoyé, s'était montré respectueux, en était, les Benî-Moçtaliq le considérant comme un sage.

Notre caravane n'était pas bien grande. Muhammad n'avait voulu s'entourer que de deux ou trois cents hommes en cuirasse.

— Cela suffira, avait-il dit.

C'était si vrai que, dès l'approche des puits, on sut qu'il aurait pu marcher seul contre ces mécréants. Apprenant sa venue, ils s'étaient dispersés en hâte, fouettant les flancs de leurs méharis pour s'en retourner le plus vite possible d'où ils venaient.

Ali chevauchait aux côtés de Muhammad. Frustré par ce combat manqué, il galopa seul à la suite des Benî-Moçtaliq en fuite. Il revint au crépuscule avec l'un des chefs païens. Il le jeta pieds et poings liés devant l'Envoyé, assis sur son tabouret devant notre tente. J'étais à l'intérieur avec deux servantes quand j'entendis mon époux s'exclamer :

— N'avez-vous pas honte de fuir alors que vous êtes en si grand nombre ?

— À quoi bon te combattre, Messager d'Allah ? Si ton Dieu décide de la victoire, nos nimcha et nos lances n'y changeront rien.

— Alors, pourquoi être venus jusqu'ici ?

— Les Mekkois n'osent plus t'affronter. Ils exigent que nous le fassions à leur place. Si nous n'obéissons pas, ils nous refuseront le droit de vendre nos marchandises au grand marché de Mekka. C'en serait fini de notre commerce. Ils ont ajouté qu'ils nous empêcheraient d'entrer dans la Ka'bâ pour tourner autour de la sainte Pierre Noire.

— Cochons de païens ! Chacun de vos pas dans la Ka'bâ souille la Pierre de Dieu ! Abstenez-vous d'y prier tant que vous ne vous soumettrez pas aux paroles d'Allah, car Il se souviendra de votre boue au jour du jugement !

— En ce cas, Ô Muhammad ibn 'Abdallâh, hâte-toi de me tuer ! implora le chef païen. Que mes fautes ne s'accumulent plus, si ce que tu dis est vrai !

— Je vais te laisser en vie. Ainsi, tu songeras à la grâce que le Messager d'Allah t'accorde et tu répéteras mes paroles à ceux qui t'importent. Tu leur diras : « L'Envoyé de Dieu n'abat pas sa lame pour le plaisir de voir le sang et les têtes coupées. Son Dieu, le Clément et Miséricordieux, châtie les fautes autant qu'Il les pardonne. Il préfère les vivants aux morts et n'a pas créé le monde pour qu'il ressemble à la fosse d'un cimetière. »

Malgré les protestations d'Ali, le païen fut lié à la selle d'un chameau avec une gourde et le chameau, fouetté, envoyé sur la route de Mekka. Après quoi, les Benî-Moçtaliq revinrent nous offrir un festin. Le repas dura tard dans la nuit. Il n'était plus loin d'être achevé quand une femme des Benî-Moçtaliq s'approcha.

— Ô Apôtre d'Allah, s'écria-t-elle, mon nom est Djouwaïrya bint Hârith. Veux-tu écouter ma plainte ?

Il y eut quelques cris pour lui ordonner de se retirer et d'attendre le lendemain, mais Muhammad l'invita à parler. Aussitôt, elle expliqua qu'elle n'était pas une vraie Benî-Moçtaliq, mais une esclave prise au combat. Celui qui l'avait reçue en butin usait d'elle comme d'une épouse, mais la battait et l'humiliait dès qu'il lui en prenait l'envie.

— Ô Apôtre de Dieu, dit-elle, partout dans le Hedjaz la rumeur assure que tu te soucies de la justice, pour les femmes autant que pour les hommes. Je ne supporterai pas longtemps le traitement que m'inflige celui qui m'a réduite en esclavage. Avant d'être vaincu par les Benî-Moçtaliq, mon père était un homme de grande dignité. Sa fille sera mieux morte auprès de lui que livrée, chaque jour, à la souillure de son nom. Si, parmi ta troupe, tu connais un homme doux qui accepterait de payer le prix de ma liberté, choisis-le pour moi. Pour le restant de ses jours, il n'aura pas de plus fidèle servante. Sinon, c'est avec joie que j'accueillerai une lame sur ma gorge.

À cause de la tenture du hidjab, je ne vis pas le visage de mon époux, mais j'entendis le silence qui suivit. Puis sa voix pleine de douceur :

— Moi, Djouwaïrya, fille de Hârith. Moi, je paierai le prix de cette liberté que tu réclames.

Un frisson sinistre me secoua de la tête aux pieds. Je savais déjà ce que j'allais entendre : cette Djouwaïrya se répandit en remerciements, pleurs, cris, protestations d'infinie gratitude, pendant que les voix des hommes s'élevaient dans des rires dont nous, les femmes, connaissions trop bien le sens.

Puis le voile du hidjab qui me séparait de tous fut levé. Mon époux tenait cette femme par la main. Elle était belle, d'une beauté jeune et fraîche, comme si la terre d'Allah ne savait qu'engendrer des femmes plus belles, plus jeunes et plus fraîches les unes que les autres.

Mon époux dit :

— Djouwaïrya, voici Aïcha, Mère des Croyants, mon épouse bien-aimée.

Il chercha à glisser la main de la nouvelle venue dans la mienne, ajoutant à mon intention :

— Miel de ma vie, tu lui enseigneras nos règles. Elle sera une bonne épouse, Inch Allah.

Souriante, quoique la voix comme un sifflement de fouet, je ne pus m'empêcher de répondre assez haut pour que chacun entende :

— Ô Envoyé, j'en suis très heureuse pour toi. Désormais, tu n'auras plus à choisir au hasard parmi nous quand tu t'éloigneras de Madina. Partout où tu vas, Allah veut que les épouses te viennent en plus grande abondance que les ennemis.

Il y eut des rires. Pour la première et unique fois, je vis rougir les joues de mon très-aimé plus fort que les braises des *kanouns.*

Qu'Allah me pardonne. Ces mots stupides et pleins d'orgueil étaient une faute. Je l'ai commise.

2.

Le châtiment d'Allah ne tarda pas.

Nous prîmes le chemin du retour vers Madina. La règle du hidjab voulait que les litières des épouses sanglées sur le dos des chamelles soient recouvertes de voiles. Pour une fois, je m'en trouvais bien. Cela me convenait de n'affronter aucun visage, et surtout pas celui de l'Envoyé.

Au soir, sans surprise, il ne s'annonça pas dans ma litière. Ali me lança d'une voix moqueuse :

— Ton époux te fait dire qu'il reste avec nous pour prier et remercier Allah de ses dons.

J'évitai d'aller faire mes ablutions avec les servantes, qui s'occupaient de la nouvelle venue avec beaucoup de gaieté. J'attendis qu'elles fussent toutes de retour de l'oued pour quitter ma litière et me diriger vers la rivière. La nuit était pleine, si bien que nul ne me vit. Au retour, je tirai le rideau et cherchai le sommeil en luttant contre la pensée que mon très-aimé, peut-être au même instant, enlaçait Djouwaïrya.

Je me réveillai en sursaut avant l'aube. Peut-être Allah lui-même me réveilla-t-il ? Aussitôt les yeux ouverts, je sus que j'avais perdu mon collier près de l'oued. Ce collier tiré du butin des Banu Qaynuqâ et que m'avait offert l'Envoyé, il y avait de cela presque trois années, du temps où j'étais encore sa seule épouse.

Le cœur battant, je fouillai ma litière pour m'assurer de ce que je savais déjà : le collier n'était plus autour de mon cou ni nulle part autour de moi.

Les premiers bruits de la caravane à son réveil résonnaient déjà, mais l'aube poignait à peine. J'avais le temps de courir à l'oued où, sans doute, j'avais laissé tomber le collier en faisant mes ablutions dans la nuit.

Je bondis hors de ma litière. Il soufflait un vent assez fort. Je n'y pris pas garde. Je ne songeai qu'au bijou.

Malheureusement, les rives de l'oued étaient encore trop sombres pour que je puisse y voir suffisamment. J'attendis tout en soulevant, en vain, les palmes sèches et les herbes piquantes.

Quand le soleil apparut et dessina les ombres, je cherchai partout où j'étais passée. Mon cœur se serra à la pensée de rentrer au campement le cou nu. Soudain, la vue d'un vieux tronc d'arbre, assez loin de l'endroit où j'étais, m'immobilisa. Je le reconnus sans le reconnaître : il était si lisse et si dur que, la veille, j'y avais pris appui pour me sécher en croyant que c'était une pierre.

J'y courus.

Le collier était là, reposant sur le sable.

Oh, quel bonheur !

Je revins vers la caravane emplie de joie. Ma mauvaise humeur avait disparu. Je n'en voulais plus à la nouvelle épouse. Je songeais à la manière dont j'allais raconter ma petite aventure à Muhammad et lui dire combien son collier représentait pour moi de bonheur et d'amour.

La caravane déjà était repartie. Rapide et silencieuse, comme à chaque levée de campement.

Personne ne m'avait attendue, pas même mon époux.

Après un moment de panique, je me raisonnai :

Non, je n'avais pas été abandonnée. C'était impensable.

Le vent avait-il rabattu les voiles de ma litière ?

Ou avais-je oublié, dans ma précipitation, de les laisser ouverts, ce qui était l'indication qu'elle était vide ?

La chose était probable. Et les serviteurs m'avaient crue derrière les voiles, obstinée dans ce silence que j'avais observé la veille. Ils avaient sanglé la litière sans hésiter.

Qu'importait, maintenant ! À la prochaine étape, on s'apercevrait de mon absence. L'Envoyé enverrait quelqu'un me chercher... Je devais prendre patience.

Toi qui lis, pour que tu me comprennes bien et que tu juges ce qu'il en était comme Dieu lui-même put le juger, je dois parler de l'apparence dans laquelle je me trouvais alors.

J'avais quitté ma litière en simple tunique. Mes cheveux roux étaient, comme toujours, noués par des tresses que seul mon époux dénouait. Il ne l'avait fait ni la veille ni l'avant-veille.

En ce temps-là, l'usage voulait que les femmes ne craignent pas de montrer la naissance de leurs seins quand elles étaient certaines de leur beauté. Cette Djouwaïrya, par exemple, s'était présentée devant l'Envoyé avec une robe si échancrée que j'en avais été outrée. Pour dire mon opinion à mon époux sans avoir à prononcer des paroles regrettables, j'avais enfilé la plus sévère de mes tuniques. Elle bordait si étroitement mon cou que je ne m'étais pas aperçue que mon collier se détachait.

Ainsi décemment vêtue, je m'installai à l'abri d'une ombre épaisse et attendis.

Allah, ô le Clément et Miséricordieux, veilla à mon sort avant son nâbi !

Les ombres raccourcissaient quand un méhari s'approcha de moi. Une voix s'écria :

— Par Allah ! Tu es Aïcha, Mère des Croyants ! Que fais-tu ici ?

Celui qui parlait se nommait Safwan ibn Mo'attal. Il avait mon âge et était l'un des compagnons préférés de Talha ibn Ubayd Allah. Que Safwan fut l'un des plus gracieux garçons de Madina, aucune femme ne l'aurait nié.

Safwan fit agenouiller son chameau et sauta de sa selle. Prenant soin de se tenir de profil, afin de montrer tout le respect dû à une épouse, il écouta mon explication.

Quand je me tus, il éclata de rire :

— L'Envoyé m'a demandé de rester derrière pour vérifier que la caravane avait levé le campement sans rien abandonner de précieux derrière elle ! Sans doute savait-il déjà que tu n'étais pas dans ta litière, comme il sait toute chose qu'Allah lui confie à lui seul. Allah est grand de m'avoir désigné par la main de Son nâbi pour te raccompagner en toute sûreté jusqu'à la caravane.

Safwan disposa une couverture sur sa monture et me tendit un chèche pour que je protège mon visage du soleil. Il m'installa du mieux qu'il put à l'arrière de sa selle. Je m'accrochai à l'arçon afin de ne pas tomber.

— En menant bon train, nous rejoindrons l'Envoyé avant la prochaine étape de la caravane, lança Safwan en talonnant l'encolure de sa bête.

3.

Ce qui advint. Les serviteurs avaient à peine démonté près d'un puits quand nous les rejoignîmes.

Mon époux ne s'était pas aperçu ni soucié de mon absence, alors que je n'étais plus dans ma litière depuis l'aube. S'il s'étonna des conditions de mon retour, il ne vint pas me visiter pour me demander ce qu'il m'était arrivé.

Pourtant, personne ne put ignorer que je rejoignais la caravane sur la monture de Safwan. Avant que je ne regagne ma litière, deux cents regards s'étaient posés sur ma nuque. Le sourire malsain qui pointait en eux n'atteignait pas encore les lèvres. Je décidai de le mépriser.

Je n'aurais pas dû. Toi qui me lis, apprends une chose : ne laisse jamais la morgue des malfaisants devenir insolence.

De toute la route jusqu'à Madina, mon époux ne souleva pas les voiles de ma litière.

J'aurais dû lui demander la cause de sa froideur.

Il détournait le visage en voyant le mien.

J'aurais dû l'interroger.

J'aurais dû lui confier le bonheur que j'avais éprouvé à retrouver son collier égaré.

Mais la poitrine de Djouwaïrya l'allaitait de nouveaux plaisirs...

Puis, dès notre retour à Madina, Zaïnab, Omm Salama et Hafsa s'abattirent sur lui telle une volée de tourterelles.

Les raisons d'éviter ma couche ne lui manquèrent pas durant des jours.

L'orgueil et la jalousie font bon ménage. Si bien que, ressassant l'un et l'autre, je restai cloîtrée dans ma chambre durant presque une lune, dédaignée de toutes et de tous.

Je m'obligeai si bien à m'accoutumer à la distance manifestée par mon époux que j'en devins aveugle et sotte.

Les coups d'œil en coin des servantes, les lèvres pincées de Barrayara, les sous-entendus tristes d'Hafsa... rien ne m'intriguait.

Hautaine, je l'étais comme toujours je sus l'être. Assez pour qu'aucune des bouches qui voulaient me mettre en garde ne s'ouvre. Pas même celle de Barrayara.

Ô toi qui lis, si tu veux mesurer quel visage de pierre je montrais, pense à cela : pendant tout ce temps, Barrayara se tut.

Jusqu'au jour où, en compagnie d'Hafsa, j'allai à l'arrière de la maison, dans le petit lieu de retraite réservé aux femmes. Certaines de mes compagnes portèrent sur moi des regards affligés, d'autres se détournèrent.

Soudain, le pied d'Hafsa glissa dans la boue. Elle poussa un cri de dégoût :

— Pouah ! Que cette boue merdeuse tombe sur la tête d'ibn Obbayy !

Je ris et l'aidai à se laver.

— Pourquoi en veux-tu tant à cet hypocrite ? lui demandai-je. Douteur et faux, on sait qu'il l'est et le sera jusque dans l'enfer d'Allah. Notre époux ne se soucie plus de lui.

— Ô Aïcha, s'exclama Hafsa, les larmes aux yeux. Tu ne sais donc rien ?

— De quoi parles-tu ?

— Comment est-ce possible ! Viens, viens ! Retournons dans ta chambre. Il faut que nous parlions.

Ce fut ainsi que j'appris tout.

4.

J'appris qu'en me voyant revenir sur le chameau de Safwan ibn Mo'attal, ibn Obbayy le puant ricana en déclarant d'une voix très forte :

— Aïcha est bien excusable pour ce qu'elle vient de nous montrer. Ce Safwan, fils de Mo'attal, est sans conteste plus beau, plus jeune et plus vigoureux que son époux Muhammad !

J'appris que les mots de cet hypocrite, qui ne devait de respirer encore qu'à la bonté d'Allah et de Son Envoyé, parcoururent toute la caravane et arrivèrent avec elle à Madina. Crois-tu, lecteur, que chacun cracha dessus autant qu'à la face de la hyène qui les avait vomis ? Non.

J'appris qu'un esclave de la maison de mon père que, enfant, j'avais repoussé avec colère pour m'avoir caressé l'épaule, déclara devant tous :

— Oh, moi, cela, je le sais depuis longtemps ! J'ai dû fermer les yeux. Quand on croyait Aïcha avec Talha ibn Ubayd Allah, en vérité elle était avec Safwan ibn Mo'attal, et pour faire ce que l'on sait...

Talha se défendit :

— C'est faux ! Je vais te couper la langue !

Mon père Abu Bakr répondit :

— Ne te précipite pas, Talha ! C'est trop tôt. La vérité n'est pas certaine. L'Envoyé seul tranchera.

L'Envoyé, lui, ne réagit pas.

J'appris que Zaïnab, main dans la main avec sa sœur Hamna, alla devant qui voulait les entendre.

— Moi aussi, je savais, racontait Hamna. Plus d'une fois, j'ai vu Aïcha quitter sa chambre à la nuit tombée. Elle faisait croire qu'elle allait rejoindre Hafsa. C'était pour tromper le monde et courir dans les bras de Safwan ibn Mo'attal. Une fois, me doutant qu'Aïcha mentait à son époux, j'ai guetté sa porte toute la nuit, pleine de chagrin. Elle n'est rentrée qu'à l'aube en faisant croire une fois de plus qu'elle avait dormi chez Hafsa.

Hafsa alla devant Hamna et la gifla :

— Menteuse, pouilleuse de détritus ! Comment oses-tu ?

Zaïnab se précipita sur Hafsa :

— La bouche de ma sœur est pure comme de l'eau de source. Toi et Aïcha, vous êtes pourries de jalousie depuis que l'Envoyé vient dans ma couche, car il y trouve ce que vous n'avez jamais su lui donner.

J'appris qu'un certain Hashan ibn Thâbit, que sa langue l'empoisonne même en enfer, fit couler le fiel jusque dans les maisons les plus lointaines. Il était homme d'écriture, veule et capable de se rouler dans la poussière pour complaire à l'Envoyé. Je l'avais rencontré dix fois et j'avais contredit au moins en deux occasions la lecture fausse qu'il faisait des propos de mon époux.

— Ah, quelle tristesse pour notre bien-aimé nâbi d'avoir pareille épouse ! disait-il en pleurant. Sa jeunesse n'excuse pas tout. Mais les femmes sont ainsi faites : elles ne résistent jamais longtemps aux démons qui s'agitent entre leurs cuisses.

Hafsa me dit :

— Ô Aïcha, ma sœur, je ne sais plus que faire. Nous ne sommes pas dix à te défendre ! J'ai supplié notre époux de ne pas croire Zaïnab et sa sœur. Je lui ai assuré que tu étais dans ma couche tous ces soirs. Que, pour nous consoler de son absence, nous nous serrions l'une contre l'autre. Il a baissé les paupières sans répondre. Il ne se passe pas un jour sans que l'un ou l'autre lui mente en lui affirmant que tu as ouvert tes bras à Safwan. Il en est même pour prétendre que tu l'as fait contre le mur de la masdjid du Jabal Sal.

C'est alors que je me suis décidée.

Un jour, Muhammad me demanda de lui laver les cheveux, comme je le faisais toujours, sur le seuil de ma chambre donnant sur la mosquée. Je lui répondis :

— Ô Apôtre de Dieu, je ne le puis. Je suis très malade. Rien ne rentre ni ne sort plus de moi. Allah doit douter de moi. Il n'est pas saint que je caresse ta tête. Il se pourrait même que ce qui m'atteint infecte cette chambre, dont l'air est le même que celui de la sainte masdjid. Permets que j'aille me soigner, ou dépérir, chez mon père et ma mère.

Muhammad me jeta un bref coup d'œil avant de me tourner le dos en disant :

— Fais comme tu le veux.

Je le fis.

Une fois dans le quartier de ma mère, je dis :

— On insulte ta fille dans tout Madina. Ibn Obbayy crache sur moi, tes esclaves me calomnient, et toi, tu ne me préviens pas ?

Ma mère leva les yeux au ciel et soupira :

— Inch Allah ! Ne fais pas tant de bruit. Il en va toujours ainsi quand une femme jeune et belle doit partager le cœur de son époux avec d'autres épouses. Patiente. Cela passera.

Sa réponse m'emplit de dégoût.

À mon père je fis le même reproche :

— Tu es aussi proche de mon époux que l'est son manteau et tu ne trouves rien à redire quand je subis les ignominies du mensonge ?

— Ce n'est pas à moi de te défendre de ce que j'ignore. Allah fera ce qu'il faut s'il le faut.

Pourquoi étais-je venue me réfugier chez eux ?

Je décidai de ne plus prendre aucune nourriture. C'était une résolution que je saurais tenir jusqu'au jugement de Dieu. Lui et Son Envoyé le savaient. Je l'avais déjà prouvé.

Dix jours passèrent. Puis, enfin, Barrayara ouvrit la bouche :

— Tais-toi, commença-t-elle en s'agenouillant près de moi. N'élève pas la voix contre moi. Tu es trop faible pour te laisser aller à la colère. Cela t'épuiserait. Et pour rien. Je ne suis pas venue plus tôt parce que, pour comprendre et agir, il faut tout savoir de ces choses-là. Et ton père est fermé sur le sujet comme un coffre d'avare.

Après quoi, elle me raconta que le puant m'avait tant calomniée dans Madina que mon époux était monté à l'escalier de la mosquée pour dire que personne, dans sa famille, ne se comportait indignement.

— Mais il l'a dit comme quelqu'un qui doute, soupira Barrayara. Alors les menteurs et les fourbes se sont déchaînés encore plus. Sous le tamaris, ton père a dit : « Envoyé, ne laisse pas la pestilence devenir vérité. Interroge tous ceux en qui tu as confiance. » Alors ton époux m'a appelée, moi, la première. Et je lui ai dit : « Ton épouse Aïcha est une source si transparente que tu peux y plonger chaque matin sans jamais parvenir à la troubler. Moi, j'ai des choses à lui reprocher. Jamais je n'ai vu pire femme à la cuisine. Ni plus têtue dans son orgueil. Mais je doute que cela te concerne, ô Messager d'Allah. »

Barrayara riait encore de ses bons mots, si bien qu'une grimace de sourire me vint. Cela faisait si longtemps !

Barrayara ajouta :

— Un qui t'aime autant que moi, et cela va te surprendre, c'est Omar. À l'Envoyé qui le questionnait, il a répondu : « Aïcha, ton épouse, est pleine de défauts, mais elle est droite, et entièrement. Je sais discerner le mensonge. Je ne l'ai jamais reniflé sur les lèvres de la fille d'Abu Bakr. Ni d'ailleurs sur celles de ma fille Hafsa, Allah m'en est témoin. Si Hafsa te dit : "Je dormais avec Aïcha", tu peux la croire. »

Puis elle me raconta le moins plaisant :

— À son tour, Ali ibn Abi Talib est venu devant son beau-père. Il a dit : « Ce qu'a fait, ou non, ton épouse Aïcha, je n'en ai pas connaissance. La bouche d'ibn Obbayy, on sait ce qu'elle vaut. Mais le caractère d'Aïcha aussi, et comment sa jeunesse aurait pu la conduire à l'erreur. La jalousie est dans sa nature. Cela pousse à bien des fautes. Regarde comme Aïcha se comporte mal avec ta fille Fatima. Si tu as un doute sur ton épouse, ô Apôtre de Dieu, libère-toi le cœur. Le monde est plein de femmes, et je n'en connais aucune qui soit irremplaçable. Répudie Aïcha. Tu seras léger et tu retrouveras des couches joyeuses. »

Si faible que j'étais, la fureur me redressa.

— Ali ! L'immonde ! hurlai-je.

Barrayara mit longtemps à m'apaiser. Ali m'eût planté une dague dans le dos que ma douleur n'eût pas été plus grande.

Mes cris étaient si violents que ma mère Omm Roumane accourut. Je la repoussai. Barrayara me couvrit de linges tièdes et me fit respirer des herbes, mais mon corps sans nourriture était aussi tendu que la corde d'un arc.

Quand enfin je fus capable de l'entendre, Barrayara me dit :

— Maintenant, ma fille, ouvre grand tes oreilles. Ce que je vais t'apprendre comptera pour longtemps. Laisse ton cœur de côté, juge avec ta raison et comprends enfin où doit aller ton assurance.

Elle m'expliqua :

— Allah nous tend des pièges afin que nous révélions notre véritable nature. Ibn Obbayy a saisi la première occasion de laver l'humiliation que lui a causée son fils en obtenant sa grâce auprès de l'Envoyé. Par ses calomnies, il cherche à atteindre ton époux plus que toi. Car lui, le puant, il sait que Muhammad t'aime comme il n'aimera aucune autre épouse.

Même une avec les seins de cette Djouwaïrya bint Hârith. Ibn Obbayy est un fourbe. Allah l'a épargné uniquement pour que ses calomnies le discréditent à jamais aux yeux de tous. Ce qui arrivera si tu te comportes comme Dieu l'attend de toi.

— Mais Ali !

— Ah, en voilà une affaire pleine de recoins ! Omm Salama t'en veut beaucoup du peu de soutien que tu lui as montré quand Omar s'est opposé à elle. Elle t'en veut d'être la préférée de votre époux. Elle se trouve plus sage et plus intelligente que toi. Ce qui parfois est vrai. Et puis, elle est l'unique amie de Fatima, qui te déteste. Comme elle a dû prendre plaisir à envoyer Ali semer ses propos injurieux contre toi ! Quant à Ali... Il est satisfait de peiner l'Envoyé. Il y a deux lunes, il lui a demandé la permission de prendre une seconde épouse. Fatima s'y est opposée : « De mon vivant, jamais ! » L'Envoyé a dit à Ali : « Ta femme ne le veut pas. Tu dois écouter Fatima comme tu m'écoutes, elle qui est une partie de moi. » Voilà ce qu'il en est, Aïcha. Les calomniateurs sont ceux qui te détestent et qui veulent blesser l'Envoyé. Et comment mieux faire le mal que de vous séparer, vous qui êtes inséparables ? Fais confiance à Dieu et à ton époux, ma fille. Ce qu'Ils doivent savoir, Ils le savent. Ils trouveront leur chemin vers la vérité. Espérons que ce sera avant que tu ne dépérisses trop !

5.

Ô Allah clément et miséricordieux, dans Ta sagesse et pour mon bien, Tu as placé jugement et solidité dans une femme modeste comme Barrayara. Sois-en remercié ! Et bénie soit-elle dans l'éternité ! Il n'est pas de lune sans que je prie pour qu'elle soit heureuse dans la splendeur du paradis. Qui plus qu'elle le mérite ?

Pas un mot qu'elle n'ait prononcé dans cette terrible affaire qui ne se révélât juste.

Un jour, ma mère Omm Roumane vint avec des servantes pour me transporter dans la grande pièce de la maison. Muhammad était présent, en compagnie de mon père Abu Bakr. À la vue de ma grande faiblesse, ils pâlirent l'un comme l'autre. Mon époux dit très vite qu'il voulait m'entendre sur cette affaire qui semait une ombre sur Madina et dont j'étais la cause.

— Dans ce monde, nul humain n'est exempt de faute, me dit-il. S'il y a une vérité dans les rumeurs, demande au moins pardon à Dieu.

— Je ne suis l'objet que de mensonges et de calomnies, comme tu l'es toi-même sans te résoudre à le considérer, lui rétorquai-je avec colère. À ta question, je ne peux rien répondre d'autre. Comment demander pardon à Dieu d'être innocente ? Comment se repentir de ce qui n'a pas été commis ? Mais qu'importe ! Toi, mon époux qui m'as prise quand j'avais l'âge de jouer à la poupée, toi qui m'as faite ce que je suis, tu doutes. Je pourrais parler six nuits de suite que tu douterais encore ! Ibn Obbayy le puant peut être satisfait. Qu'Allah te pardonne et t'éclaire ! Que Sa miséricorde vienne sur toi, car tu n'en as plus pour distinguer le haut du bas. Laisse-moi seulement dire, comme le prophète Joseph : « La patience est ce qui vaut le mieux. Que Dieu me vienne en aide[1] ! »

Ensuite, il ne tira plus un mot de moi. Ni mon père, qui s'effrayait de mon ton et de mes reproches.

Et puis, le surlendemain, Muhammad fut de nouveau là.

— J'ai passé la nuit devant ta couche vide, ô Aïcha. Mon frère Djibril a entendu le trouble qui me tourmentait. Il est venu. Il m'a lancé les paroles de mon Rabb : « La calomnie rampe parmi vous dans le petit nombre, mais forte. Ce n'est pas un mal, mais un bien. Ainsi se séparent le grain et l'ivraie. Le calomniateur connaîtra sa part de récompense en tourments. Plus grand le coupable, plus grand le tourment. Quant aux hypocrites qui auraient dû dire au premier mot du ragot : "C'est une calomnie évidente, Dieu ne la permet pas !", eux aussi devraient recevoir le châtiment si Allah ne portait sur vous Sa miséricorde[2]. » Ô mon miel ! Aïcha, tu es innocente et pas un ne pourra plus en douter.

Ma mère applaudit.

— Ah, je le savais !

Moi je dis :

— Trop peu pensaient le savoir. Et je rends grâce à Dieu et non à toi, mon époux, car tout le mal qui m'a été fait, tu l'as laissé faire. Les mots contre moi, tu ne les as pas brisés. Et la vilenie de l'adultère, tu l'as pensée.

Mon père se précipita pour me faire taire :

---

1. Coran 12, 18.
2. Coran, 24, 11-16.

— Aïcha ! Aïcha ! Que ta langue soit arrachée ! Tu parles au Prophète d'Allah !

Mon époux me baisa les lèvres comme s'il revenait d'un très long voyage.

— Abu Bakr, dit-il, ta fille a gagné le droit au reproche. Et plus encore.

6.

Oh, soudain le bien ! Et enfin les châtiments où ils devaient s'abattre.

L'Envoyé parla du haut de l'escalier :

— Aïcha est innocente. Désormais, il faudra réunir pas moins de quatre témoins si vous voulez accuser d'adultère, ou vous serez des menteurs devant Allah[1]...

Ibn Obbayy le puant demeura seul dans sa maison, sans personne qui ose lui apporter de la nourriture.

Ali courba la nuque.

Omm Salama baissa la tête.

Zaïnab mourut avant la venue de l'hiver.

Oh, la colère d'Allah !

Mais la paume de mon époux...

---

1. Coran, 24, 13

Cinquième rouleau

Gloire de mon très-aimé époux

Dicté par Aïcha bint Abi Bakr en l'an 58 AH

1.

Femme, homme, toi qui lis ce rouleau, tu le constates : l'écriture est nouvelle, elle n'est plus de moi.

Je parle, ce sont mes mots, mais c'en est fini des mauvaises lettres que tu as dû déchiffrer jusque-là. La main qui tient le calame est celle de Zama'a Bint Talha, bénie soit-elle par le Tout-Puissant pour ses jours de soleil et d'ombre !

Sois-en heureux. Ces lignes, sous tes yeux, ne sont-elles pas incomparablement plus belles que les miennes ? Et si tu pouvais voir Zama'a, que dirais-tu !

Que je te la décrive. Elle a vingt-cinq ans. Des cheveux sombres comme le fond des sources. Des lèvres claires comme le ciel de l'aube et une nuque que Dieu seul a pu dresser un jour de grand espoir.

Au temps de son enfance, je la tins serrée contre ma poitrine sèche et la fis rire dans mon cou. Plus d'une nuit, elle me fit trembler de regret. Si Dieu m'avait permis d'enfanter, oh le bonheur que j'aurais eu à donner la vie à une perfection pareille !

En l'an 38 après l'hégire, sa mère rejoignit le paradis d'Allah. Qu'elle y demeure pour l'éternité ! Longtemps ensuite, j'assis Zama'a contre mes cuisses pour lui apprendre ce que son père, le très fidèle Talha, m'avait enseigné à moi-même. Aujourd'hui, Zama'a en sait plus que je n'en ai jamais su des écritures anciennes. Et ils sont innombrables, ceux qui attendent une copie du Coran calligraphiée de sa main pour le lire et le chérir jusque dans leur tombe.

Qu'ils me pardonnent, ils attendront encore. Et, si Dieu le veut, leur tombe attendra d'autant.

Donc nous voici. Moi, la vieille Aïcha bint Abi Bakr, pareille à une gourde vide et craquelée par trop d'usage, et Zama'a, fille du grand Talha ibn Ubayd Allah, rose d'un jardin du Nord où les fontaines chantent sans fin.

Toi qui as des yeux, lis. Tu comprendras pourquoi Zama'a est devenue ma main.

Voici ce qui arriva.

Depuis deux jours, j'écrivais sans discontinuer comment le Clément et Miséricordieux m'avait sauvée de la calomnie en l'an 6 de notre monde. À un moment, ma poitrine se serra si fort que l'air se bloqua dans ma gorge. Je fermai les yeux. Le souffle me revint. Je soulevai les paupières pour nourrir d'encre mon calame. Alors la nuit, la nuit pure et parfaite, sans étoiles ni lune, tomba sur mon regard, et plus rien ne put l'en faire partir.

Ô cette nuit que tu m'envoies, Tout-Puissant !

Pareille à la lame qui tranche les yeux des guerriers.

Le sang en moins, la souffrance du combat en moins.

Nuit pure peuplée de trop de passé, ô Seigneur clément !

Je criai :

— Ô Dieu ! Ô Allah ! Que fais-tu ? Je n'ai pas terminé ! Je dois écrire encore. Le bout de mes doigts, Seigneur des mondes, laisse-moi voir au moins le bout de mes doigts ! Rien de plus. Cela suffira. Je Te le promets.

Paroles ridicules !

Comment osai-je ?

Je voulus pleurer. Je ne le pus. « Pleure, mouille tes yeux, la lumière te reviendra », songeai-je.

Non.

Allah m'avait tout retiré des yeux, la vue et les larmes.

Ô, puissant Seigneur, je crois bien avoir alors entendu l'ange Djibril qui riait et me disait :

— Non, Aïcha ! Tu en as assez vu, cela suffit ! Et des larmes, qu'en ferais-tu ? Qui espères-tu donc attendrir sur ton sort ?

Comme on est maladroite dans la nuit pure et sans étoiles !

Au premier mouvement dans ma nouvelle obscurité, je renversai tout ce qui était autour de moi. Les servantes s'empressèrent :

— Mère des Croyants, que se passe-t-il ? Que t'arrive-t-il ?

Je restai muette.

D'abord, je pensai : « J'en ai assez dit. Je dois maintenant interrompre l'écriture des rouleaux. Le temps de la mémoire doit cesser. Dieu est las de me lire et d'entendre ce vacarme qui remue dans ma tête. Il connaît tout. De ce rabâchage, Il ne voit plus que l'arrogance, moi qui ai tiré orgueil des punitions qu'Il a infligées à mes calomniateurs. Mon jugement a commencé. »

Sans un mot, je laissai les servantes me conduire à ma couche. Je bus leurs tisanes d'herbes. J'écoutai leur pépiement affolé :

— Ô maîtresse Aïcha, Mère des Croyants ! On va laver tes yeux, on va y poser des compresses. Tu vas voir de nouveau.

Elles étaient sincères. Elles ne comprenaient pas qu'Allah m'avait prise par la main et que la vue m'était devenue inutile.

Je me résignai, apaisée.

Je découvris que, dans la nuit en plein jour, on ne voit pas le sommeil approcher. On devine seulement une fraîcheur différente. La chaleur qui nous vient ensuite est ancienne, comme les images de la mémoire.

On pense mieux, aussi.

On prie mieux, aussi.

Les servantes racontent que, deux jours durant, elles ne m'entendirent pas prononcer une parole ni ne me virent bouger. Il se peut.

Moi, je m'avançais sur le chemin du jugement.

Loin.

Jusqu'à ce que je comprenne.

Si je ne craignais pas de blasphémer, je dirais :

— L'ange Djibril, le frère de mon époux, s'est dressé sur ma route et m'a montré mon erreur.

Mon erreur, je la compris : Dieu m'offre la nuit car les mots qu'il me reste à dire ne peuvent bien s'exprimer qu'à l'abri de la lumière.

Alors je fis demi-tour. Et je revins achever ce qui ne l'était pas.

Aux servantes je dis :

— Allez chez Zama'a. Racontez-lui ce qu'il en est de moi. Dites-lui que je serais heureuse de sentir son parfum.

Zama'a, qui possède par don de Dieu le plus merveilleux parfum que l'on puisse respirer sur un corps de femme, vint sur-le-champ.

— Ô mère Aïcha, dicte ! Parle et j'écrirai. Si cela fâche Allah, Il le fera savoir.

Voilà. C'est elle qui à présent tient le calame, et moi je discours comme une vieille que je suis.

Ainsi, par la main de Zama'a, je dis :

Était-ce lui, était-ce moi ? Jamais plus la paume de mon époux ne fut aussi joyeuse et légère sur ma nuque et mes reins qu'avant la calomnie.

Il est des venins aux traces indélébiles. Dieu est grand qui ne nous veut pas dans l'oubli. Le pardon, la clémence et la miséricorde, même venus de Sa bonté, n'effacent pas entièrement les crevasses de l'innocence perdue.

Le châtiment d'Allah envers les colporteurs de calomnies, chacun en vit les effets. Jusque dans notre maison. Jusque dans les chambres des épouses.

De ce jour, plus une bouche n'osa s'ouvrir contre moi. Cela avec tant de puissance que je dus me moquer d'Hafsa pour qu'elle reprenne ses manières naturelles et que notre tendresse de sœurs revive.

Ceux qui avaient misé sur la faiblesse de notre époux durent ravaler leur fiel, leurs grimaces vicieuses et leurs médisances hypocrites. Non pas qu'ils devinrent meilleurs et fidèles selon la voie droite. De leur vie, ils en furent incapables. Mais désormais leurs bouches brassaient le vide. La pourriture de leur cœur ne trompait plus personne. S'ils tentaient de semer le doute, nul ne les suivait. Chacun de leurs pas, chacune de leurs vociférations les rapprochaient de la géhenne du jugement éternel, tandis qu'Allah ouvrait en grand le chemin de gloire de Son Envoyé. Ibn Obbayy le puant se retrouva seul dans une maison vide. Quand il arpentait le marché, les visages se détournaient de lui. Où qu'il se rende, l'ombre de la colère d'Allah marchait sur ses talons.

Et commença le chemin de gloire de mon époux.

Inlassablement, montrant la force d'un homme de la moitié de son âge, Muhammad arpenta l'ouest et l'est, le sud et le nord, les plaines et les montagnes, les déserts et les oasis. Partout, il répandait auprès des infidèles la loi et la justice du Clément et Miséricordieux. Les rangs des Croyants grossissaient.

Si bien que, au cours de la septième année de notre vie à Madina, il ne resta plus dans tout le Hedjaz que deux épines dans la babouche de l'Envoyé : Khaybar et Mekka, les entêtées.

Moi qui vis tout des vérités de ces jours, je peux témoigner depuis ma nuit de souvenirs. Allah n'eut besoin que d'un souffle léger pour retirer cette douleur des pieds de son nâbi.

2.

Pour Khaybar, voici ce qui fut.

Une nuit, Muhammad poussa la porte de ma chambre. Les lampes de la mosquée brillaient encore. Je vis son visage. Les poils gris de sa barbe, les cernes de ses yeux... tout s'effaçait derrière un sourire lumineux. Un sourire que je ne lui avais pas vu depuis longtemps.

Il me regarda :

— Aïcha ! Miel de ma vie ! Aïcha !

Rien de plus. D'un bond, je me relevai et jetai des coussins sur le tapis. Son manteau était déjà tombé sur ma couche. Mon bien-aimé tremblait tandis qu'il s'écriait :

— Ô frère Djibril ! Frère Djibril !

Je disposai le manteau sur son dos puis fermai les yeux.

La voix de l'ange d'Allah jaillit dans la voix joyeuse de mon époux :

— Nous voici, Messager ! Notre victoire vient pour toi
Éclatante et sans discussion.
Allah a vu tes faiblesses,
Qui va sans carences ?
Allah t'aide d'une aide exigeante
Ses armées de ciel et de terre
Te conduisent, ô Al Fath[1] *!*

---

1. « Ô, La victoire ! »

Allah ouvre les jardins des Croyants et des Croyantes,
La victoire grandiose jaillit
Des rivières purifiantes[1]*...*

Ce fut long, je ne compris pas tout. Au matin, Muhammad répéta les mots de Dieu du haut de l'escalier de la masdjid. Il ajouta :

— Dieu dit : la victoire est là. Ôtez les dernières épines qui entravent votre marche vers la sainte Ka'bâ. Le moment est venu. Demain, nous marcherons sur Khaybar.

Depuis la bataille du fossé, ceux de Khaybar n'avaient cessé de s'accroître. Les Juifs et les païens qui se glorifiaient de calomnier Allah s'y assemblaient. L'oasis comptait sept fortins. Une partie des Juifs chassés de Madina, ainsi que d'autres des montagnes, y entretenaient la haine et le désir de vengeance. En deux jours, ils pouvaient rassembler cinq ou six mille guerriers. Un pacte les liait aux Beni-Ghatafan, des mercenaires païens. C'était mille hommes en armes de plus.

Sous le tamaris, l'Envoyé dit à ses compagnons :

— Préparez-vous. Aucun d'entre vous ne restera à Madina. Allah nous souhaite tous ensemble devant Khaybar.

À nous, les épouses, il dit pareillement. Ce qui n'était pas courant.

Notre troupe dut paraître innombrable. Assez pour que, après avoir vu nos tentes à l'orée de l'oasis, les Beni-Ghatafan, rompent leur pacte avec les Juifs de Khaybar et s'en retournent chez eux.

Ensuite, Dieu distribua les devoirs.

À peine les tentes dressées sous les dattiers de Khaybar, l'Envoyé fut pris d'un puissant mal de ventre et d'une migraine violente. Au même instant, son gendre Ali fut saisi d'une douleur aux yeux. Soudain, il ne distinguait même plus les oreilles de sa monture.

---

1. Coran 48, 1-5.

L'Envoyé s'alita dans ma couche. Il fit venir mon père et Omar :

— Prenez l'étendard d'Allah. Allez où je ne peux aller et faites ce que je ne peux faire.

Ils furent de retour le lendemain :

— Les Juifs se sont trop bien calfeutrés dans leurs fortins. Il faudrait au moins vingt jours pour les en déloger. Et il est impossible de faire le siège des sept fortins ensemble. Mais si nous en encerclons un seul, les autres ouvriront leurs portes pour tenter de nous prendre à revers.

L'Envoyé leur répondit :

— Allez me chercher Ali.

Incapable de se diriger seul, Ali se présenta à l'Envoyé soutenu par Fatima.

— Père, dit-elle, regarde l'état de mon époux. Nous irons où tu le veux, mais Ali ne verra pas le bout de sa lame. Laisse-moi y aller à sa place.

— Non, tu n'iras pas sans lui.

L'Envoyé saisit la nuque d'Ali et lui baisa les paupières.

— Ton époux verra ce qu'il lui faudra voir, dit-il à Fatima. Prenez l'étendard d'Allah et présentez-vous devant le fortin d'Al Qamus. C'est celui qui a les murailles les plus solides. Si vous parvenez à y entrer, les autres fortins s'ouvriront comme des coffres sans clef.

Bien qu'aveugle, Ali enfourcha son cheval sans hésiter. Fatima en saisit les rênes et maintint la botte de son époux tout contre la sienne. À la troupe qui allait avec eux, elle cria :

— Laissez-nous devant et ne vous approchez pas à moins d'un jet de flèches avant que je ne vous fasse signe.

Du haut du fortin d'Al Qamus, les guetteurs eurent tôt fait de reconnaître Ali. Ils virent sur-le-champ qu'il se comportait en aveugle. Un cavalier jaillit d'une porte de tourelle renforcée de fer et fonça sur lui en hurlant :

— Je suis Mar'hab, le héros invaincu de Khaybar !

Sa charge à la lance était imparable. Fatima fit volter le cheval de son époux et hurla :

— À ta droite !

Ali leva son bouclier. La lance de Mar'hab le trancha en deux. Et soudain, ce fut comme si ce choc ouvrait les yeux d'Ali. Le temps que le cheval de Mar'hab virevolte pour une nouvelle charge, le regard d'Ali devint aussi foudroyant que son cri. L'instant suivant, Mar'hab n'avait plus de jambes.

Ali pointa sa lame vers le fortin :

— Par Allah, élever ces murs vous aurait-il épuisé autant qu'une volaille ?

La porte du fortin s'ouvrit une fois encore. Un nouveau guerrier jaillit :

— Je suis Kinâna ibn al Rabi al Hoqaïq, un puissant des Banu Nadir que le faux nâbi d'Allah a chassé de Yatrib ! Approche, toi qui as besoin d'une femme pour te guider ! Tu empestes déjà le cadavre ! Demain, j'entrerai chez moi, dans Yatrib !

— C'est au bout de mon fouet que tu y entreras ! répondit Ali.

Le corps à corps dura plus longtemps qu'avec Mar'hab. Ali voulait Kinâna vivant. Il y parvint.

Fatima fit signe aux mille combattants qui la suivaient. Ils s'approchèrent en bandant leurs arcs. Ali poussa sa monture jusqu'à la porte qui avait livré passage à Mar'hab et à Kinâna. On dit qu'il l'éventra de deux coups de pieds et d'un coup de lame.

Au crépuscule, les Banu Nadir se rendirent.

À la nuit, l'Envoyé dit à Kinâna :

— Tu as combattu, Ali t'a vaincu. L'expulsion est la punition que je réserve aux tiens, les Banu Nadir. Votre fortin sera notre butin, selon les lois du Hedjaz.

Kinâna répondit par une insulte. Il eut la langue arrachée avant d'être décapité.

Le lendemain, les autres fortins de Khaybar se rendirent à leur tour. Les Juifs demandèrent la vie sauve :

— Nâbi, nous vivrons selon les lois de Dieu dans le Coran, promirent-ils. Nos plantations de dattiers seront les vôtres, considère-nous comme tes fermiers, ô Muhammad. Les récoltes seront de moitié pour vous, et tu nous traiteras en hommes libres.

— À une condition, répliqua l'Envoyé. Ceux qui reviendront sur cette parole ou prendront le chemin de l'hypocrisie et du doute devront s'exiler sans retour à Jérusalem.

À Khaybar, le lendemain, au moment du repas qui accompagnait le partage du butin pris aux Banu Nadir, il se passa encore ceci :

Des Juives se tenaient sur le côté, devant des couffins remplis de leurs bijoux et vêtements les plus précieux. La plupart étaient décemment vêtues. L'une d'elles, cependant, retenait les pans déchirés de sa tunique qui laissaient entrevoir la grande beauté de son corps de vingt ans. Sa coiffure était défaite et une large marque assombrissait sa joue gauche. Elle fixait l'Envoyé d'un air si intense et si passionné que chacun le remarqua.

Il attendit un long moment avant de la faire approcher.

— Comment t'appelles-tu ?

— Safyia bint Hoyayy.

— Ce sont des guerriers d'Allah qui ont déchiré ta robe ?

— Non, Apôtre de Dieu. C'est mon époux.

— Qui est ton époux ?

— Kinâna ibn al Rabi, celui des Banu Nadir à qui tu as coupé la langue puis la tête.

— Quelle faute as-tu commise pour être ainsi maltraitée ?

— Il y a quatre jours, j'ai fait un rêve. Je dormais les yeux grands ouverts et voyais la lune si proche que j'aurais pu la caresser. J'ai tendu la main. La lune s'est détachée du ciel pour tomber sur mon sein droit. Quand je me suis réveillée, ce sein était brûlant et très sensible. Je n'ai pas compris immédiatement le sens de mon rêve. Puis ton armée est arrivée, innombrable. Alors j'ai raconté mon rêve à mon époux Kinâna. La colère l'a emporté. Il

m'a dit : « Ah ! La vérité sort enfin de ta bouche ! Toi aussi, femelle, tu désires voir ce Muhammad roi ! Roi sur toi, roi sur la terre de Khaybar ! » Et il m'a frappée. Je suis heureuse que tes guerriers m'aient délivrée de Kinâna.

— Tu m'appelles « Apôtre de Dieu » alors que tu es juive ?

— Tu l'es, Envoyé d'Allah. Je lis les rouleaux d'écriture depuis ma dixième année. J'ai lu comment Abraham et Agar ont enfanté Ismaël et comment Agar a trouvé la source de la Ka'bâ. Ce qui est écrit est écrit.

— Es-tu prête à suivre la loi d'Allah et à accepter Sa clémence et Sa miséricorde ?

— Ô nâbi, je suis la suivante d'Allah depuis que la lune a brûlé mon sein !

Le lendemain, l'Envoyé annonça qu'il prenait Safyia pour épouse. Il ajouta qu'il se satisferait de sa liberté pour dot et que son clan n'aurait pas de butin à donner.

Il dit :

— Que ces épousailles montrent que les Juifs et les Croyants d'Allah sont sous la paume du Tout-Puissant, car il n'est de Dieu que Dieu.

Une fois dans sa chambre de Madina, Safyia ouvrit ses couffins remplis de bijoux rapportés de Khaybar.

— C'est pour vous, nous dit-elle, à nous, les épouses. Choisissez et prenez. Cela fait longtemps qu'ils m'embarrassent.

Cette prodigalité était à la hauteur de sa beauté. Elle attira bien des commentaires :

— Les Juives donnent pour tromper, marmonnèrent quelques-uns autour de notre époux.

Si bien qu'un jour où il y avait du monde autour de lui et que Safyia lui présentait son écuelle de soupe, l'Envoyé prit son poignet avec douceur et déclara :

— J'ai entendu des mots pleins de méchanceté qui nécessitent rectification. Le mari de Safyia est Muhammad, son père est Aaron et son oncle Moïse.

Aïcha

Et moi, Aïcha bint Abi Bakr, je témoigne que Safyia bint Hoyayy, huitième Mère des Croyants, fut aussi entière dans ses dons que dans sa dévotion à notre époux. Au jour de se présenter devant Dieu, elle avait vidé sa maison et donné tous ses biens aux plus démunis.

3.

Tout le Hedjaz connut la nouvelle de la victoire de Khaybar en moins de temps qu'il ne nous en fallut pour revenir à Madina.

Dès que l'Envoyé retrouva sa place sous le tamaris de notre cour, des délégations affluèrent de partout. Elles avaient toutes les mêmes mots à la bouche :

— Ô Apôtre d'Allah, lis-nous les devoirs des Croyants ! Nous voulons être en paix avec ton Rabb. Qu'Il nous considère comme Ses soumis ! Que Sa paume s'étende sur nous !

Omar interrogea ceux qui revenaient de Mekka. Les opposants à Abu Sofyan s'organisaient. La guerre avait épuisé le commerce et les marchands voulaient la paix. Mais les puissants de la mâla, eux, espéraient encore vaincre l'Envoyé d'Allah.

Puis, un matin, Fatima accourut devant son père, le visage brillant d'excitation.

— Père, te souviens-tu du Bédouin ibn Uraïqat ? s'écria-t-elle. Celui qui t'a conduit de Mekka jusqu'ici, avec Abu Bakr et moi-même, lorsqu'il a fallu fuir Abu Lahab et Abu Sofyan ?

Muhammad acquiesça.

— Son fils est chez moi ! s'exclama Fatima. Il est trop timide pour venir devant toi, père, mais il a beaucoup à t'apprendre.

Muhammad embrassa le jeune Bédouin comme un membre de sa famille. Le garçon avait à peine dix-sept ans. Il parlait très vite, et seulement dans la langue des Bédouins de Mekka. Il expliqua que son père, après trois ans de réflexion, s'était soumis aux lois d'Allah avant de convaincre ceux de son sang de l'imiter.

Au retour de la bataille du fossé, voulant effacer l'humiliation de leur défaite, Abu Sofyan et les puissants de Mekka s'étaient déchaînés contre ceux qu'ils soupçonnaient de suivre Allah. Son père avait été tué.

— Avant de mourir, ô nâbi, il m'a demandé de me rendre utile pour toi. Aussi, je viens te dire que Mekka est plus mûre pour ta paume qu'une datte qui perd son noyau. Ils sont nombreux à vouloir t'ouvrir les portes de la ville. Ils n'ont plus peur des mercenaires du Sud. Ceux-ci ne mettront pas leurs armes au service d'Abu Sofyan. Quand ils sont montés à dix mille pour assiéger Madina, ils n'ont pas eu le butin promis par leurs dieux de bois et de pierre. Leur seule récompense a été la honte de la défaite. Ils n'espèrent plus te vaincre. Non, ce qui retient les Mekkois, c'est la crainte de ta vengeance. Ils savent ce qu'ils t'ont fait endurer. Ils savent que leurs insultes à Allah méritent châtiment. Le Tout-Puissant souffle déjà sur leurs nuques. Leurs cheveux se dressent de terreur. Tu peux aller devant la sainte Ka'bâ monté sur ta mule blanche, ô Apôtre de Dieu, pas un ne s'y opposera.

La certitude qui vibrait dans le ton du jeune Bédouin amena des sourires de bonheur sur tous les visages. Elle rappelait la sourate de La Victoire :

« À Allah appartiennent les armées des cieux et de la terre.
Une semence a germé qui engendre une puissance nouvelle,
Merveille du semeur, fureur du mécréant[1]*. »*

Muhammad caressa la tête du jeune homme et dit :

— Tu viens vers nous comme un ange de ce monde.

Il le questionna encore. Lui réclama cent détails. Les compagnons écoutaient. Avant que l'Envoyé ne l'invite à prier à son côté, le fils d'ibn Uraïqat ajouta :

— Ô nâbi, tu dois savoir ceci. La fille d'Abu Sofyan est en guerre contre son père et sa mère, Hind bint Otba, la mangeuse de foie humain. C'est une fidèle d'Allah. Elle va de maison en maison

1. Coran 48, 7-29.

pour tâcher de convaincre les fils et les filles des puissants de plier la nuque devant le Clément et Miséricordieux. À ceux qui se montrent surpris de sa soumission, elle dit : « Allah me l'a fait savoir : je suis une chair d'épouse pour Son Envoyé. »

Notre époux rit sans faire de commentaire.

Au soir, mon père Abu Bakr et Omar manifestèrent leur réticence :

— Nous avons du plaisir à écouter ce Bédouin. Mais il est jeune. Qui sait s'il n'est pas le jouet de ces cochons de Mekkois ? Qui sait si, à travers lui, ils ne nous tendent pas un piège ?

Omar envoya Talha et dix hommes tourner autour de Mekka pour récolter des rumeurs fraîches. Ils n'étaient pas partis depuis deux nuits que Barrayara entra dans ma chambre en glapissant :

— Aïcha ! La fille d'Abu Sofyan est dans notre cour ! Elle arrive de Mekka avec vingt chameaux, des esclaves et une cinquantaine de Croyants.

Allah me vit me presser, comme les autres épouses, derrière la cloison de palmes qui nous séparait de la cour. Il vit aussi mon soulagement quand je découvris l'apparence d'Omm 'Habîba. Elle n'avait rien qui attirait l'œil, au contraire. Visage ordinaire, pieds ordinaires, vêture ordinaire et taille bien petite. Seuls ses yeux étaient clairs et lumineux. Je me surpris à penser : « Au moins, en voilà une dont notre époux ne voudra pas dans sa couche. »

Stupide pensée !

Omm 'Habîba ouvrit la bouche. Sa voix, rocailleuse et puissante, s'imprimait dans l'esprit après à peine quatre phrases.

— Messager, quand tu vivais à Mekka, mon père Abu Sofyan m'a mariée à Abu Ubaï. Il était vieux et doux. Déjà tu étais dans mes rêves quand mon époux venait sur moi. Allah connaît tous les chemins ! Mon époux s'est soumis à Sa parole et me l'a enseignée avant de mourir. Il m'a aussi appris les écritures des hanifs. J'ai renié mon père Abu Sofyan. Chacune de ses insultes envers toi était une insulte envers moi. J'ai patienté. J'ai enseigné les paroles du Coran à ceux que je pouvais convaincre dans Mekka. Il y a cinq nuits, je suis allée devant la Pierre Noire, me

voilant la face pour ne pas être souillée par les breloques païennes. Devant la source Zamzam, j'ai promis au Clément et Miséricordieux de te conduire dans Mekka afin que tu purifies la Ka'bâ. Pour cela, tu dois m'épouser.

Il y eut un silence sidéré.

Mon père Abu Bakr le rompit d'un rire tonitruant :

— La fille hait le père mais parle comme le père !

Muhammad ne rit pas. Nous, les épouses, non plus.

Notre époux scruta Omm 'Habîba un long moment.

— Il se peut que tu dises vrai, fille d'Abu Sofyan, déclara-t-il enfin. Si cela est, tu es un nouvel ange d'Allah arrivé dans notre oasis. Le Tout-Puissant choisirait-Il de ne plus envoyer Ses bienfaiteurs ailés ?

Les discussions et les palabres durèrent vingt-cinq jours. Le temps, pour l'Envoyé, de s'assurer que le ventre d'Omm 'Habîba ne contenait aucune semence de Mekkois.

Talha revint de Mekka :

— Ô Messager, ce qu'a dit le jeune Bédouin, la rumeur le colporte sur toutes les routes qui conduisent à Mekka. Même ceux de Taïf ne soutiennent plus Abu Sofyan. Les Mekkois n'ont plus qu'une crainte : celle de la colère d'Allah. Je les ai entendus geindre sur les marchés : « Omm 'Habîba est en sécurité dans la main du nâbi d'Allah. N'est-ce pas la preuve que nos dieux ne sont plus assez puissants pour protéger son père ? »

Alors notre époux épousa Omm 'Habîba.

Le lendemain, Djouwaïrya et Safyia vinrent se plaindre chez Hafsa. Leurs chambres jouxtaient celle de la nouvelle épouse. Elles n'avaient pu fermer l'œil de la nuit :

— Qui l'eut cru, à voir cette naine ? Elle a gémi comme une femelle de lynx en chaleur. Sa voix traverse les murs et fait trembler les tabourets. Une voix terrible. Sans aucune retenue. Elle me vibre encore dans les oreilles. À croire que pas un homme n'a posé la main sur cette femelle depuis son sang de femme. Dans quel état doit être notre époux ! Il n'a plus l'âge de s'épuiser pareillement.

Aïcha doit lui parler avant qu'Omm 'Habîba ne se croie tout permis. Pas question que nous ne puissions pas dormir chaque fois que l'Envoyé sera chez elle !

Moi, je me tus. C'était le devoir de chaque nouvelle épouse de peser le poids de la jalousie.

4.

Dans les jours qui suivirent, l'Envoyé donna ses ordres :

— Nous devrons être dix mille devant Mekka. Mais on ne devra pas nous voir. Que tous les Croyants du Hedjaz se préparent. Ils marcheront en vêtements ordinaires. Les armes, les cuirasses et les étendards devront être emballés comme des marchandises sur le dos des chameaux. Abu Sofyan est né scorpion et il mourra scorpion. Nous devons l'approcher en scorpions.

L'Envoyé décida qu'en son absence, afin de ne pas éveiller les soupçons, Zayd conduirait une armée solide au Nord.

À moi, il dit :

— Miel de vie, tiens-toi prête. Je te veux près de moi en compagnie d'Omm 'Habîba.

Il fit seller sa mule blanche et nous partîmes en petit nombre, comme pour un pèlerinage. Le soir, quand nous montions nos tentes, des curieux venaient nous demander :

— Où vas-tu, ô Muhammad ? Ils ne sont pas trente avec toi, ta fille Fatima et deux de tes épouses !

— Je vais où Dieu voudra, répondait-il.

Nous avançâmes lentement, afin de donner aux dix mille guerriers d'Allah le temps de s'installer autour de Mekka. Un matin, pétrifiés de terreur, les habitants virent toute notre armée au pied des murs de leur ville, armes et cuirasses scintillant sous le soleil. Durant la nuit, des anges par milliers avaient-ils déposé là les combattants, les chevaux et les méharis ?

— À quoi bon combattre ? s'exclamèrent-ils.

Ils prièrent Abu Sofyan de ne pas tirer son épée :

— À la moindre résistance, le Prophète d'Allah nous massacrera ! Ouvrons-lui nos portes, qu'il exerce la clémence et la miséricorde de son Dieu.

Les seigneurs des clans auxquelles appartenaient nos guerriers envoyèrent un message à Muhammad :

— Choisi d'Allah, gloire à toi ! La guerre contre les païens de Mekka n'aura pas lieu. Avance et tends ta paume : le jus sucré de Mekka y tombera ainsi que d'une figue mûre au cœur de l'été !

Ô Dieu, ce moment de merveille !

Dans la nuit de mes yeux, je revois tout. Le sang me bat dans les tempes et mon cœur bat à se rompre.

Zama'a, ma fille, écris bien...

Muhammad descendit de sa mule blanche. Il réclama un chameau de bât et ordonna qu'on lui recouvre la tête d'un turban noir. Il dit à Ali :

— Tiens-toi derrière moi. Quand nous serons devant la porte de la Ka'bâ, je ne bougerai plus. Toi, tu entreras avec cent guerriers. Vous briserez les idoles. Plus une debout ! J'attendrai.

À nous, ses épouses, Omm 'Habîba et moi, Aïcha, il ordonna :

— Mères des Croyants, venez dans mon sillage !

Il grimpa sur son chameau, le fit lever, et nous nous mîmes en marche.

Le silence s'abattit sur les dix mille combattants. Puis, quand la tête enturbannée du chameau de l'Envoyé passa la porte de Mekka, tous crièrent d'une seule voix :

— Dieu est grand !

Mekka : un désert. Mais du haut de chaque mur des yeux nous épiaient, derrière chaque porte des oreilles nous guettaient. La peur rôdait dans les rues vides.

Mon époux avançait sans hésiter. Comment aurait-il oublié le chemin ?

Moi aussi, je reconnaissais les ruelles qui menaient à l'esplanade de la Ka'bâ. Rien n'avait changé depuis mes sept ans, quand mon père Abu Bakr m'y conduisait.

Mon époux immobilisa son chameau. Je remarquai qu'aucune mouche n'osait voler dans son ombre.

Ali donna l'ordre à ses cavaliers d'entrer dans la Ka'bâ. Ils brisèrent, fracassèrent, ravagèrent les idoles.

Dehors, les dix mille guerriers d'Allah crièrent leur joie vers le ciel.

La terre trembla sous nos montures.

Omm 'Habîba pleurait, effrayée.

Ali fit porter les débris de l'idole de pierre d'Hobal sur le seuil de la Ka'bâ.

— Ô, nâbi de Dieu ! lança-t-il. Voici de quoi soutenir ton pied de purificateur.

Alors notre époux fit agenouiller son chameau et marcha jusqu'à la source Zamzam. Il s'accroupit et but. Puis il s'aspergea la poitrine avant de tourner vingt fois autour de la Pierre Noire.

Dehors et partout, le silence.

Au-dessus de la Ka'bâ, les ailes des anges de Dieu battaient et bruissaient.

Zama'a, ma fille, quand notre époux revint sur le seuil de la Ka'bâ et posa ses deux pieds sur la pierre brisée d'Hobal, la foule des habitants de Mekka se tenait autour de nous, les épouses.

Muhammad glissa sa main droite dans l'anneau de la porte et parla sans élever la voix :

— Louange à Allah ! Il a fait triompher Son serviteur et lui a permis d'accomplir sa promesse !

Il se tut et scruta longtemps les visages devant lui. La peur et l'espoir figeaient chacun.

— Dieu vous pardonnera, déclara-t-il enfin. Le jour n'est pas aux reproches. La miséricorde n'est pas un vain mot pour Allah. Il le préfère à celui de massacre.

Partout sur la place, des sanglots de bonheur s'élevèrent.

Notre époux referma la porte de la Ka'bâ derrière lui. Il remonta sur son chameau au turban noir. Ses yeux disaient :

— Venez, mes épouses. Allah vous aime. La paix de nos tentes sera douce.

5.

Zama'a, ma fille, sois plus vaillante que moi.

Je te murmure les mots. Devine les phrases.

Dieu me prend la moitié de mon souffle.

Je sais pourquoi.

Laisse-moi un jour de plus, ô Seigneur des mondes !

Laisse-moi un jour afin que je vive dans la nuit de mes yeux ce qu'il me reste à raconter !

Un seul jour, pour que je voie mon époux vivant dans ma nuit !

Zama'a, ma fille, si je te parais sèche, presque comme un cadavre tiré du sable, mon cœur, lui, est gonflé de vie. Si tu le voyais !

Amour de mon époux. Amour de Muhammad.

Que Dieu me pardonne : mon amour pour Lui est depuis toujours dans l'amour que je porte à mon époux. L'un contient l'autre, et non l'inverse.

Muhammad l'a toujours su. Il me disait :

— Aïcha, mon miel ! J'ai grandi avec toi, que j'ai prise dans mes bras alors que tu étais plus légère que tes poupées.

Il me le répéta avant de mourir.

Zama'a, ma fille, voici les mots. Forme les phrases. Écris.

L'Envoyé resta quatorze jours à Mekka. Le temps d'accueillir les nouvelles conversions. Toute la ville vint courber la nuque devant lui. Hind, la mangeuse de foie humain, l'épouse d'Abu Sofyan, se présenta.

— Ton époux s'est converti et a demandé ta grâce, dit Muhammad. Moi, je ne te l'aurais pas accordée, mais Allah le fait. Je Lui obéis. Omar écoutera ton serment.

— Non ! protesta Hind. C'est toi qui dois l'entendre !

L'Envoyé soupira et édicta une à une les lois du serment. Quand il dit :

— Tu ne commettras pas l'adultère.

Hind répliqua :

— Une femme libre ne commet jamais l'adultère !

Et ainsi pour chaque parole prononcée par le Messager.

Il s'en montra très éprouvé. Au bout d'un moment, son regard se porta sur une toute jeune femme derrière Hind. Il la fit approcher.

— Qui es-tu ?

— Molaïka bint Abi Dâwoud. Les flèches des Croyants d'Allah ont tué mon père à Uhud.

Omar vérifia. C'était vrai.

L'Envoyé demanda :

— Pourquoi n'es-tu pas mariée ?

— Parce que j'attendais ce jour.

Le soir, notre époux dit :

— J'épouse Molaïka bint Abi Dâwoud.

Moi, Aïcha, j'allai voir cette fille :

— Tu n'as pas encore connu d'homme ?

— Jamais !

— Écoute mon conseil, si tu veux t'attirer la tendresse de notre époux. Lorsque Muhammad s'approchera de toi la première fois, il voudra connaître la pureté de ton cœur autant que de ton corps. Avant qu'il ne pose la main sur toi, tu lui diras : « Que le Dieu tout-puissant me préserve de toi ! »

Ce qu'elle fit. Muhammad recula, le front plissé de colère :

— Quel comportement ! Moi qui t'ai fait grâce et épousée !

Le lendemain, il répudia Molaïka en son état.

Par la suite, elle sema de mauvaises paroles sur moi. Je laissai dire. Personne ne voulait l'écouter. Chacun se souvenait des calomnies des hypocrites.

— Une Mère des Croyants ne peut agir ainsi, assuraient-ils.

Ils avaient tort et Molaïka avait raison, voilà la vérité.

Allah a vu. Il me pardonnera. Il est bien informé. Il sait pourquoi je l'ai fait.

Zama'a, ma fille.

Après Mekka, l'Envoyé se rendit auprès de tous les clans pour accomplir sa promesse. Mais il disait :

— Dieu n'a désormais plus grand besoin de Son Messager. Ce qui est fait est fait.

La mort de mon époux, je la vis venir de loin.

Fatima aussi.

Un jour elle se présenta devant moi et me dit :

— Aïcha, vois-tu ce que je vois ?

— Oui.

Elle en parut apaisée.

C'était au mois de mo'harrem de la onzième année. Celle de mes vingt ans.

Zama'a, ma fille.

La mort de mon bien-aimé est dans mon sang.

Ainsi Dieu unit-Il ceux qu'Il aime. Pour eux, le temps est aboli. Il ne les dévore plus et ne les sépare plus.

Zama'a, mon souffle s'éteint, mes mots s'affaiblissent. Penche-toi, écoute-moi. À toi, les phrases.

Durant dix jours, couché dans ma chambre, l'Envoyé prit le temps de saluer chacun.

Il dit :

— Désormais, Abu Bakr présidera la prière.

Depuis notre couche, il eut la joie de voir les Croyants en bon ordre devant mon père Abu Bakr.

Il dit :

— Mes proches parents me laveront. Ils m'envelopperont dans une étoffe blanche et me placeront dans ma tombe. Mon frère Djibril sera le premier à s'incliner sur moi.

Rien sur sa succession. Seulement cette promesse :

— Vous serez devant le Tout-Puissant. C'est Lui qui désigne.

L'Envoyé n'entendait rien de l'agitation dont bruissait déjà sa cour et la mosquée.

Le dixième du mois de rabi'a, mon bien-aimé dit :

— Aïcha, donne-moi de l'eau pour mon visage, que je fasse bonne figure devant le Seigneur des mondes.

Je tins la tête de mon époux entre mes seins jusqu'au moment où le Tout-Puissant recueillit son dernier souffle.

Comme Il vient maintenant recueillir le mien.

Sixième rouleau

Tombeau d'Aïcha bint Abi Bakr ibn Abd Qofâfa

Écrit par Zama'a Omm Ishaq bint Abi Talha
et
Omm Salama, Mère des Croyants
en l'an 56 AH

1.

Mon nom est Zama'a Omm Ishaq bint Abi Talha.

Aïcha, Mère des Croyants, me fit appeler au vingt-deuxième jour du mois de dhou al hijja de la cinquante-sixième année.

Elle n'y voyait plus et ses jambes ne la portaient plus. Mon cœur se serra de tristesse à la trouver si amoindrie.

J'avais sept ans lorsqu'Allah décida d'appeler ma mère Hammanah pour le jugement éternel. De ce jour, Mère Aïcha la remplaça.

Le Clément et Miséricordieux sait reconnaître Ses saintes. Qu'Aïcha bint Abi Bakr en soit la première.

Nous, les femmes de sa maisonnée, savions toutes qu'Aïcha Mère des Croyants écrivait depuis l'hiver des rouleaux de souvenirs. Elle y inscrivait ce qu'il en était de la vie dans Madina aux temps glorieux de son époux, Muhammad l'Envoyé. Le Tout-Puissant prévoit tout. Alors qu'elle était très jeune, Il accorda à Aïcha Mère des Croyants un don qui rendit sa mémoire incomparable.

Lorsqu'elle me sentit près d'elle, Mère Aïcha caressa tendrement mon bras. Elle me dit :

— Zama'a, ma fille, ne t'attriste pas de mon état. Allah me prépare pour Son jugement. Mais j'ai encore à dire et je n'y vois

plus. Prends le calame. Tu es la seule qui puisse mettre une main où le Seigneur a voulu que je mette la mienne. Prends le calame et écris. Je te donne les mots, compose les phrases.

J'obéis.

Comme la chaleur était très grande, Mère Aïcha se reposait le jour et me dictait la nuit. Pour elle, l'ombre et la lumière de notre monde ne comptaient plus.

Au premier jour du mois très saint de muharram, anniversaire de l'arrivée des Musulmans dans Madina, Mère Aïcha devint silencieuse. Elle ne respirait plus que par saccades et ne pouvait plus dicter.

Le deuxième jour, un peu de souffle lui revint. Elle me dit :

— Zama'a, ma fille, place-toi derrière moi, que je pose ma tête contre ta poitrine, comme j'ai pris la tête de mon époux au jour de sa mort.

J'obéis en pleurant.

Au soir, la bien-aimée du Prophète voulut de nouveau me dicter ses souvenirs. Le souffle lui manquait, elle devait s'interrompre souvent. Elle me répéta :

— Je te donne les mots, fais les phrases.

À l'aube du troisième jour de muharram, elle se tut.

Je la gardai tout contre moi, comme elle me l'avait demandé. Je baignai son visage d'eau et respirai son odeur suave en pleurant en silence.

Je disais :

— Ô ma mère, ô ma mère, ne t'éloigne pas !

Je savais qu'elle était encore vivante, car elle me répondait en serrant mon poignet.

Au midi du troisième jour de muharram, la Mère des Croyants Omm Salama se fit porter dans la chambre de la mourante pour prier devant elle.

Cela jusqu'au soir. Quand l'appel du muezzin résonna contre nos murs, la main de Mère Aïcha serra la mienne. Elle murmura :

— Bilâl appelle à la prière !

Puis :

— Ô, Omm Salama, te voilà ! Ma sœur dans l'amour de notre époux, je te vois sans mes yeux.

Puis encore :

— Omm Salama ! Achève ce qui n'est pas achevé avec ma fille Zama'a !

Puis, après un moment de silence, nous entendîmes dans sa gorge :

— Tu mourras et eux aussi ils mourront[1].

Mère Aïcha s'éteignit avant la fin de la prière du soir.

Elle resta dans mes bras jusqu'à l'aube et tout du long son odeur suave m'enivra.

Elle avait demandé que, sur sa tombe, l'on prononce les mêmes paroles que le Prophète avait prononcées sur la tombe de Khadija bint Khowaylid, son épouse de la révélation :

... Par l'aube.
Par la nuit sereine.
Ton Rabb ne t'abandonne ni te déteste.
La vie future te sera plus belle que celle de nos jours.
Ton Rabb, bientôt, te fera le don nécessaire[2].

Le quinzième jour du mois de muharram, la Mère des Croyants Omm Salama demanda à lire les rouleaux écrits par la défunte. Après avoir pris conseil auprès d'Allah, je les lui donnai.

Le vingtième jour, elle me dit :

— Zama'a, ma fille, obéissons à la défunte. Prends ton calame, ton rouleau et ton encre, et viens écouter la vieille que je

1. Coran 39, 31.
2. Coran 93, 1-5.

suis. Le tourment d'Aïcha, celle qui fut la bien-aimée de notre époux Muhammad, je le connais.

Je m'agenouillai dans sa chambre fraîche, comme elle me le demandait. Elle me dit :

— Écris.

Et j'écrivis sous sa dictée.

2.

Voici ce qu'il en est de la mort de notre époux, le Prophète Muhammad.

Je peux le raconter, car ce sont des choses que j'ai vues de mes yeux et entendues de mes oreilles, moi, Omm Salama.

Le Tout-Puissant jugera si je mens.

Le treizième jour du mois de rabî'a, notre époux, mourant, se sentit un peu mieux. Il s'adossa aux coussins de la couche d'Aïcha. De là, il entendait tout ce qu'il se passait dans la mosquée. Il s'en montra content. Nous, ses épouses, lui apportâmes de l'eau, du lait et tout ce dont il pouvait avoir besoin. C'était très peu.

Nous nous reposions à tour de rôle, car cela faisait presque un mois que notre époux était malade. La seule qui ne le quittait pas un instant, c'était Aïcha. Dans mon souvenir, je ne la vois pas dormir de tout ce temps.

Ce jour-là, l'Envoyé entendit la prière dirigée par Abu Bakr.

— Oh, dit-il, voilà qui est bien et comme cela doit être.

Puis quand la chaleur du jour monta, son front se couvrit de sueur. Muhammad nous regarda, nous, ses femmes, la crainte dans les yeux.

— Que Dieu me préserve de perdre connaissance quand mon frère Djibril approchera, chuchota-t-il.

Il dit aussi :

— Ô Tout-Puissant, aide-moi, ne laisse pas la peur m'envahir !

Il demanda à Aïcha de soutenir sa tête devenue trop lourde. Elle se glissa dans son dos.

— Viens, mon très-aimé, dit-elle en recueillant les tempes bénies entre ses seins.

Un instant, je sortis pour aller chercher de l'eau et des linges propres.

Les hommes, Ali, Omar et les autres discutaient, les yeux rougis de larmes. Ils s'énervaient, aussi, car l'Envoyé n'avait pas désigné de successeur.

Omar dit :

— Muhammad s'y refuse. Il nous faut l'accepter.

Ali acquiesça. Il apaisa ses oncles, qui le pressaient de questionner le Prophète sur son choix.

— Laissez-le ! Il n'a pas choisi. S'il ne dit rien, n'est-ce pas le signe qu'Allah souhaite son silence ?

Abu Bakr soutenait Ali :

— Il faut nous reposer, dit-il. La fatigue attise le mauvais esprit. Notre paix sera aussi la sienne.

La nuit passa. Aïcha veillait.

À l'aube, je lui apportai un bol de lait et quatre dattes. Comme je déposai le plateau, le visage de notre époux se couvrit d'une mauvaise sueur. Ses tempes ruisselèrent sur la poitrine d'Aïcha. Elle s'écria :

— Amour !

Notre époux ouvrit la bouche. Puis il partit rejoindre le Seigneur des mondes.

3.

Longtemps, je crus que notre époux m'avait vue en cet instant. Aujourd'hui, je n'en jurerais pas. Son souffle le quitta dans un bruit d'ailes. Djibril emportait son âme.

Aïcha fut malade trois jours durant.

Tant mieux pour elle, car ce que je vis et entendis, j'aurais préféré ni le voir ni l'entendre.

D'abord, Omar refusa d'accepter la mort de l'Envoyé. Il cria devant la mosquée :

— Le Messager va revenir ! Seuls les hypocrites peuvent le croire mort !

Il menaça tout le monde avec sa dague. Enfin Abu Bakr parvint à le calmer :

— J'ai recouvert l'Envoyé de son manteau. Il est bien mort. Allah a dit : Tu mourras et eux aussi ils mourront[1].

À tous ceux qui s'amassaient dans la cour et devant la maison du Prophète, Abu Bakr annonça :

— Croyants, Muhammad le Messager a quitté ce monde. Il était un apôtre et les apôtres meurent. Mais Allah est vivant, car Dieu ne meurt jamais !

---

1. Coran 39, 31.

Des plaintes, des larmes, de l'épouvante et du chagrin.

Mais pas pour tous.

Avant le soir, alors que le Prophète n'était pas même enterré, tout ce qui liait depuis dix ans les Croyants venus de Mekka aux Croyants de Madina se défit tel un tissu à peine tissé !

Ainsi commença la fitna maléfique !

Allah me pardonne, j'ai vu de mes yeux cette pure horreur ! Des hommes comme des enfants stupides. Plus un bol de sagesse dans leur cœur. De l'ambition, de la haine, des crocs nus sous les lèvres.

Tout ce qui fait que, depuis toujours, les hommes puisent dans la médiocrité de leurs entrailles pour prendre du plaisir à s'entretuer.

Inutile de se perdre dans les détails.

Que l'on sache ceci :

Les hurlements se prolongèrent jusque dans la mosquée pendant deux jours. Le corps de l'Envoyé était toujours dans la couche d'Aïcha, qui ne voulait pas s'en éloigner. Abu Bakr parvint à remettre un peu d'ordre. Un nombre important proposa qu'il succède au Prophète.

Il en avait la qualité. Et, depuis la première visite de l'ange Djibril, le Prophète lui avait manifesté sa confiance plus qu'à aucun autre.

Quand cela se sut, le scorpion Abu Sofyan, venu aux funérailles, tira Ali sur le côté. Ignorant ma présence, ils parlèrent derrière le voile où je me tenais.

D'un ton empli de mépris, Abu Sofyan décréta :

— Ali ! Pourquoi abandonner le pouvoir sur les Croyants à Abu Bakr ? À Mekka, il est né dans l'insignifiance. Toi, ton père Abu Talib était né parmi les puissants. Il a eu la main sur la mâla. Ne laisse pas les hommes de rien prendre la succession du Prophète ! Demain, je ferai venir une armée de Mekka. Les Omayya te suivront. C'en sera fini d'Abu Bakr !

Ali gronda :

— Fiel de cochon ! Tu pues sous le nez des Croyants d'Allah depuis trop longtemps. Ton sang est pourri à jamais par le bois des idoles. À Mekka, l'Envoyé a eu pour toi la clémence d'Allah. Trop de bonté ! Tu te goinfres du mal comme ton épouse Hind s'est goinfrée du foie de mon oncle Hamza !

Et Ali courut prévenir Abu Bakr.

Il s'écoula encore une matinée de palabres et de discutailleries avant que ces hommes ne songent au cadavre de l'Envoyé.

Abu Bakr accourut dans la chambre d'Aïcha, épouvanté d'avoir si longtemps attendu. Les autres restèrent dehors. La chaleur était pesante comme une montagne. Ils craignaient la pestilence des morts.

Abu Bakr s'écria :

— Comme l'odeur de Muhammad le Messager est suave ! Toi, le plus cher à mon cœur, je voudrais te respirer jusqu'au jugement d'Allah !

On enveloppa la dépouille de notre époux de linges blancs parfumés, et on décida de l'enterrer là où il était mort.

Ainsi agissait-on, semblait-il, pour les sépultures des prophètes.

Et la fosse fut creusée sous la couche d'Aïcha.

Et, de cette nuit-là jusqu'à il y a vingt jours, Aïcha, Mère des Croyants, dormit sur la tombe de son bien-aimé.

4.

Zama'a, ma fille, écris aussi ceci :

Le mois de mouharram s'achevait et safar commençait. La terre sous la couche d'Aïcha était encore fraîchement retournée quand elle vint me voir :

— Omm Salama, je sais que tu es amie avec Fatima. Conduis-moi à elle.

Je lui annonçai que Fatima était malade depuis la mort de son père et qu'elle refusait toute visite.

— Je le sais. Sa maladie m'attriste. J'en connais la cause. Si tu m'accompagnes, elle nous recevra.

Aïcha ne se trompait pas. Fatima nous ouvrit la porte de sa demeure. Nous ne la reconnûmes pas. Elle avait vieilli de dix ans et était maigre comme une chèvre, elle qui avait été une si fière guerrière. Ses yeux brillaient de fièvre.

Aïcha fut impressionnée. Elle voulut parler, fondit en larmes.

Fatima attendit qu'elle se reprenne.

— Ô Fatima, ce qui te brise le cœur brise aussi le mien ! dit Aïcha entre deux sanglots.

Fatima lui répondit :

— Voilà qui m'est indifférent.

Aïcha rougit. Par chance elle n'eut pas à répondre tout de suite. Les fils de Fatima, Hassan et Hossayn, apparurent. Ils vinrent poliment nous saluer avant de s'asseoir derrière leur mère.

Aïcha dit :

— Ô Fatima, tu sais que la fitna rôde dans Madina. Du haut de l'escalier du prêche, l'Envoyé a dit : « Croyants, laissez la fitna vous diviser et vous entrerez dans le mal détestable qui répugne plus que tout à Allah. » Pourtant certains disent déjà : « Aïcha se rappelle qu'Ali a demandé à l'Envoyé de la répudier. Elle a intrigué pour que son père devienne le successeur du Prophète. » Et moi, Aïcha, devant Dieu le Bien-Informé, je dis : C'est un mensonge. Omm Salama peut en témoigner. Pas un mot n'est sorti de ma bouche au jour des serments. Mon père Abu Bakr a dit : « Ali a été irréprochable. » Que les calomnies ne créent pas de nouvelle séparation entre toi, la fille bien-aimée de l'Envoyé, et moi, son épouse.

Un sourire étira les lèvres exsangues de Fatima. Après un temps très long, elle rétorqua :

— Que m'importe le successeur de mon père, Aïcha ? Allah m'a donné la vie pour que je me tienne au côté de l'Envoyé et le protège. Comment pourrais-je le protéger maintenant qu'il respire l'odeur de Dieu au paradis ?

Elle parlait lentement, comme si les mots étaient des poids épouvantables. Avant de nous congédier, elle murmura :

— Un jour, mon père a dit : « Fatima est une partie de moi-même. Il faut la traiter comme telle ». Ô Aïcha, comment une partie peut-elle survivre à ce qui est mort et la contenait ?

Un mois plus tard, Fatima, fille de Muhammad, rejoignit son père tant aimé.

5.

Omm Salama, Mère des Croyants, dit :

Zama'a, ma fille, je suis plus vieille que vieille. Il reste si peu de moi que le vent du désert pourrait m'emporter s'il soufflait. Je n'ai plus de dents, je n'ai plus d'os solides et il n'est pas de figues dans tout le Hedjaz qui soient aussi sèches qu'Omm Salama, veuve de Muhammad le Messager. Dieu le veut ainsi ! Il me laisse endurer le temps et mâcher la bouillie réservée aux petits enfants.

Lui seul sait pourquoi. Il sait tout de moi et de mes mots. Il n'a plus rien à apprendre de mes pensées. Il n'est pas, dans ce monde, un grain de poussière qui ne se soulève sans qu'Il en soit informé.

Alors je suis sans crainte.

Je peux parler et toi écrire, ô Zama'a, fille de Talha ibn Ubayd Allah.

Pourquoi Aïcha ne voulut plus rien voir du jour, je le sais.

Pourquoi elle ne voulut pas que tu allumes un feu derrière sa dépouille, je le sais.

Pourquoi elle refusa le tissu rouge sous son linceul, je le sais.

Moi, Omm Salama, Mère des Croyants, je dis : Aïcha a fauté. Sa faute l'a aveuglée. Sa faute l'a brûlée. Sa faute a vidé son cœur.

Pourtant il n'est pas une épouse de l'Envoyé qui fut plus accomplie.

Elle porta la paix entre nous, les épouses, quand j'y portai l'amertume et la jalousie.

Elle porta la patience, quand je portai la colère.

Elle porta la constance, quand je portai la lassitude.

Du haut de l'escalier de la mosquée, notre époux avait annoncé : « Vous n'êtes pas des épouses ordinaires. Vous êtes le cœur qui bat dans la maison de l'Apôtre. Que la crainte de Dieu descende sur vous ! Qu'elle ennoblisse vos pensées. Mes épouses sans souillures ni dissensions, vous n'êtes pas communes. Le devoir pèse sur vous et vos paroles jusqu'au jugement de Celui qui sait tout[1] *!*

Aïcha Mère des Croyants fut aussi parfaite que le souhaitait notre époux.

Pourtant, elle a fauté, et sa faute s'est accomplie dans la volonté de Dieu tout-puissant, Seigneur des mondes qui peut tout et sait tout.

Pourquoi, ô Zama'a ?

Pourquoi le Clément et Miséricordieux rejette-t-Il les fautes sur nous ?

Pourquoi laisse-t-Il la semence du mal courir dans les cœurs qu'Il conduit ?

Pourquoi en charge-t-Il les épaules et les nuques jusqu'à ce qu'elles se brisent ?

À quoi cela sert-il ?

Miséricorde pour nous !

Clémence pour nous !

1. Coran 33, 32-34.

6.

Zama'a, ma fille, écris.

Omm Salama, Mère des Croyants, déclare qu'après la mort du Prophète, du nord au sud, d'est en ouest, les faibles et les douteurs ont répandu l'apostasie sur la terre d'Allah.

Devenu vicaire de Dieu, Abu Bakr courut contre la rébellion. Il leva les armes, châtia et pardonna.

De tout ce temps, nous, les épouses Mères des Croyants, nous demeurâmes recluses derrière les tentures du hidjab dans la maison de l'Envoyé. Nous nous tûmes et nous n'exigeâmes rien.

Chaque nuit Aïcha dormait au-dessus du corps de notre époux.

Quand ils étaient à Madina, son père Abu Bakr, Ali, Omar, 'Othmân, Talha, et quantité d'autres... aucun ne laissait passer un jour sans venir s'incliner sur le seuil de sa chambre et pleurer en voyant sa couche. On disait : « La chambre d'Aïcha Mère des Croyants est aussi sacrée que la Ka'bâ de Mekka ! »

Mais Allah voulut que le temps de calife d'Abu Bakr ne dure qu'un clin d'œil. Il l'appela devant le jugement éternel deux années seulement après l'avoir fait monter sur l'escalier de la mosquée du Prophète.

Quand il devina la douleur de la mort dans son corps, Abu Bakr annonça :

— Je veux choisir mon successeur.

Les hommes en discutèrent. Il fut question d'Ali ibn Abi Talib et d'Omar ibn al Khattâb.

Abu Bakr fit son choix :

— Ali est de la maisonnée du Prophète. Il est courageux, sans tache et droit dans la voie d'Allah. Mais, d'un bout à l'autre des horizons, les hypocrites sont innombrables et les apostats poussent à la guerre. Aujourd'hui, même les Perses et les Chrétiens insultent les paroles du Coran. Il faut de l'âge et de la dureté pour leur faire face. Épuisons d'abord les forces et l'expérience en choisissant Omar ibn al Khattâb. Ensuite viendra le temps d'Ali.

À sa fille Aïcha, Abu Bakr demanda :

— Permettras-tu au vicaire d'Allah de reposer au côté du Messager ?

Aïcha accepta. Ali accepta. Les compagnons applaudirent.

Le soir de l'enterrement, Aïcha dormit au-dessus des corps de son père et de son époux.

Durant dix années, deux mois et quinze jours, Dieu conduisit le calife Omar avec habileté.

La première fois où il vint devant l'escalier du prêche dans la mosquée du Prophète, il n'en monta qu'une marche. Pour se montrer à tous dans son nouveau devoir, il dit :

— L'Envoyé a monté cet escalier chaque jour voulu par son Rabb. Depuis le haut de ces marches, Muhammad nous a enseigné les paroles d'Allah que lui confiait son frère Djibril. Quand Dieu a appelé Son Messager au paradis, le calife Abu Bakr s'est présenté devant cet escalier. Il a dit : « De ma vie, je n'en monterai pas plus de la moitié. C'est ce que je vaux si on me compare à Muhammad. » Moi, Omar ibn al Khattâb, vous ne me verrez jamais plus haut que sur la première marche. C'est ce que je vaux, et rien de plus.

Mais à la guerre, Omar prouva à tous sa valeur. Dieu lui accorda la victoire contre les apostats. Omar réunit une armée de plus de trente-cinq mille guerriers. Les Perses connurent des défaites inoubliables. Les douteurs et les infidèles furent châtiés. Ceux qui résistaient succombaient en abandonnant des butins inouïs aux guerriers d'Allah.

La terre des Croyants devint si vaste qu'Omar dut y nommer des gouverneurs qui représentaient sa parole. Il leur dit :

— Avec la richesse qu'Allah vous donne dans les victoires, levez des cités devant les Perses. Qu'ils sachent que le Tout-Puissant est là. Il les juge et vaincra leur impiété !

Ainsi s'agrandirent Namarîq et Kaskar. Des marais de l'Euphrate s'élevèrent les murs de Bassora, la Guetteuse du Tout-Puissant. Ils fermèrent les portes de la mer aux Perses.

Durant tout ce temps, Ali ibn Abi Talib cultiva son jardin. Il sema et récolta ses légumes. Il soigna ses dattiers. Dieu lui donna de belles récoltes. Quand elles étaient trop abondantes pour sa maisonnée, il se présentait chez nous et faisait déposer des couffins sur le seuil de ma chambre :

— Omm Salama, accepte ceci en souvenir de mon épouse Fatima. Elle t'aimait comme une sœur. Elles ne se comptent pas sur trois doigts, celles dont on peut le dire.

Parfois, Omar allait lui demander conseil. Le calife craignait le caractère d'Ali et ne voulait pas s'en faire un ennemi. Il lui disait :

— Sur les affaires de guerre, je serais content d'entendre ton avis.

Ali le regardait en souriant et ne répondait pas.

Un jour, le calife Omar dit :

— Ali, mon cousin, j'ai demandé à ibn Thabit, un jeune savant en écritures, d'assembler toutes les paroles du Coran écrites ici et là. Certains des versets qu'on récite loin de Madina ne me paraissent pas authentiques. Nous ne pouvons pas les laisser courir aux quatre vents de l'Arabie. L'Envoyé nous a toujours recommandé, à nous, ses compagnons, de nous les rappeler dans un certain ordre. Quand ibn Thabit aura achevé sa tâche, ton jugement sera précieux. S'il le faut, tu pourras le corriger.

Ali sourit, comme à tout ce qu'Omar lui disait. Il se leva. Il prit un coffre précieux tiré du butin de Khaybar, bien des années auparavant. Il en sortit un assemblage de rouleaux et le déposa devant le calife.

— Voilà le Coran du Seigneur Dieu tel qu'il doit être, déclara-t-il. J'ai commencé ce travail après la mort du Messager et de mon épouse Fatima. Qui ignore que l'Envoyé m'a enseigné la parole de l'ange Djibril depuis le premier jour ?

Omar ne cacha pas sa surprise.

— Ah, répond-il. Voilà qui sera utile ! Toutefois, un seul homme ne peut voir juste en cette affaire. Aïcha Mère des Croyants assiste ibn Thabit dans sa tâche. Qui d'autre le pourrait ? Elle seule était présente quand l'ange de Dieu visitait Muhammad. Sa mémoire est incomparable, chacun le sait. Souviens-toi, Ali. Quand l'Envoyé était las de répondre aux questions des uns et des autres, il disait : « Va voir Aïcha, elle est la moitié de la religion ! »

Ali conserva son sourire. Mais il ne reçut plus jamais le calife Omar dans sa cour.

Ce fut à cette époque que naquit la réputation de sagesse en religion d'Aïcha. Il en vint de partout, de Mekka, de Damas ou de Tabouk, pour l'interroger.

C'est aussi en ce temps qu'Omar accepta d'alléger la règle du hidjab. Les pèlerins qui venaient demander conseil à la bien-aimée du Prophète s'étonnaient :

— Comment être certain que c'est Aïcha, Mère des Croyants, qui nous enseigne la parole juste ? On ne voit pas son visage. Pourtant, Dieu ne peut pas avoir honte de son apparence, puisqu'Il l'a conçue.

La vingt-troisième année écoulée depuis l'hégire, Omar fut poignardé par un esclave abyssin chrétien à la solde des Perses.

Avant de mourir en martyr, Omar eut le temps de demander à son fils :

— Cours prévenir Aïcha. Demande-lui si elle accepterait que je sois enterrée près de l'Envoyé et d'Abu Bakr, le premier calife.

Aïcha ne put refuser. Mais elle dit :

— Mon père m'a laissé un peu de terre en héritage. Qu'on m'autorise à y bâtir une maison, car maintenant que les califes gisent sous ma couche je ne peux plus rêver de mon époux.

Le nouveau calife, 'Othmân, y consentit. C'est lui qui, après douze années de grandes disputes, fut désigné pour prendre la succession d'Omar.

Cette fois, Ali quitta sa maison, son jardin et ses dattiers. Il parcourut la terre d'Allah avec ses fils, Hassan et Hossayn. Partout il gémit qu'Othmân et ses alliés avaient détourné la désignation afin de l'empêcher de devenir calife.

Aïcha fit venir le fidèle Talha ibn Ubayd Allah devant elle.

— Va voir Ali, lui recommanda-t-elle. Dis-lui que je comprends sa colère, mais qu'il ne peut insulter le vicaire d'Allah comme il le fait. L'Envoyé nous a dit : « Ne vois-tu pas qu'Allah est au courant de ce qui se passe dans les cieux et sur terre ? Il n'y a pas une décision prise à trois sans qu'Il en soit le quatrième[1]. » 'Othmân ne peut être le prince des Croyants sans la volonté de Dieu ni hors de Son jugement. À parler comme il le fait, Ali finira par briser la maison construite par le Prophète. Qu'il prenne patience. Le Clément et Miséricordieux est au courant de la gloire qui l'attend.

1. Coran 58, 7.

7.

Ô Zama'a, toi qui écris, s'il en est un en qui Aïcha avait confiance par-dessus tout pour tenir de telles paroles devant Ali, c'était ton père, Talha.

Il alla donc voir Ali et lui transmit le message.

Ali rit en l'écoutant. Mais le rire ne monta pas jusqu'à ses yeux.

— Tu diras à la Mère des Croyants que je la remercie de ses conseils. Ils ne me surprennent pas. Elle s'est toujours souciée de ma patience. Mais 'Othmân est une insulte faite à Allah. Il n'est pas à la hauteur de sa tâche. Il vit comme un Mekkois d'avant la parole de l'Envoyé. Il se vautre dans le luxe. Il ne se soucie pas des pays d'Allah, mais seulement d'enrichir sa maison. Dieu attend de nous réparation.

La réponse d'Ali emplit Aïcha de fureur.

— C'est décidé ? Ali est prêt à prendre la tête de la révolte, même si celle-ci apporte la fitna ?

Hafsa et moi, Omm Salama, lui dîmes :

— Ô Aïcha, apaise-toi ! Ne te mêle pas de la jalousie des hommes qui veulent gravir les marches du pouvoir. Ils se conduisent comme des enfants. Ils ne t'écouteront pas et te souilleront d'insultes.

Elle répondit :

— Ô Omm Salama, est-ce toi qui me conseilles de me taire ? Veux-tu que je me comporte comme si je n'étais qu'une moitié d'humain devant Allah ? N'est-ce pas assez qu'il nous soit interdit

de désigner le calife, comme les hommes ? Nous faudrait-il également subir leur vanité, qui détruit tout de notre monde ?

À Talha ibn Ubayd Allah, elle dit cependant :

— Ali juge bien sur une chose : 'Othmân n'est pas à la hauteur de sa tâche. Il est même une honte dans la maison d'Allah. Tu connais son clan. Trouve une place près de lui pour redresser ses fautes, car sinon Ali ne mettra pas longtemps à mener la révolte des Croyants contre lui.

Talha obéit, mais 'Othmân était trop borné pour l'écouter. Tout son temps, il le passait à jeûner, à prier et à emplir les coffres des siens.

Aïcha avait vu juste. Le malheur arriva comme elle l'avait prédit.

Et Allah voulut qu'elle en soit une partie.

Ô Zama'a, ma fille, Allah te protège !

Voilà ce qui restera devant nos yeux :

La terre d'Allah gronda et se révolta contre 'Othmân. Des mains se levèrent contre lui et il mourut transpercé par une dague. Comment en être surprise ?

Ali fut enfin élu. Comment en être surprise ?

Mais il ne vengea pas 'Othmân. Comment en être surprise ?

C'est alors qu'Aïcha commit la faute.

Sans écouter quiconque, elle déclara :

— La mort d''Othmân, vicaire de Dieu, est un blasphème ! La terre des Croyants demeurera impure tant que le sang des assassins ne l'aura pas purifiée. C'est le devoir d'Ali, quatrième calife. Si Ali ne châtie pas, moi je châtierai Ali !

Hafsa intervint. J'intervins. Nous lui dîmes :

— Aïcha, rappelle-toi les paroles de notre époux : « Ô Croyants, ne vous lancez pas les uns contre les autres comme des pierres. De vous, il ne restera que de la poussière de démons lapidés. L'ordre d'Allah s'érige malgré vous[1] *! »*

1. Coran 9, 48.

Aïcha ne nous écouta pas. Elle exigea que Talha ibn Ubayd Allah et Zubayr ibn al Awam lèvent pour elle une armée. À sa tête, ils traversèrent le désert et marchèrent sur Bassora. Ils emportèrent la ville, où l'on prétendait que s'étaient réfugiés les assassins d'"Othmân. Ils les trouvèrent et les exterminèrent.

Cela ne suffit pas. Aïcha décida :

— Ali n'est plus digne d'être prince des Croyants. S'il faut lui faire la guerre, j'ai trente mille guerriers qui me suivront.

Ali vint devant eux avec ses vingt mille combattants. Il invita Talha et Zubayr :

— Parlons avant que le sang ne coule ! leur dit-il.

À Zubayr, il rappela :

— Souviens-toi de ce jour où tu marchais dans Madina avec le Prophète. J'étais assis sur un mur. Muhammad m'a souri. Tu lui as dit : « Ô Apôtre, tu ne regardes jamais Ali sans sourire. » Il t'a répondu : « Zubayr, viendra un jour où tu voudras lui faire la guerre. Ce jour-là, crains Dieu ! »

Zubayr pleura. Il avoua qu'il n'aspirait qu'à la paix. Talha lui fit écho. Ali leur assura que lui aussi souhaitait l'entente.

— Dieu juge, leur dit-il. Qu'Il étende Sa malédiction sur le premier bénéficiaire de la mort d'"Othmân !

Emplis de joie, Zubayr et Talha revinrent près d'Aïcha.

— Ali veut la paix, dirent-ils. Il demande à Dieu de lui désigner les assassins. Les Croyants d'Allah ne se battront pas !

L'aube n'était pas levée que les deux armées s'affrontaient, sans que nul ne sache aujourd'hui encore qui le premier avait levé sa lame.

Aïcha quitta sa couche. Elle fit harnacher sur un chameau sa litière cuirassée d'une triple épaisseur de cuir et se fit conduire au cœur de la bataille. Elle encouragea la mort et le sang. Les flèches pleuvaient sur sa litière. Elle la recouvrirent tant qu'elle en devint toute noire.

Ô Zama'a, ma fille, Talha meurt !

Zubayr meurt !

Des milliers d'hommes meurent, mais autour du chameau d'Aïcha les morts semblent renaître à chaque instant.

Ali donna l'ordre de couper les jarrets de la monture d'Aïcha :

— Tant que la Mère des Croyants sera au-dessus de nos ennemis, le combat ne cessera pas.

On compta soixante-dix mains coupées dans la poussière autour de la litière d'Aïcha après qu'elle fut tombée. Il fallut atteindre ce nombre pour qu'elle crie :

— Ali, tu es le maître, sois clément, et que la folie de ce carnage prenne fin !

Ô Zama'a, fille de Talha, voilà ce qui fut et restera. Aïcha et Ali commirent l'interdit. Ils s'affrontèrent à la journée du chameau. Croyants contre Croyants. Roches friables devenant poussière de démons lapidés. Jusqu'à la nuit des temps, la faute de la fitna recouvrira la bien-aimée du Prophète.

Pour le reste de sa vie, Aïcha demanda à chacune et chacun dans Madina :

— Pourquoi Dieu ne m'a-t-Il pas fait mourir il y a vingt ans ? J'étais jeune et belle, mon époux me comblait. Je n'avais aucun tourment et ma poitrine était aussi pure qu'une goutte d'eau de la source Zamzam. J'étais sans descendance. Qui m'aurait pleuré ? À qui aurais-je manqué ?

Personne ne sut que lui répondre.

C'est elle-même qui le fit lorsque l'âge eut enfin abrasé son orgueil :

— Le Tout-Puissant nous veut en vie quand nous ne sommes plus que chair de la faute, dit-elle. Car l'enfer qu'Il nous a promis n'est pas dans l'autre monde mais dans celui-ci.

Oui, il se peut bien.

Mais toi, Ô Zama'a, ma fille, toi qui demeures intacte dans ce côté de l'univers d'Allah, souviens-toi seulement de celle qui te serra contre ses cuisses pour t'apprendre à manier le calame et laisser une trace de nous. Celle-ci t'a aimée avec tout l'amour de la mère qu'elle ne fut jamais.

Personnages et clans

FAMILLE

Aïcha bint Abi Bakr : épouse de Muhammad ibn 'Abdallâh, fille d'Abu Bakr.

Abu Bakr ibn Abd Qofâfa : père d'Aïcha, premier calife.

Ali ibn Talib : époux de Fatima, gendre et fils adoptif de Muhammad.

Barrayara : servante d'Aïcha et sœur de lait d'Abu Bakr.

Djouwaïrya bint Hârith : épouse de Muhammad.

Fatima : fille de Muhammad, épouse d'Ali ibn Talib.

Hafsa bint Omar : épouse de Muhammad, fille d'Omar al Khattâb, vieux compagnon de Muhammad, et veuve de Khounïes ibn Hudhafa As Shami.

Hassan ibn Ali ibn Abi Talib : premier petit-fils de Muhammad, fils de Fatima et d'Ali.

Hossayn ibn Ali ibn Abi Talib : deuxième petit-fils de Muhammad, fils de Fatima et d'Ali.

Omm 'Habîba : épouse de Muhammad. Fille d'Abu Sofyan et de Hind bint Otba.

Omm Roumane : mère d'Aïcha.

Omm Salama bint Abi Oumaya : épouse de Muhammad, lettrée et féministe. Veuve d'Abu Salama Abdullah ibn Abdul Assad.

'Othmân ibn Affân : gendre de Muhammad, époux de ses deuxième et troisième filles, Ruqalya et Omm Kulthum, troisième calife.

Ri'hâna : juive du clan des Banu Qurayza, épouse de Muhammad.

Safyia bint Hoyayy : juive de Khaybar, épouse de Muhammad.

Zaïnab bint Dah'sh : épouse de Zayd ibn Hârita puis de Muhammad.

Zama'a Omm Ishaq bint Abi Talha : fille de Talha ibn Ubayd Allah et scripte d'Aïcha.

COMPAGNONS ET ALLIÉS DE MUHAMMAD

Abu Hamza : oncle de Muhammad et son espion à Mekka, il mourut à la bataille d'Uhud.

Omar ibn al Khattâb : guerrier fidèle à Muhammad, deuxième calife.

'Omayr ibn 'Adî : Juif du clan des Banu Khatma converti à l'islam. Assassin d'Açma bint Marwân.

Safwan ibn Mo'attal : ami de Talha ibn Ubayd Allah, il fut accusé d'être l'amant d'Aïcha.

Tamîn al Dârî : chrétien du pays de Ghassan converti à l'islam.

Talha ibn Ubayd Allah : jeune cousin d'Abu Bakr. Fidèle à Muhammad, il lui sauva la vie lors de la bataille d'Uhud.

Ubadia ben Shalom (Ubadia ibn Salam en arabe) : Juif ami et allié de Muhammad depuis avant l'hégire.

Zayd ibn Hârita al Kalb : fils adoptif de Muhammad.

OPPOSANTS À MUHAMMAD À YATRIB (MADINA) ET DANS L'OASIS

'Abdallâh ibn Obbayy ibn Seloul : chef des convertis à l'islam de Yatrib (Madina). Grâce à lui et à l'intervention d'Ubadia ben Shalom, les Banu Qaynuqâ furent épargnés par Muhammad et chassés de Yatrib (Madina) vers Jérusalem. Mais s'il fit acte d'allégeance à Allah, il n'accepta jamais l'autorité de Muhammad.

Açma bint Marwân : poétesse appartenant au clan juif des Banu Khatma, elle essaya de soulever quelques vieilles familles de Yatrib (Madina) contre Muhammad. Après son assassinat, les Banu Khatma se rallièrent à l'islam.

Ka'b ibn Aschraf : l'un des chefs des Banu Nadir. Il tenta de monter son clan contre Muhammad. Des fidèles d'Allah lui coupèrent la tête.

Sallàm ibn Ab' al Hoqaïq : puissant chef des Juifs installés à Khaybar, région presque autonome au nord de Madina. Il fut lui aussi assassiné par des fidèles d'Allah.

CLANS ET TRIBUS DE YATRIB (MADINA) ET DE L'OASIS

Ansars : ce nom, signifiant « alliés », fut donné aux clans médinois non juifs *Aws* et *Khazraj* convertis à l'islam.

Banu[1] **Nadir** : tribu juive n'ayant pas conclu l'accord de paix entre les Croyants et ceux de la Thora. Elle se retourna contre Muhammad.

Banu Khatma : clan juif rallié à Muhammad après l'assassinat d'Açma bint Marwân.

Banu Khaybar : tribus juives de la région de Khaybar, au nord de Madina, dont le chef était le puissant seigneur Sallàm ibn Ab' al Hoqaïq, assassiné par des Croyants. Après la « bataille du fossé », Muhammad soumit les Banu Khaybar par les armes.

Banu Qaynuqâ : puissant clan juif d'orfèvres et de forgerons ayant toujours refusé de se soumettre à Allah. Ils furent chassés de Yatrib (Madina) par Muhammad.

Banu Qurayza : convertis à l'islam, ils s'unirent aux Mekkois lors de la « bataille du fossé » et furent exterminés par Muhammad.

Nabit : l'un des clans aws.

ENNEMIS DE MUHAMMAD À MEKKA

Abu Sofyan al Çakhr : chef des Mekkois. Rescapé de la bataille de Badr.

Abu Lahab 'Abd al Uzzâ 'Abd al Muttali : oncle et opposant féroce de Muhammad, il fut tué à la bataille de Badr.

Hind bint Otba : épouse d'Abu Sofyan, elle commit à la bataille d'Uhud des actes de cannibalisme sur Abu Hamza, l'oncle de Muhammad.

Abu Otba ibn Rabt'â : père de la première épouse d'Abu Sofyan. Il mourut à la bataille de Badr.

1. La dénomination des différents clans est extrêmement complexe. Pour simplifier, et de manière un peu artificielle, nous avons réservé l'appellation « Banu » aux clans juifs.

Remerciements

Je remercie Clara Halter, Sophie Jaulmes et Nathalie Théry.

Table

Aïcha

(suite du même auteur)

MARIE
(Robert Laffont, 2006)
JE ME SUIS RÉVEILLÉ EN COLÈRE
(Robert Laffont, 2007)
LA REINE DE SABA
(Robert Laffont, 2008)
Prix Femmes de paix 2009
LE JOURNAL DE RUTKA
(Robert Laffont, 2008)
LE KABBALISTE DE PRAGUE
(Robert Laffont, 2010)
L'INCONNUE DE BIROBIDJAN
(Robert Laffont, 2012)
FAITES-LE !
(Kero Éditions, 2013)
KHADIJA – Les Femmes de l'islam*
(Robert Laffont, 2014)
RÉCONCILIEZ-VOUS
(Robert Laffont, 2015)
FATIMA – Les Femmes de l'islam**
(Robert Laffont, 2015)

Cet ouvrage a été composé et mis en pages
par ÉTIANNE COMPOSITION
à Montrouge.

Impression réalisée par

La Flèche
en juin 2015

Dépôt légal : juillet 2015
N° d'édition : 54464/01 – N° d'impression : 3011104
Imprimé en France